U0116148

　　张于（1963年4月8日~　），重庆人。1982年起从事实验美术研究，1985年起从事诗歌创作，与石光华、万夏、宋渠、宋炜、刘太亨等发起"整体主义"诗歌运动，为《汉诗——二十世纪编年史》编委，后转入散文及绘画艺术创作，出版艺术随笔集《画布上的情书》等，作品散见于国内外主流刊物。

谨 以 此 书 献 给 1 9 8 0 年 代 …… ……

手写体

艺术随笔与架上绘画的双重文本

张 于 著

重庆出版集团 重庆出版社

图书在版编目（CIP）数据

手写体——艺术随笔与架上 绘画的双重文本 / 张于 著. —重庆：重庆出版社，2007.6
ISBN 978-7-5366-8491-1

Ⅰ.手 ... Ⅱ.张... Ⅲ.①散文—作品集—中国—当代
②油画—作品集—中国—现代 Ⅳ.I267 J223

中国版本图书馆 CIP 数据核字（2007）第 018991 号

手写体——艺术随笔与架上绘画的双重文本

张 于 著

出 版 人：罗小卫
策　　划：陈兴芜　刘太亨
责任编辑：周显军
责任校对：曾祥志
技术设计：日日新文化

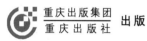 重庆出版集团
重庆出版社 出版

重庆长江二路 205 号　邮编：400016　http：//www.cqph.com
重庆海阔特数码分色彩印有限公司制版
重庆长虹印务有限公司印刷
（重庆长江一路 69 号　邮编：400014）
重庆出版集团图书发行有限公司发行
E-MAIL: fxchu@cqph.com　邮购电话：023-68809452
全国新华书店经销

开本：787mm × 1092mm　1/16　印张：15　字数：404 千
2007 年 6 月第 1 版　2007 年 6 月第 1 次印刷
印数：1—6 000
书号：ISBN 978-7-5366-8491-1
定价：48.00 元

如有印装质量问题，请向本集团图书发行有限公司调换：023-68809955 转 8005

我倚在散文的夜廊下（代序）

1

14 岁的生日那一天，我没有去上晚自习，趴在集体寝室的单人课桌上涂鸦，隐约的书声震落在玻璃上。离初夏还有几天，蚊虫就来缠绕着昏暗的灯光。我歪歪倒倒地写着，学写着母亲的日记体。这一年的盛夏，我将结束初中时代。我期期艾艾地写下了一大堆文字，懵懵懂懂之中，一些伤感和无助慢慢地爬上心来，使我的铅笔越写越快，急迫地想要抓住——一个少年曾经有过的联想、回忆和梦。这一夜的自动写作让我开悟，感到天地间有一种力量叫写作，它在驱赶我——秉烛而游。

这些年来，我的写作就是我的遭遇。我从 14 岁或更早的时候，就在体内萌发了写旧体诗、七绝、五言的念头，那时并不知道，这就是附着在青春期上面的写作。傍晚的时候，常常像一个枯坐的老人，一动不动地望着江水。罪恶的写作之路——蔓延朝前，记载着当事人的境况和磨难，又把自己设定在彷徨的人群之中。写作之夜充满焦虑和欣喜，转而见证了那些失意的日子。谁来珍视那些闪亮的句型？谁来判断语言天才的运行意义？谁来为一顿简餐买单？——而写作对别人来说，并不是要一味地挨饿。面对生存的要求，我又一味地欺哄自己——仿佛写下的文字只要脱离写作者本身，就可以自行过上幸福的日子。瑟·兰姆和他的疯姐马格利特·兰姆，把英国随笔推向巅峰的时候，已到了生命的垂暮之年，靠着迟来的名气和版税，才买下心仪已久的中国瓷盘。

苦寂的写作拖累了衣着光鲜的人。我在 20 多年的写作里，不管是捕捉诗歌的吉光片羽，还是筹建一座散文的大教堂，都间歇性地造成了生活的震荡。每一次对生活的清算——诸如失恋、逃债，不辞而别，都是以书籍的整体流失为直接标准。早期流失的书大多七八角一本，纸张泛黄，油墨淤积。这些书曾在平板车间，用麻绳捆扎出一饼一饼的字丁版子来印刷。后来的许多书籍大都是硫酸纸受力而依赖于胶印机——电脑照排的兴起，使得 10 多元一本的书像蝗虫一样，大量爬上了我的竹书架。在精神和物质同时匮乏的年代，挤在角落的书很能养眼。不久以前，我又失散了一批高码洋书籍，它们做为我失败婚姻的殉葬品，也不知而今蒙尘在哪个角落。每次经过书店的时候，面对堆山积土的书籍，我在内心不着一字，捂紧的口袋里捏出一把湿汗。

我残留在这些书籍中的胎迹，被删减、排列，被剥离出叙事的部分，然后移筋错骨，留下我钟情的文字——分娩时凝固的血，她们靠近散文或者更靠近散文诗，血痂还沾连着早年的诗歌外套。我对散文长时间的怜爱，冷落了另行长大的那些孩子——他们已经走开，远远地化为小说，化为墓园里的石翁仲。我在散文中树立的偏执偶像，多少年来凋零一身，浓烈的念头和板结的诗句让我不知深浅——一个过时的诗人的错觉——产生了散文。就像乡村的孩子习惯走长长的夜路，以为挥一挥手就可以把月儿抹去，凭着这一种感觉，一脚跨过了田坎。夜之稠密、焦渴，犹如深水在头顶上哗哗拍过。我在昏暗的写作间里成长，端着刀锋般的肩头，不时走进走出，不时到月夜里借光。很快——隐忍的孩子就抵达了谢顶的不惑之年。

"在俄罗斯谁会过上好日子？"——涅克拉索夫把这句诗印在了书的封皮。

2

自从塞万提斯从狱中出来，决没有想到他的《堂吉诃德》给了现代作家一种巨大而具有训诲意义的娱乐。每一次写作者思绪的翻飞，都有着无限的盲目性和历险性，以使自身的跛脚马和辘辘饥肠在绿林中隐去。在贸然抵达的城邦里，散文就像贵族老爷头上装饰华丽的帽子，不时在乱哄哄的戏台下扔来扔去。而那个在黄昏中审读过大量游侠罗曼史的桑丘·潘沙——堂吉诃德的仆人，更加肆无忌惮，把一系列破铜烂铁分派到现代作家的手里，谁拿起利矛？谁又捍卫了谁的坚盾？潘沙作为一个武装诗人已经不能解甲归田，他有了更大的主人——不避风雨的心魔。日久天长，从写作者身上引出一个恶魔的功业，并追随写作者，向山下硕大的风车和宁静的羊群发起冲锋。

也许要承认，我们已经度过了文学的贵族时代。手中大多数的木盾和锈剑抵御着人生酸楚，到头来心中的怀想没有伤及他人，也没有唤起他人。一些上世纪80年代诗歌流派的开山旗手，纷纷汇集在未完成的巴别塔下，但他们并不是在为这座通天石塔苦思传名之道。败退的诗歌，萎顿在石塔的阴影下——阳光普照的地方，人们传销着精神赝品。

从蒙田时代，随笔的光芒凝固在作家的精神蛋壳上。几百年来，语言已经无法承担孵化者的生育权利。而现代文学的口舌之争，并没有引出"巴比"的一支突围的轻骑——要么是死水微澜，要么过早沦落为先锋街的梦游浪子，要么吞没在"下半身"的洪流里——写作成为孤岛。

3

在长江和汉水交汇的河口，河口上有一块突兀的条石，人称"古琴台"。《高山流水》的雅事就发生在这里。"古琴台"后面有一座古柏森森的郊庙，俞伯牙在这里养气、操琴，以致引来钟子期。每当我们听见《流水》的时候，对汉语中现行的运行方式就不再期待了，现代散文在纵欲过度之后，只剩下一大堆惊琼碎玉。从五四时期以来，结晶而成的翻译产品，致使我们的汉语田野里无度疯长着外来植物。一方面是老熟的语境套路；另一方面是语言肆虐症的发作——当今的写作者究竟要把写作引向哪里去？

最早的古琴谱《幽兰·碣石调》，是一段写在黄绢上的散文，致使散文从此以后伴随着天然的音乐性和自身节奏的承载方式，走上了歧路。古琴谱既然是拆散的汉字拼造的，琴声里一定有语言的破解之路。——汉字命名了声音发出的位置，却毁坏了她的衷肠。

古琴对于不关心它的人来说，是一道减笔运算。稀稀落落的萧瑟之气，排布下一个"弹欲断指"的气场，由此产生的"乱声"，有一种流溢之美，促成了汉字的翩翩姿态。中国山水画的散点透视、围棋的四面纵横、徐渭书法风格上的乱石铺街和古琴的漫无节奏，验证了"乱"之美学境界。而古琴的无节奏并不是对时间的浪费和铺张，正如《乱声》是《广陵散》的一个续本——影子对实物的取代，零散、彷徨，更富于想象。

乱的阶段是一种最后阶段的描述，大河汤汤，被省略的浮尘还是要泛起。古人为什么在歌赋最关键的地方使用这个词语？从古代哲学和文字学而言，"乱"绝不仅是一个术语和一个等级，更重要的——它是一种思想，一种比喻，一种动力。它在一种久已失传的歌唱形式里，投放了一些猜测。而作为一种理念，历来存在于人们对艺术的理解当中。

每个琴人都有一个时间概念，他有自己的理解和对描述对象的考验，检查他是否在用声音来替换时间，或者是在声音和时间里平衡着力度——"乱云飞渡仍从容。"

操琴与汉字在形态上的天然合一，造就了一个同步的时间概念。它代表了中国文化的一个大问题——随机生成，生生不息的形态，在自然的水纹和山形的走向中体现着无穷的变幻。

——正如音阶永远不是音乐一样。

而散文在小说和诗歌之中充当着间奏部分，它宽泛、明亮，有尾随事物发展的耐力，有"乱"的一切要素。而"乱"所掌管着的一些爻辞的移动，忽略了节奏，并在一些声音的间歇处暗自偷气，借此计算一段意境的运行速度。

散文和古琴应有同样的频率，其中也包括心境、自况、气韵、量度、怀想、暗示力、歧义性和表现主义气质。古琴弹射的每一个音都在生成，折叠成字码。

《广陵止息》曾是散文的另一个摊晒在纸本中的流动世界，当古琴谱在最初形成的时候，它是一篇失韵的骈文，记叙着本曲的弹奏方法，以及徵位、搭弦、按徽、发声、取音。有一天，文字成为累赘，一些笔画纷纷逃遁，留下汉字的某些部首偏旁，还在守望着已经不存在的城廓。古琴打散了节奏，打散了时间这个有意味的结点，提供了具有个体属性的音乐容量。

古琴的减字谱打造了琴声，又臆断了文字，最早的作曲人把汉字的部首及偏旁作为符号，把演奏的手法指示缩写成为新字——汉字接近于天书！就像经历了一场旷日持久的杀伐，残臂断腿，叠合一起，许多年的荒寒，再沉降下去，等待一个识谱的人来打开墓穴。

琴之高古和意韵，应是散文的一面镜子。文字的步法越过琴谱，直达声音的末梢。当古人将峻迹、守质、归政、誓毕、终思、同志、用事、辞乡、气冲、微行……当成一个一个沉寂的蝉蜕，早就由嵇康、聂政、杜夔或者川派、虞派的什么高人留给我们，但我们却一直不去居住。我们写作的语言之河已被污染，张网以待，却看不到灵性的鱼。而古琴住在黄河上的祖先，而今只剩下50人。

陶潜的墙上曾挂着一张无弦琴。入夜，琴自吟——它在自行贯通，在打谱，在衔接一些音乐片段。诗人听见了什么？无弦琴怎样奏鸣？已经不重要了。陶潜所演示的一种空乱，构成了最早的有记载的观念艺术。这里的音乐与耳朵无关，只充盈着冥想。古琴所留下的伟大遗产，其实是一个悖论：它的流体和蠕动并没有合并——无节奏就是空间的一张镜面。我们永远可以自由地叙事，永远处于未完成状态——一根线条是可以逶迤而行的。古琴的发展使得它的意义已经远远超出了音乐自身的价值，由物质转变成了一种特有的中国文人文化的精髓。古琴在开辟一条航线，在为写作者的深度下潜提供一种隐晦的关联。

散文和琴师都在回忆，是谁把固化的一大群飞舞的音标，放在一个相应的高度——声音也有群像，开篇的时候，琴人习惯于叫它"后序"，用一次轮回来完成一个像序一样的尾声。

——混乱无序是一个需要涅槃的概念。

4

这几天我写下的一些词藻在翘首以待，他们挤作一团，手上的遮光灯笼丢了一地。他们盼望着一个校准了的声音能够破空而来，给自己命名和正身。

我在美丽的汉字里沉溺，看见大部分的写作者，无度地占用了简字谱的宽泛格局，把散漫与抒情性当成交换舞伴。他们忽略了的"无节奏"现象也是一种节奏的最高形式，可以让语言滋生出一种流水席般的欢宴——被放弃的弦外之音，很可能是语言的最终法度。传统的写作在我们身边停留得太晓白、太圆熟，就像一大堆酒糟，捂在虚妄的窖池里发酵。人们习惯于罐笼一样的温度，习惯于浓重的主观臆断和煽情。鲜有人在意：文字是有体液和流速的——书写中的字型汩汩而去，笔迹就像是水迹。而做为表意的文字，它更像是一些记忆符号，面对物态的造型，从开始就产生了深奥的构成原理。祖先对文字的排列，并不需要在某一天忽然发生；甲骨经受了漫长的炙烤过程，完全可能接受了神的旨谕：线条自然流动正如树木吐息，每一个结被当成文字的初始和远祖。方块字的枝繁叶茂，将九宫格覆盖、定型，使文字的法力反过来强化了造型能力，悄然滋生出一大堆简字谱的隔房兄弟——护符。它看起来无法辨认，显得鬼魅、隐忍，但在所有的符号中最具爆发力和咒力。

我越来越清楚地认识到文字是气的一种停顿方式，它体现了一种能——脑境和现存世界的对应并不是语言细节的泛滥成灾。

而散文作为智者的游戏，它不属于命名者，只能在余晖中灿然死去。赫兹里特曾经写下奇文《再见吧——散文写作》，仿佛且行且远，而他最华彩的散文却离我们越来越近——就像是王者归来。

这时的阅读是一个致命游戏，对我们的品质逐行进行检阅。我们的记忆一旦形成了最真实的影像，其中它也包括那些不能回忆的部分。而语言的死亡就像成片成片的原木被深埋在地层下，有一天锃亮、自燃，灼灼闪光。

散文写作如同操琴，应该同时产生一种伟大的人格力量。

在印度有一种复合涡纹造型的树叫"劫波树"，意思是"心想事成的巨树。"印度的行者常在树下打坐、冥想、开悟。我从14岁生日的那一天起，就知道自己运交华盖，唯有自度，才能检索出身上残存的古典文人的气息。姜白石作琴歌《古怨》的时候，再次确认"流水"有另一种弹法——他让我们回到从前，回到文字的萌芽期，像宋词一样缘起于一种沉醉，把一切力量允诺在看不见的时空里。

他认为的倾听者，更像琴者；每当美妙的琴声渐渐远去，紊乱的词牌就让他一贫如洗，丧失了华胄的记忆。他在穷死之前守望着汉字，紧紧抓住缁衣，生怕我们遗忘了汉字的纯美。我把这些感受排列成了散文，把未曾表达的部分画成零散的素描，平涂成表现主义油画。

我写罢这篇自序，然后带着一根线条去散步……

极端 · 饱满 · 反向 · 隐忍 · 个人情怀

手写体·目录 艺术随笔与架上绘画的双重文本

卷三·对 景

卷四·散 风

卷一 · 花 序

鸟 境

鸟儿在她的境内飞行。

环绕着她的快乐园子，累了，落在大叶子上，落在小叶子上，忠实记录着永不成熟的天性。

七月的地瓜开花，小而白，掩住了小丘。隔着这片芳香，一位鸟族中的骑士，她的生计依附在鸣禽的狭窄天空中，捕鸟为生。但她也是人类的共同的朋友。

鸟儿在僻远的山地上巡游、操持。蓖麻籽不慎滚落山坳，在一个寂寞的早上出土。鸟儿们看到秋天的种子又成了种子，而种子只是对着天空中的尤物举起嫩绿的小拳头。

日复一日，鸟儿固执地重复着她的航线，耗尽了忙碌的生命和激情，她用幻想告诉对鸟儿不关心的人们：她只是自己美丽传说的仆人，轻盈、天真，侍奉着四季的甜言蜜语，她的歌声中有她自己。

鸟儿一天天地长大，寂寞一点点地添加。一刻不停地，她在自己的袖珍王国中寻觅，期待一个与时间无关的节气，再把自己半僵的身子放在一个理想的安谧之处。没有人能够揭开鸟儿不寻常的死亡之谜，仿佛她们永远年轻、动人，富于柔情。而飞禽的肮脏腐朽的尸骨，只有枯枯荣荣的草本植物有幸目睹，沉默的生灵是不会把这一秘密告诉人类的。

鸟儿想啊想，想一些意想不到的事情，一头撞在小山上，她也许就死了。一大群鸟儿拖着白色的宽大翅膀从远处飞来，犀利的嘴角含着翠叶与芳香四溢的花冠。也许这只浴火重生的鸟不知道，她已经飞出了自己的疆界。

在今天，这些已不再是秘密了。

鸟儿多少年一次轮回——她的每一次投火是否更接近于传说——在那个与神相遇的日子里——是否谦恭、胆小，畏惧人类——提防着类似于人类的种种危险，这些问题属于飞禽的自我信仰。她们繁衍着一种比人类更长的宗教，无声无息，袭用着原有的禁忌和风趣。

她们在天地间喧腾而起，启动了永恒的生命主题——死亡与爱，人类却留给她们少许的从容。

禁　声

在我内心有一个衣衫褴褛的歌手一直为我领路。很久以来，我未曾同他谋面，也勾勒不出他的脸庞是如何的清瘦，是如何的祥和，我只是饮着清凉的河水，一门心思地侍候着他的种种心愿。这些，水族中最沉默轻灵的鱼都知道。他的歌古老而单调，说的大多是河里的船歌，一些来自高山的跌宕不已的回声，以及花儿草儿的小曲；他的歌声大都残缺不全，常常唱着唱着被他随口改掉，用些古怪而含混的新词搪塞过去。我不明白，他为什么这般随性，完全可以不去破坏民歌的完整性，——但他从不这样。时隐时现的，顺着他传来的歌声，满含内伤——我情不自禁地哼唱起来，一

隔着这片芬芳

在色彩上，《隔着这片芬芳》是一个分水岭，从此我的色彩走向明丽。而2004年无疑也是我的写作年，与其说是在赶路，不如说是在一路思索。在写作之余，我用另一支笔描摹下了一个平面世界——我的绘画是我坚持文人立场的唯一佐证，也是一个本土文人的视觉独白。我在思考一个不能用文字表达的空间，如何具有绘画的当代性和最富灵性的表现成分——写作和绘画孰能走得更远？如果是蚕死丝尽，桐枯成琴，我的散文的歌唱性，从下笔的一瞬间就进入了预定的轨道。古人常喻草书为"行云流水"，高天上的行云速度看起来是慢悠悠的，我们坐地日行，相距太远——实际上行云有它的速度。

边朝这首歌走去，离开这片原来生育我的土地，一点点地背井离乡，过着放荡的生活。我负痛而行，想起一生何求，想起歌中的与我相似的身世——歌王的共同命运，想起我是孤零零地来到这个清白世界，却不能孤零零地带走他的罪恶。因为民歌，我们才有了怜惜，我们长啸的歌里才栖息着全部的怨愁和欢欣。在一个如期而至的日子里，所有的歌都从四面八方破水而来，朝我短暂的青春吟唱，我全力抵挡着这一外力，睁不开眼睛，在民歌的环绕和混响中站立不稳。"歌王！"我大声地呼唤他的名字，而他已经加入了民歌的行列，在一首歌的再现部分完成了他的绝唱，致使我的声音陡然沙哑、沉郁，像个剖腹的武士，满肚的新词哗啦一下涌出。他是被民歌载走的，成为新的民歌的王，但他没有教我唱过挽歌，在他仓促的灵车前，草灯、红花和风铃扎的灵车前，我看见自己形同虚设。正如他撒手而去，首先是停止了歌唱，剩下有过的澎湃的生命还在谣曲里呼吸。人们说很久以前，有个歌手死了，死得很平淡，但人们总是记起他，在歌里唱起他继续浪游。他为什么不教我唱挽歌，当我站在葬礼的背后，喉头仿佛哽着一块喊叫的石头，我拼命摇动身子，把满身的悲痛碰得叮当直响。我从民歌的葬地翻卷而出，运载着情不自禁的声音，就像歌王——来不及喊出的如鲠在喉的声音。从一片冷灰的光线下穿过松林，草环在前面引路，迎

80cm × 115cm 2004 年 布面油画

接我的灌木和低平无奇的土丘，将我熟知的声调抛下，就像一层落叶上覆满一层落叶，我的出现被装扮成一个禁声者，一段未经配器的乐段。歌王从来没有这样真实，为了使他的音色有别于周围的环境和人声，他溘然而去，断然平息了我的歌唱。在那些彻夜难眠的日子里，我嘤嘤地伏在床头写作，冥想中的声音从空旷的地方传来，我分辨着其间的柔情，哪些还隐隐地在民间传唱，哪些码头上的解缆谣子被捎带而行，哪些是丧逝的揪心哭述，哪些海枯石烂的爱情没有结果……有意或无意，莫名与初衷，辛劳和雨，激情与梦想，环绕着民歌这盏摇摇晃晃的灯。而这是一盏长明灯，在所有接踵而至的音乐里，是它脱离声源，变为独立的标志，仿佛这样遥远，因为它来自我们的内心。而一切乐器都在模仿歌曲中的人们，歌唱如像国王坐在宝座上，围绕他的乐器好像他的庶民跪在他的面前。而自然中的种种鸣响，只是无穷尽的神圣原音的回声，他的喉咙是创作的第一个最纯洁最卓越的乐器。只要他的旋律一停止，我们的智慧将重返原来的情绪中，音乐以及流传下来的歌便从大自然中抽象出来，亲密地依偎在一起。我乐于守在这份亲密中，关闭声门。虽然我的歌并没有枯竭，但她对于我来说，如像不能饮用的水，多少次歌唱都使我想起歌唱的苦难和没有挽歌的葬礼，我情愿失去尝试表达音乐力量的机会。不过，我还是要问我自己：我的歌究竟用来做什么？我的歌要用来模仿什么？——我的歌只是沉寂。

山草及她们的花序

我在寻找草一样朴素的语言。

在细致入微的节气里，弄不清是谁浓密地修剪着山草。零乱而柔和的花絮，亲密地依偎在一起，贴着水面飞行。偶尔夹带着几粒孱弱的草籽，吹到河心，便再也轻盈不起来了。即刻，一大群形色新颖的水生动物，从四面八方隐隐靠近，上演一场花仙子的轻喜剧片断。只有一小部分草絮随风扬起，翻山越岭，通过一条讲俚语的内河，来到异乡择居。

有朋友把她们从山野里一束束采来，插入一尊脱釉的老瓮，久久装饰着宁静的生活。

我仿佛是夹在这些伞房花序中的一粒朴素的爱情种子，寻找到的语言，如同不再修剪的花梗，一样清新、无声；又在雨后的黄昏，一样真切、忧伤。

但不容易遇到。

磨石小谣

这首歌从深深的石头里传来。

这首歌，就像那些没爹没娘的孩子，快活又孤苦，采石人一把将他抱回家，让他成为手艺人。

一天，采石人凄惶地笑了笑，唾把口水，揉着生硬的骨节，撒手而去。

这样多的人要露宿山顶，这样多的人要来做石匠……围着新开的磨心唱着同样的谣曲。

是谁在笨拙的石器上枕戈待旦，备受煎熬？你对石头用心说了些什么，浑然的石头被抽得遍体鳞伤。人们运来小米和大豆，抚慰着就要碾碎的平原，就要埋下的铁锅。而我仿佛就是那孩子，孱弱的心脏忽然变成平原上的一面大鼓，与那些石头里传来的声音切然相和。

我磨着新开的镜子，把一些人类不能享用的语言镶嵌进去，孩子有了新居，语言有了根。

要是没有大锤，没有采石人的号子，我们永远不能去拜访那些石头的故乡，那些鼓睛暴眼的残碑和盛大的奠基仪式。

采石人发自肺腑的心愿，打开了石头的大门，并把艰难而郁闷的身事，刻造在他们的石纹里。早先，这些石头一直沉睡在山里，坚守着神秘的誓

石窝

24cm × 35cm 2001年 纸板油画

粉彩地

> 一个周姓老师自称不喜欢动手，仿佛要靠一张嘴风行天下。但他告诉我，这张画完全可以放成大画。而感觉却不可以放大。

言。采石人来了，摸到死去的大山的龙骨，把一座大山敲得叮当作响。满山的号子，砸得巨石坑坑洼洼。

很快，采石人走了，山顶上寸草不生，就像被啮齿动物反复青睐过。手艺人一心想让这些石头成龙成凤，成为性命的护身，成为灵气活现的神。

但总有一天，我知道，山顶上古老的石头家族，会送来风化的消息。

风 琴

正像河流，有一种追索不舍昼夜。

我一点点地想起你，让人记住你的日渐平淡的脸。只是，能够停留在心间的，却与女人无关，在八月一个阴凉的日子里，风干成一张纸。

修长的镶花绸裙，在午后暗自褪色。我揣摸着，日复一日地衰老，正像那张供你恣意戏谑的纸。如果冬日临近，我会成为一些流通的货币，在幸福的人手中传递。

记住吧，我那时是草，抖落花蕾，捂进漫游人的裙兜，回甜而白晰的草根塞进嘴里，再一节节随口吐出。我唯一的武器是缄默，而缄默又是那样长久——一切歌唱的事物都在渐渐离去。记住吧！我那时是草，是"苏格兰的铃兰花"，是一首过时的外国歌曲。

粉彩地 14cm × 25cm　2000 年 层板油画

夜深沉

对你的爱叫人始料不及。而我清纯、幽咽，被夜晚的雨水洗刷一新。

每天经受你的端详，你的验证；在早晨寄托无限亲切的事件。我悉心地探问：一支出访的桨，一把松散的栗子和一次奇观，这些，人人都过来得与之相似，我只有倾听、迟疑，度日如年。

而这个季节，鸟儿们实验着他们的新舵，间断了夜间的飞翔，致使我的爱被简洁得如此干净，如此轻盈。我整理着爱情的遗物，贴在门楣，让人感到流水汩汩远去。人们为此打住，说这是音乐，是揉碎的心，是夜间开放的紫丁香。而漫游中的某次惊醒，与死邻邻相近。

你依赖这种奇迹欢愉地生活下去，一天一天地改变着假寐的睡态；我的歌，只当是只言片语。

死结的剖白

黄昏的最后一场稠雨，下得越来越不分明，没有什么可言，也就没有什么可忧。但我已经同你幽幽而别。不需要说什么，就像一开始就守口如瓶，步

雷雨夜

在某一个下班较早的冬夜，搁下饭碗，我偶然想起多年以前，曾在一个乡场里写生，天色黯淡下来，我从看得见玉米地的小街景中，停下了笔，赶紧收拾画具。这时，看见有的铺面刚刚点煤油灯，我快步去那里的供销社写了房间，算是安顿了下来。那一夜，大雨裹着响雷。当时画的水粉画早已弄掉了。而那个场景现在叫人想来有些酸楚，我便在薄薄的层板中画了起来，顺便用刮刀勾勒出了物件的轮廓。

履得体。而今你的名字日益响亮起来，就像浸泡在水中的水仙根球，白净、细柔，伸出了嫩芽。有人管她叫一张脸什么的，噙不住的某些东西，随时都有可能滚动下来，砸到孩子的脚上，易碎的器皿上。

这是多好的孩子，多好的器皿。

我与你素昧平生，初遇时尤其陌生。你那时还小，还不懂得爱情。而你的出现，把我逼至墙隅，勾勒出你的外部肖像——灰色世界的沉寂部分。

谢谢你，给了我这扇失修的门，我用它来营造一片空白，一些零星的幻觉和一次历险。直到失去，直到拥有；再失去，再拥有。

想来，我本来就没有爱过你，就像我从来没有爱过我自己。但你朴实、善良，人说你很好，就这个意思。我身边的多少人不断怯怯地念及你，直到我身边，有了另一个念及你的新同谋。

我曾在你的怀中获得安息，哪怕是片刻的、转眼即逝的。不知不觉，我的爱情故事在熟知的朋友中戏谈得日趋无趣，回首一顾，依然凋零一身。而我一次次地谢绝你，如同谢绝一盆盛装的水仙，让我保持孤独，让我安心地度过风暴。

这是甜蜜的风暴。

如果有一天，你偶尔停在这篇小文上，惨不忍睹，请恕我天真、多事。很可能那时你对这一切并不在意，并早已投身到另一场日趋热恋的活动中，开花结果，其乐融融。而我依然是惨淡一身，不为金石所动，不为那些愧疚的恋情所惶惑，终日冥想在可能会有结果的一次又一次的失恋中，猜测哪些是最无关紧要的细节，哪些被永恒地拴上了死结。

34cm × 35cm 2003 年 层板油画

扬 琴

这些早间的雨蛙是扬琴唤来的，她们爬得高高的，脚趾上有吸盘。我在闭塞的浴室中听见琴声破墙而入，几近滑倒。

只是一些明明灭灭的小曲，尚不成调，在晨雾涌动的窗前，撕裂了南山山峦的薄棉絮。正如一个孩子上学之前，一边吃着早点，一边随意敲打几下，清亮的琴声漫过火柴盒式的楼体，粒粒可数。

斜斜飞过的晨雨，沾在地面却没有留下水迹。我贴在虚假的瓷砖旁，任凭热水冲刷着臃肿的四肢。琴声让我漂浮起来，像是随波逐流。我从腾起的雾气中出来，夹着寒意。

秋天污秽地去了，将忧思和无眠带走。我写作的欲望被打包，被寄往秋去的列车。我在晨雨落下的时候，一点点地接受了这个初冬。只是扬琴飘来，叙事的技巧凋萎而平白——一种雨洗的感觉，黯然神伤。

时间是扬琴的刻度盘，它没有代表自己，或者说它利用了自己的虚无，为无法复述的琴声做了注释。我跌跌撞撞地醒来，迷迷瞪瞪地入浴，又被扬琴溺毙。

余音绕梁，三日不绝。

但是，操琴的人并没有设计他的卖场和落点，甚至连曲谱和调号都弃之不顾。扬琴的一丝冷意，无须自度，留下的巨大空白还给了颗粒状的早晨。扬琴只是校了一下音，轻抚几声，却不说明其间的幽冥，任凭山中空落的雨滴，去组建恢弘"晨曲"的多部和声。扬琴失常地载着我们最颤栗的部分——小心翼翼，如湍流飞身，奢华、欲念和心性由此荡然无存。剩下雨的连线，扬琴的连线，清晨濡湿的连线，丈量着音阶。

琴手不想去激越一个隔墙有耳的书生，他只是把玩了身边的一段光阴，并且随机编写了一些乱码——琴与琴手便分解在早晨的稀松片断之中。

扬琴本无言，执琴的手在说话。

夏天的花葶

夏天的最后几个日子已经临近，我记下这些杯水末梢的小事，如像一座园子，一块怪石，一条彻底弋游的从池里溢出的水迹，一个有心人的喃喃独白。

而我们在这熟识并习以为常的感受中，看见青春易逝而四季如一，真实的东西越来越难以觉察。

一个名儿叫新的姑娘，刚从外语学院毕业，搬来住我隔壁。有时她把我案头的插花抽去几枝；有时，又替我换换瓶里的水；有时，我恰好不在，便将我床头上的书弄得乱七八糟的。青春，对于她来说是一本刚刚打开的书，而我已将它读皱了。

夏天剩下最后几日，风懒懒地吹着，在树冠上晃了晃，就不见了。而时下树木苍翠异常，一股浓郁的树脂的芳香袭来，急躁而思睡。

"先前我在走，

是风的旨意；

现在我坐下，

因为风已息。"

借用英国伤感诗人罗塞蒂的名句，为我匆忙的出逃做着准备。所有的花葶都在与我握别，也许几天之后，秋雨无情，人们就要添置衣物，园中的小果小籽将乱丢一地，被人遗忘。而这些不足为患的事件，也许我要记住，也许我要忘记。

24cm × 35cm 2002 年 布面油画

清晨的花

往日的苦涩，
从猝然翻倒的花瓶中溢出，
你一年年的腐败、忠贞，
失望太久。
清晨至此一目了然，
我写作毫不介意的事情，
挨到鸟儿灭种，苦笑平息。
从箱底取出压碎的干花，
接受阳光，挥霍不幸。

——摘自手稿

我的窗口朝南，正对这座四周砌有高墙的苗圃。墙上浓密地长着爬山虎，像一把把小伞挂得满壁都是。这种植物却不知为何要落得个动物的浑名。

园子僻静、玲珑，精心修剪的花木整齐地拼在林间空地。空地的中央有一枯池，不知育花人是因故放干了水，还是不易蓄住。花台盆栽着椒兰、蒲葵、芍药、凤仙、一串红等，品种杂存。池中的水草大都枯死，另一些叶茎修长的青草像喷泉一样冲起来，串过露天花台。有一条小径贯穿园子，直通一棵苏铁前停下，但这条路不是用来散步的，仿佛它另有企图，要将一些秘密引开。这棵苏铁茎粗，呈木型，极少分枝，密被暗褐色的叶基和叶痕。据说苏铁开花不易，60年一次，而实际上20年以上的老树，栽培得当也可经常开花。我一直无缘一睹花容，闲翻花书，曰之："花顶生，单性，雌雄异株。雄花序圆柱形，松球状，雌花序半球形，掌状均生茎顶。"有一座小小的花房，紧贴苏铁。严格来说，这是一座废弃的暖房，房中已无草木，被人淡忘。一辆手推平板车停止在墙隅，可谓人去车空。

这个早晨，早得如此出奇。我被一些间隔的唏嘘含混的声音惊醒，推开锈迹斑斑的铁门，来到园中。早晨的空气新鲜得叫人窒息，许多眠宿一宵的鸣禽从窝里飞到树冠，几经迟疑，再破啼而出，各自东西。这些高贵的引颈而歌的择居者，今天的早餐在哪里？

这会儿露水大都散尽，空气里有一丝躁动的成分，被沉重的早晨压偃的狗尾巴草直起身来，风在一丝丝地游走。

天色越来越明，园子里薄薄透出几束阳光，心澄目洁。只有青果的暗部和叶角的背面，才偶尔找到一些短促的水珠，把四周托得幽暗无比。一只花脚小蜻蜓踏在一朵紫薇花上，她的漂亮的四只翅膀已经被这个早晨濡湿了，一折一扇的，活像一只水里的标本。她耐心地等着，太阳会将她送上岸来，潮气一退，再围着这朵小小的花葶饱餐一顿。在叶子与叶子之间，滚动着小小的瓢虫的背，鲜丽又诱人，只要有一张细柔的叶角就足以让他藏身和安息。

这个早晨即将离去，如像你在做梦、欠觉，慵懒而甜润，我的嘴角叼着小小的一支葱兰，顺着花园的这头走到另一头，在这样的日日不改的早晨里，我找到的就是这样的心境。

而秋天已近，我将重读那些柔情的诗章。

鱼 缸　　　　　　　　　　　　32cm×28cm　2003年　层板油画

　　这一年的初夏，我应雕塑家唐尧的邀请，在他的爱人雪梅与朋友合开的小画廊里挂几张画。这是我的画第一次放在纯商业性的卖场上接受检阅，雪梅为之定价为500个大元。这家只有5平方米的逼仄画廊，淹没在沙坪坝的一个大商场里面，有充足的人流，却没有富裕的驻足者。三年后，唐尧举家北归，在北平一家雕塑杂志供职。他的离去，我自觉有两点损失：其一，不能再去他在小泉的有农家味道的工作室小坐；其二，我在重庆已很难找到这样的唱和者了。"嘤嘤其鸣，求其友声。"我当时选了这张画送给这一对神仙夫妻，不知这张小画而今身在何处？

箴言者说

——维特根斯坦同一个青年诗人的言辞对冲

1

　　这是一场被禁止的游戏。

　　如果让我即刻成为哑子，一度滥用的语言就像满河散架的木排，任其漂泊。一切的平和与清新如同绿色的溶液，通过了植物的茎脉。片片叶子叠在一起，宜人地入睡。

许多人在这场语言游戏中耗尽了生命。他们以及他们中的寄生物，与许多日渐冷峭的选题相遇，在彼此的对流中深受流毒。语言背弃了自身，一天天苍白下去，陷入怪圈：破坏，重造；再破坏，再重造，周而复始。

"我们正在与语言搏斗，我们已卷入语言的搏斗中。"

2

诗人，又是采风的人。生活在太阳不照的地方。而采风是他真心的选择，为了花瓣、早晨和花蜜，终日歌唱奄奄一息。

我站在语言的痛苦的芒上，哀愁照亮了所有的发光体。一遍一遍的，我们接受阐释、删节、点校、增补、代序和跋，与许多别样劳作的人们一样未能幸免。只有极少数人建构了自己的典范，延续着被传统忽视的部分。

"'一个诗人实际上不能说他自己像鸟儿那样歌唱。'——但是莎士比亚会这样说自己。"

3

一些果核预示着某些征兆，像群怨恨的弃儿，把自己不确切的宿愿，砸到阴湿的红土上，面对这样的结果，我们羞耻地承认自己的脆弱，有难言的成分。

语言是一种最遥远的情结，她创造了刻骨铭心，表达的却是语言以外的思想，她的每一次对自己的洗涤，都预示着一次失败之书。但世界的偏执却不是语言的过错，我只是远远地捎来水，倾听着风的语言、梨花和苹果花的语言。生活在爱情墓园的人们，打湿了一首诗的潮湿部分，我们用她来种什么？

"一个新词犹如在讨论园地里播下的一粒新种。"

4

像一种已经死亡的尸体的外壳，又像一个未被公认的信物。语言，罗列了寻常人的生活。

人们用俚语打浆，虫灾和物候从两舷擦过。民歌在河里漂来漂去，像些小小的纸灯，把我们的祖祖辈辈送向来世。但我还不是箴言者，只是躲在某座世情嫌恶的小山下清修，冥想中的语言，像冲开的一道泉眼。

我看见自己说过的话像一队冗长的影子，与我寸步不离，我多愿她们像一队捉衣而过的少女，经得起端详。多少人仅仅是为了表白，把口水吐在这个清白的世上，转而扼腕而叹。如同知道渔夫很穷，并没有把贫困从他们的门前赶走。

石 青　　　　　　　　　　　　　　　22cm×25cm 2000年 纸板油画

怀着难以立身的心情，等待房主和种种迁移的习性。
寻思过的人在四方望我，为着白米和酸菜，我渐渐地滋养成性，在百家，
津津有味的食客唤着同样的乳名。

还是这身装束与家人存念，一扇无墙的门，久久地与我含愁对望。
我想起将来的生活，——这多么勉为其难的禁忌。有钱的人会是两样？
这些，河上的难友都明白。

鸽子翻动亮瓦，为我发潮的部位挪开一叶天窗。
新识的人闪烁其词，就像重新点亮的晚宴，避开了我的爱人。
剩下贫穷的两枚酸桃——昏暗中把我双双接纳。

哦！爬墙而过的人儿，你温顺的样子，鸣叫不住的神情，灌注我，让我落落寡欢。
而未遂的帝王之梦，落在山地经霜。

　　　　　　　　　　　　　　　　　　　　　　　　——摘自手稿

夏 夜

　　黄昏的磨滩河边，天色半明半暗，半晴半雨，我坐在农家的堂屋外，喝着刚挤下的羊奶。晶莹透体的小雨珠，斜斜地飞过豆荚棚子，汇聚成大滴大滴的叶上水珠，蜷曲着翻身下土。待我把一大盅羊奶喝下去后，天空已无法为乡间的小石桥照明，小山与农舍轮廓依稀。这时萤火虫从我耳边齐齐飞过，犹如穿过一座小小的星河。不知道是过山的晚风将他们吹来，还是她们冒雨要去晚间赶一场河岸上的舞会。一些雨水濡湿了萤火虫沉重的翅膀，它们肥硕的身体一头栽到了樱桃树下，尾部的闪亮如汽车的应急灯。

　　"上帝也许对我说：由于你自己的嘴，我要求审判你，当你看到其他人活动时，你自己的活动使你厌恶得发抖。"

5

　　我们常常用自己的面具说话，说些自己也不懂的话，而头顶三尺之上的神灵在拼命摇喊："这不是你，永远不是。"皇帝穿着新衣走了一遍遍的猫步，还是留下了话柄。对于永恒的错误，一直不乏滋滋乐道者。而化装舞会是一个例外：有人用一副面具换下了另一副面具，有人用换下的本来面目稍加武装，又匆匆登场。整个舞会天真、童性，在欺骗你之前，先欺骗了自己。我乐于接受这里的虚情假意，有时是新奇和迟疑；有时是满地的情书，有时你发觉很亲近了，其实你们之间还很遥远。人们的面目告诉那些可爱的爬墙而过的天真人，它们是唯一不避风雨的东西，它的存在显示着一种距离。

　　"那时候，喜欢讲话的人将会安静，哑巴将会开口。"

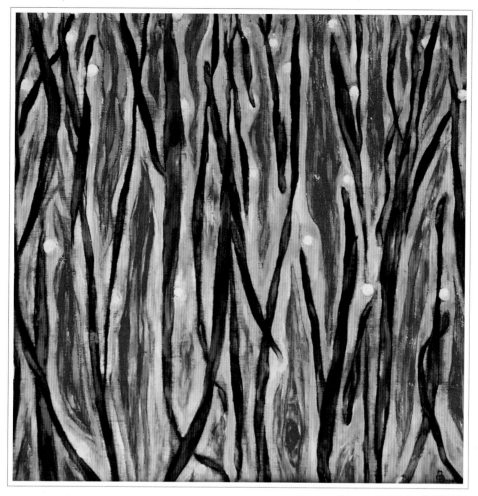

64cm × 65cm 2002年 层板油画

中国农神

二月：生

清明谷雨，不辞风雨。

——农谚

几天来南风朝天，少年想起慈姑就回到了乡间，看见一些积雪被慈姑的叶子划开。昨夜，神农投放了农器，又在村口压着一部随手翻开的农业大典，顷刻间山外化雨为栗——靡靡而下，农谚成为最早惊醒的部分。

醉鸠在垄上吃着桑葚，田里的螟虫提前了九天越冬。少年猜着月令和灯谜，把民间的日用通书剪刻成窗花——看见昼夜雷同，采青、立蛋的消息传来，通过一些花灯故事散开。古代的女螺祖、姜和涂山氏——日夜为一些农业问题哀鸣不已。

黄体山

大凡对山的敬畏是主观的。我从来没
有用文字表达过，黄体山是对秋天的一种
弥补。

接着芒种，接着陶冶斧斤，少年明白了农谚中的描绘是如此的贴切和充盈，以至于倚着一缕炊烟就可以安然恬睡。如今月儿空空，风中铜铃作响，我们攀沿桃树长大，又艰难地挤出桃脂养活着水。而与少年同时发生的族人，不问避灾之事，只在父亲的谷谱里偷生。

春天的乡村，亲人们悉心相顾。各自带着芥花，来到坡地，侧耳听见蛙声——以卜水旱。有了惊蛰，有了雷茶，就有了蜜蜂的粮食——紫云英。

停火的人家清园以后，黄河以北的小麦还在拔节。吹了一冬的草人熬制着骨汁，鹅塘四面——绿肥盖住了骨肥，去冬的禁忌和菱角烂在田里。那个冠弱的采青人，为了驱赶白虎，在晚间，和祖母一起把螺蛳撒上屋顶。之后不思茶点，一心期盼明日清明。

少年郊游不返，与《菅子》和《夏小正》为伴，推算着一条青鱼即将产子，鱼的母亲急躁地问：你为何要我泛起春汛？《氾胜之书》在问：谁在田间图文相袭？——紧贴麦地，远方的人悄声细语。但没有人来带言，在河的上游，便是稻和粳稻的故乡。父亲拾起九穗禾，随手插在了丹雀的嘴里。神农从四面联系我们，就是一种赋予。少年记住了这一次郊祭，羲和占日，常仪占月，臾区占星，轩辕灌溉了黄河流域。

少年几乎沦落为一种物候。

十里以外，便是柞蚕的领地。育蚕人破蛹而出，蚕种连着墓园——峋嵝山是当时的葬地。春天以窗相知，真挚的水稻不避风雨，向你传授含笑和凤仙的繁殖形式。而耧车就要下种，一排排碣语和星云汇流成山溪。雨啊生着百谷——打落到辛劳的面颊上，春天的喝水浑然不觉。为了怀念南方——谷子的远祖，我们在从前描述过的地方生死如初。

少年湿鞋，初次尝到人间芬菲。

六月：火候

天旱收山，雨潦收川。

——农谚

赤脚那天是一个乡村的节日。

午间杨花而来，八百里水稻青黄不接。稷王扶犁过田，女人休耕在野。

34cm × 55cm　2001年　布面油画

迎着民间袭来的疾苦，你被四面的米浆灌醉，急躁而思睡。南迁，南迁，接近成熟的地带；洼地上最早的采集就有了农业——奥李和郁李。

这时西山毒菌正艳。依赖饥饿和蛇，暴烈的男人——旱季里唯一的祈雨传人，同你守望的是一片火候。当竞渡者扶着云锣，口含花果，怨恨地朝土里灌酒；从一只旱船出发，米浆打湿了你的双膝。

女人采集去了，男人扑面而来，他们的菖蒲缠在身下，爱情忘在水田两边。在六月，误烧树神的稷王，找不到井眼。而苦艾朝着井窝说——你的祖母是唯一的水。

大雨落透，接着天干，接着投梦，接着米浆脱壳。一个法师砍倒神木，死去活来要天雨，与云、蒸气和时令相关的手艺，只传翁婿。头鸟润了润嗓子，带着我们集体去村外接骨，人丛中走出豪杰——枉自几年的朝夕相处。但你的出走被远处的人看见。你是造物者，是人类的朋友，终日整理行装渡过灾难。而坝上，摊晒着姻亲、椎栗和失修的耕具，深更扶起的水车渠绕先人的木舟。

求雨的人去了，收割的时节沿河靠近，赤脚那天是新米的一个节日。

山间的坪坝谷黄叶枯，犹如尖尖的蚂蟥抵住了云顶。毒日在男人身上割出条条口子——欣喜开镰，白米酸菜提到田头，牛筋子打在了谷子上。谁家在屋后舂米？又是谁家的俚语鼓动了风车？

头顶吉日，稷王穿过松散的山地，清澈的河水如一名纯情的哑子一样游吟。人们置身于月晕当中——夏天的殷勤烂熟在河心。等到洪峰过后，一

海螺沟

2004 年 11 月，海螺沟发源于贡嘎山主峰东坡一条冰融河谷，海螺沟冰川是现代冰川，形成于 1600 年前。冰雪崩时，蓝光闪烁，雪雾漫天，倾泻而下，声动如雷，一两公里外亦能听见，一次崩塌量达数百万立方米。我在海拔 2850 米的冰川世界里，洗着 50 摄氏度的温泉浴，看见四下里都是泉眼。

季水稻就是一次农神的歉意。而新米如鬼，为我们寄放着惆怅的来世，隔着这条大河，老死不相往来。

当你在民间传授花粉，忧患者就有了草木之性，五谷里同唤你的乳名：稷。

十月：金石和巫

斗柄在西，天下皆秋。

——农谚

巫自暮色来——红绸绿绫牵着水国的情侣。你的柔情和山桔成熟太晚，遍地都是朔望的日子。南方通过一场社戏进入了孟秋——农事紧随农谚。东山的稻、黍、稷、麦、菽，用饱满的激情向星辰示意——我是炎帝的弃婴，有一千种惜别。

姜自暮色来，踩在一个巨大的脚印——前溪就传来了临盆的消息——你喊着土地的姓氏接生，我柔弱于水，杳然起身试衣，隔着阴天，与神相守一种誓约。

东方烧麝香，西方烧硫磺。

十月灿然落地。神农在草垛上稍息的时候，农人们围着船坞登高——语言断然成为一种巫术，一种期待被灵验的东西。直到天地间云深土厚，草死羊肥，男人和谷物才相继入仓。

而我的诞生与今夜弥合，不祥的弃婴从僻巷抛到了林中，一些鸣虫飞舞着聚集在河面的上空，头鸟落下翅膀覆盖我，为我取名为弃，所编的儿童游戏都与农事有关。十月就这样生产，就这样荡然无存。一些抚摸回到空中，细细欣赏地上的图案，如同张开嘴唇——对着星空旋转。在我添衣之时，人们看见执雁的人，枯守着三棵树——秋天的婚礼一村一村开繁。

大鸟的信物落在情歌里——远方的母亲在掉叶子。在大狲山，我是尧的兄弟——东山的弃婴，有巢氏、燧火氏以及神农氏都知道，能植百谷百蔬，但一双大脚才是我的栖身之地。

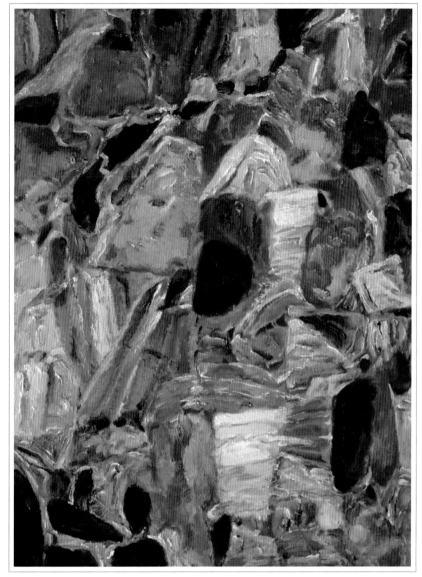

80cm × 125cm 2006 年 布面油画

东方开香堂，西方点天灯。

——接着投梦，接着不期而遇。一切收敛停当，晓白的歌辞成为新种。从民间平平望去，东山乃多事之秋。从黄昏炙焙到三秋，社戏走乡串户，怀中的清菊和燕石不相侵扰，我的秋意殷红，坚实。一股凝结在一切果实中的力量来访，天地间日月相曛，成熟的季节在大地上奔走。——农谚引路，虫灾从两舷擦过，我们去另一条河坎伐铁木和砚木。钟师、铸师、鼓人、卜师、酒人和小祝，纷纷从卜卜炸开的龟背上走下来，从麦芒上走下来，从一部开合自如的农业百科全书中走下来，他们唱着天子的歌，把朴素的谚语一天一天汇集东山。

田园将芜。

十二月：藏身

冬在月中，冷死鳞公。

——农谚

青瓷起霜的时候，祖父还在山中烧墨。凭吊的河口——那些放排为生的人与我遭遇相似。

祖父从一枝火焰里起身，冬来闲读，春来养草。手提一笼白枣，清冷地走过道场，红棺，留给了善写丹青的旧友——他在等待一个无限愁苦的人，一朝斗弈，不问生死。而放下农书的事件，都在这条山谷辨识稀星。

我远远地避邪在外，乞食的人从四方隐隐走近，越过祖父的床头，力图看见从前，一个山洞，一个突如其来的寓言，一个不厌其烦的故事。天地间赤脚成河，只有我身轻如水。

而孤独作巢，成为了枕中的部分。

祖父顺从了这一场大雪，看见人们躲在自家灶前彼此奉献。我偎着红泥小火，善酿的邻人取灯查看酒窖，亲人们仍留一席，隔河生死相闻。那个生前作灶的人——死后又在灶中扮神。

一夜别妻，风霜吹薄了石衣。他在桥山等得太久，守夜如同守灵，越来越浓的是松烟，越来越淡的是清水。祖父红漆涂杖，松窗开向山阴小道，宛如旧人识得脱釉的粗陶，一身泥胎又仿佛观音所托。凄凉来犯——吟不下一曲新词，冬猎的人去了又归，风与云逆行——他们属于北方之音。

只是季节如渡，幸福的人四面藏身。

祖父邀月上下，其身随手可揽，其鸣霄汉。这一年的芦花枕头，于中想见早樱。虚度者，冲淡几根老竹，闲说天下大荒之年举家西迁。冬闲的后面——农事已经走开，所有的谣曲全部用来送岁。堂屋之下，半罐线香——几许欣诺，他在等待柴烟淡灭以后，洞开的灶门里囚着一个火人。

斗柄在北，风霜染白丧事。祖父在饮用甜食的时候脱简而去，秘不发丧的邻人缓缓吐水、顺气。祖父的死——正如大梦初醒，照亮了后嗣的生命。古代的宿世人物，采云、杀青，善绘雁瓴翎，一种循着射落的龙鳞以及鱼族中的说话者造字。其实祖父早已在桥山归隐，所有的灯盏全部用来送终。薄暮时分，渐渐习惯于黑暗，在棺木那样的僻静所里，期待一个少年横空出世——为他传名。人们无需望春，无需达日不眠，无需靠近农历和农具，更无需在大雪中放生。

"千鹊知来岁"。

卷二 · 红 椿

圃的小山

其实它还远远够不上一座山，哪怕是一座小小的山。自从祖父接下了这座大宅，就袭用圃山为名，坐庄为主。自行讨个吉日，到顺河街请来几个临工，重新打了基脚。

祖父一向不爱饮酒，每逢街尾子的画铺老板来时，随手去园中采下几只木瓜，再划成四扇，一边细细嚼着，一边闲扯起旧城里的小事。聊累了，就拖把凉椅，往花架下一躺。

园中的常客多是一些潦倒的文人和清客，偶尔来上几个乡下的姻亲，提半斤马粪纸包的白糖，麻绳方方正正一扎，算是礼信，走时顺便将缸里的潲水担走。

祖父膝下有一小孙，心气甚高。又好想古代的人物故事，四处收罗残头破尾的白描，在蝉翼似的白纸上临写，之后装订一册，日日静心瞻玩。

祖父甚爱其孙，一则他是张家的一门孤子，二来其孙性情温和，好静，功课之余习字不辍，祖父偶尔点拨一二，但多半任其信马由缰。无意间，创下了一道习字的方法，先用一张极薄的纸蒙在帖上，用铅笔写出中锋的走向和笔姿，在笔画的中部穿行，意在体会古人力透纸背的趣味。后又双钩整个字的外形，颇似描红。其孙不喜柳、欧，专拣颜字来写，其韵味肥厚、粗壮，与他多病孱弱的身体相悖。

祖父有一怪癖，爱不动声色地在背后窥视习字者，其实这是好心。平常如有外人在前，习字者的心理负担是很重的。每当习字者露出败笔，祖父便忍不住当头棒喝，如有神来之笔便连连称赞，搞得习字者坐立不安。

祖父清谈书道上的掌故趣事可谓一绝，其来源多不可考。多半是上一辈的讲述，汇同家传的珍帖一道流传下来。祖父还有一绝是他的隶书，当地不少风雅之士以中堂有轴祖父的隶书为荣。而最为令人叫绝的是祖父的制笔工艺，外地一些成名已久的人，路过此地，总要在此小歇，讨得一支如意顺手的管城子。

祖父一向厌恶硬毫，往往间而制之。有乡下的猎户每得上乘毛色的野物，辄将皮毛提来。祖父先后尝试着用野鸡、山羊、鹿、野猪、山兔、狼等毛精心制成性能不一的笔。这种以柘木为管，鹿毛为柱，羊毛为被的做法，类似于当今的"大白云"的制作方法。如果遇上一帮子文友来访，祖父摆上数十种新毫，共同品赏，或议其行遒劲，或赏其侧锋怪异；或恶其过火过硬，满纸飞白，或叹其过柔过偃，笔姿紊乱。古来书家重视用笔，但颜家流派的书家梁同书、包世臣及何绍基，并不因为俱用羊毫而风格尽同，笔以自如为上，做人亦然，不必刻意苛求。

祖父实乃平淡之人，在而今这个物化时期是很难料想的。他残存着古典遗韵，但东方文化的品性并不是人类对虚妄和生活现状的沉溺，东方是一种智慧，它的基本精神是对生命的真实体验和对体验的豁然开朗。我写下这篇小文，述说了一些我所知的民间的小事。

城上城

> 我们这座历史悠久的大城，正在经受旧城拆迁和新城改造的阵痛，其建筑史上的奇迹并不是耸立的高楼大厦，而是吊角楼。这些用楠竹捆绑而成的民居，是依照先民巴人的干槛式建筑修建的，依山面水，蔚为壮观。

海棠烟雨

海棠烟雨也许应该出自宋词。而今，海棠溪古渡无人，通向贵州的官道已改，天堑变通途。山腰逶迤的烟雨路蒙尘、破败，顿然失去了海棠遗韵和文人的咏怀景致，但她依然是名噪一时的巴渝八景之一。

大河长流，我想起20年前擅写婉约小文的母亲领着我去南山看父亲。那时，公路初通，班次零乱，母子俩常常晨渡海棠，小歇烟雨路，驻足采石场，穿过一座数易其名的中学，午间抵达南山疗养院。父亲是一位开蒸汽机的火车司机，由于职业病，肺切除了二分之一，一年中总有些时日在南山上消磨。

父亲生于南桐青山的一个小户人家，少年时期徒步来重庆谋生活，渡过海棠溪，涌进这座大城，开始了他的客居生涯。而今，父亲已离开我们三年多了，他终于回到了故乡，入土为安，虽然他没有路经海棠溪，但他有理由为这个渡口踯躅。因为，我们上南山的时候，父亲总要问："是几点钟过的海棠溪？"

巴渝多山多渡，造就了海棠溪这样一个古道热肠的义渡。天下名利，所谓熙熙，所谓攘攘，通过这一座渡口，体会到了一次小小的人间悲欢，一段人流与水流的回环交错。只是父亲再也不会来渡口等我了，海棠溪因渡而兴，又因无渡而衰。人们看惯了的渡口，六月的汛期无渡可封，清冷的锚地和几艘松散的铁驳守望着对岸，犹如西宫的怨女。

舟子已经歇业，父亲已经作古，梅花落满了南山，只是烟雨仍旧不改。

想起我和母亲是在去南山的路上才找到了诗意，我的文弱——无疑就会成为母亲雕饰的作品。虽然她写了许多鸳鸯蝴蝶派的言情章节，却不合

84cm × 115cm 2006 年 布面油画

时宜，少以发表。只是怀旧成为了她的最大乐趣。呵，急躁的人儿，濡湿的文风。母亲困顿的创作欲望正如海棠烟雨。

公不渡河，公竟渡河，渡河竟死，其奈公何？

在一个失意的傍晚，我去过一次海棠溪，那条接引车渡的马路一直拐到水里，街上行人稀少，两岸华灯初放，一派通明。回望苍凉突兀的南山山廓，孤单的文峰塔，我有了一种凭吊的感觉，这座大城几乎将烟雨海棠遗忘，就像人们忘记了他们曾经在这里诗意地生活过。

面对这个初春，古渡的遗韵何在？——知否，知否，应是海棠依旧。

塞莱斯蒂纳

《塞莱斯蒂纳》是意大利文艺复兴时期一部伟大的散文诗，讲述充满悲喜剧的情爱故事，塞莱斯蒂纳是剧中的一个媒婆。毕加索在 1968 年 3 月 16 日以此为素材，创作了 66 副系列版画，雄辩地证明这位 87 岁高龄的大师绚丽的表现技巧和无穷的创造力。

2006 年暮春，我看了毕加索的版画原作展，《塞莱斯蒂纳》系列令人惊叹。回到家中不能自已，一时产生了急躁的冲动。决定模仿毕加索的构图，画一张同题油画，即刻就在一张新绷的画框上，手忙脚乱地涂鸦起来。画到一半时，发现还没有打底子，这是草率不得的事情。只好画得超常的厚，免得因为过度的吸油，造成光泽暗淡的恶果。意外地产生了意想不到的味道。

游江的妖氛

镜头前的那些女子，是一些需要命名的妖姬。嘤嘤地起飞，薄如蝉翼，围绕着镁光灯，寻求着最大程度的曝光。

作为半地下状态的摄影师，游江沾染了无害的妖氛，他看见的过往行人都像"三版女郎"。他不时会遇上一位横穿马路的民女，上前便道："你还适合做模特呢！"她们中有当下蹿红影视的于妹妹，娜姐姐。

端坐 9 楼，患着恐高症，游江的眼神看不得地面，却能够泰然逼视美人的灼灼目光。他拍过几百个写真女子，大部分是些青涩的柿子，朝露般的性幻觉里面，夹带一些甜意。

而他的出现像尾随的工蜂，在霓裳艳影里飞进飞出，几尽迷途忘返，却没有绯闻。他敏感、潮湿，富于细微的观察，是个善于守候的捕手。刀锋一样瘦削的肩头和纸屑一样的行止路线，会不会在一个宿醉未消的清晨，招惹上某位急于成名的美人胚子，打上门来，犹如鬼魅般伫立。这些女鬼

124cm × 124cm 2006年 布面油画

似的木偶，她们几乎不表示什么，只是脆弱的虚荣和未遂的美名浮在躯壳之上，犹如一道釉彩。同样的青花，在赝品背后据有数百年的传递史，这样的美丽代表了躯壳的本身，这样的名誉美女就是时尚的一部分。

全身、半裸、各个角度、某些侧面，她们需要分组和择席而食。摄影师提纯了她们僵尸般的表象，有一种虚妄的美，标签似地粘贴上本邦女子的火辣和灵敏。

一群童年经验中的女子过早地偷用了母亲剩下的花露水。

其实，游江已经被暗房的力量所排挤，他也不需要去消解人物的喻意和隐性空间，生活已经物化，美女正在蜂拥，他只要抓紧快门连续拍摄就会有倩影飞过。这些女国的粉饰佳丽，空耗了游江的才华。一度作为画家，他祈求德尔沃式的"女郎"成为新一代的都市林妖。而每每为模特小姐安顿下来的一套组合"快餐"——一通闪烁下来，顶多不过捕捉了体表的美丽哀愁。

男人们大都艳羡游江，尽管他坚称自己对漫天的美女——只有唉声叹气。

磁器口

太亨是我非同寻常的朋友。二十多年了，同在一座地貌复杂、暑气深长的城市，可写一部"老友记"。当初，我从几十里外的乡村小学，赶到高滩岩他的寝室，他张口便说你的皮鞋好脏啊。而今他不会这样说了。我在画这张画的时候，冥冥中就感到是要拿来送谁的，结果送了太亨，物尽其用。

激流与回旋

临河而居的日子是十分惬意的，你可以去堤岸辨识古怪的石头，也可以去一段兀然平坦的沙脊上松松脚。每一块石头都是一部小小的难以为继的断代史，一些从梦境里回来的印象。石头相互拥着，被河水擦得光洁照人，随时都有可能从一个遗忘处，滚到另一个遗忘处。它们是曾经被唤醒的河流的残骸，在它们应声而起的时候，便永远地翻动了身姿。

河流洗涤着我们通红的双脚，随手脱下的鞋子丢在石窝、草丛，以及那些注定要被人翻遍的秘密缝隙。鞋子，是我们的脚免受伤害的最直接的保护物。但在河边，快活的人光着脚丫着地。当我们追赶漂走的鞋子时，越过泥沼，越过坚硬的乱石滩，越过松散的铁锚和崩得笔直的船缆——我们的内心一片释然。

河流日复一日地追赶着它无法企及的心愿，仿佛要把它一泻千里的生命追回源头。河水朝东，在沿河的山地上，捎走了游子的曲折故事。它最终要去的地方，是它的来世——大海。而大河九曲十八弯，以它的缠绵，向那些不安的殉难者表达着敬意。

我们热爱河流，信赖河流。面对河流，一首智利民歌《江河怨》这样传唱：

> 假如我的眼泪流江河，江河一定更漫长；
> 假如它肯听我诉衷肠，它一定更悲伤……

而我们都是河流的隐性埋名的拉纤人的后裔，一把摸住曾是条条槽口的锁骨，我们已经不记得栈道了——所有打过的木桩都已朽落江中——我

124cm × 80cm 2003 年　层板油画

们看惯了江河水。

只有你，大河！我们从鱼脊上走下来，张开破旧的网，看见土地生硬地脱皮，蔓延而来的生命在眷恋的地方浮游、发情。我们的食物就是我们的神。只有你，大河！我们伫立在消息树下，翘首眺望过往的船队，手搭凉棚，看见七月驮着洪峰而来，吞食了一片新开的草滩，许多真实的生命就这样轰然入水。只有你，大河！水涨水落，给了我们亘古不变的激情和回忆。亲人们放一只船吧，纸扎的小小的船；涨水而来又溺水而归的亲人呀——不要泊在你思念不止的地方，亲热的话儿未及开口，泪水已经沾湿了衣襟。只有你，大河！千里寻河而来，靠近源头，再近一点，就能听到大河的深处有一种号子在呻吟，恢弘而无私。很久很久以来，这种声音伴随着每一个勇敢的人，趋于正直、成熟，并赋予我们童真。

日久天长，人们习惯了水的侵扰，大河的声音覆盖着城邦，城邦又喝着这条河水长大。

山岩在两岸选择了舒坦自如的地形，让流水冲刷着它们顽强的身体，不分昼夜。它们的面目因此被捶得坑坑洼洼。船家的什物、废弃的缆绳、欸乃的船谣，被四处蔓延的小草追索着。石头要塑造一千年来做什么？挥霍掉太多的光阴，它的手笔还是那样的恒定，石头的祖孙们还是那样千奇百怪。

面对大河——凝视这部巨大的发声器，我看不见是哪一根水的丝弦在引起共振？是哪一面石鼓被擂得隆隆作响？我听见千百条粗俗的嗓子在争先恐后地吼着，从一个土丘翻越另一个土丘。我听见像是有人在排列着水声，河湾上下，却不知水声从何而来，因何而去。对于一个好事的人，爱穷其究竟的人来说，他耗费了他的有限的财富——想象，他宁愿生活在聆听之中。

冬天万事已息，这一聆听才如此庄重、真切。这个时辰的水声，才如此牵动心境别异的人。当破雾而来的驳船用笛声镇住了满河的躁动，水声稍顿，之后复起如初。

水声亘古未变，而我们的青春稍纵即逝——我们是自己最早的遗忘者。只有情深意长的人，大河的音容才会日夜萦怀。直到有一天，你离大河渐渐远了，听到的大河的声音也就渐渐地小了。

红椿！红椿！

这是一种泪水涟涟的树。农人把它们充血的嫩芽零星地摘采下，拌成晚筵的佳肴。欢宴的人们不知道我和爱我的人——与红椿厄运相连。在那些青涩的年华里，我们心生有情，萌芽于笔端，像个沉闷的写手，把我们描述成自己的采摘人。七八年若即若离的情感，在幸福的禁果园中度过，在频密的两地书中——交割。这些信札是能够脱离收信人和寄信人的境况，自行结集，把一些与确切的时间无关的事物，细细地粘连起来。仿佛清明的故事不是发生在我们四周，兀然成为谢幕的戏子，让预言和揣测景象通明。我遴选的信札，并不是要把陈年旧事从头到尾地审视一遍，让那些对我们漠不关心的人，随口附和几句，各自牵扯上自己的习性和色调。而我们又是如此可爱的人儿，把一场早已公布于众的结局一板一翘地演完——红椿树会来布景。

这是一种恣意戏谑的树。从清明到立夏，采摘的人走过稀松的红椿树，采了又采，尤其赶在谷雨前上市，能得个好价钱——可怜的时令，它在五月伤得多么痛。门前的红椿在寓言：那些采摘者和被采摘者同样无助，因为皇帝的御筵也在等着这道菜。当红椿成为一条渗不透的玄机，我的信札在乖张的惯性中舞蹈。初初，一泓清溪在爱人之间，浣洗着双脚，你在那边，我在这边；接着流水漫上低堤，我们彼此退到土丘旁，守望着渐渐模糊的面容；当土丘也被卷走时，我们在彼此的眼眸里只有一个小小的印迹。五月为证，椿芽已经采尽。在这样的阴郁日子里，我幻想自己像生产后的鲑鱼，杳然死去。散落水巢的鱼籽各自滋育成形，带着母体的怨恨与欢欣游向大海。而那只硕大的盛着信札的羊皮纸袋，时常在我憋足力气时，打开又合上。几经翻弄着，却不用心阅读，甚至几乎没有取出信瓤，像玩一大叠纸牌游戏，洗了又洗，齐齐塞入箱底。我暗暗地期待着一个晴朗的日

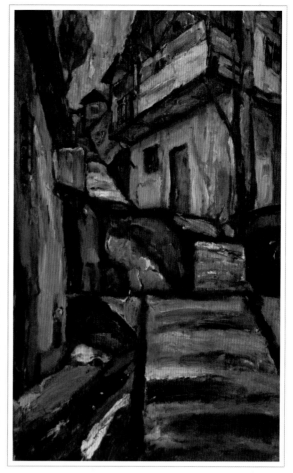

黄桷古道

二十年前，擅写婉约小文的母亲，领着我去南山看父亲。那时，公路初通，班次零乱，母子俩常常晨渡海棠，小憩烟雨路，驻足采石场，穿过一座数易其名的中学，午间抵达南山疗养院。后来人们将上南山的路统统冠以黄桷古道。父亲是一位开蒸汽机的火车司机，由于职业病，肺切除了二分之一，一年中总有些时日在南山上消磨。

24cm × 45cm　2003 年 层板油画

子，能将自己阴晦发潮的部位挪到阳光下，轻柔地温习你写过的柔情句子。在透明的叶束和芬芳的尘埃下，我们的结果如何？——永远都是破镜重圆，永远都是难成眷属，我们的爱挣扎得面目全非。红椿无言，对于性急的采摘人它又有怎样的训诲？而我——一个红椿的天敌，看见那些不敢释读的有灵性的信札，在初夏的夜晚隐然现身，立下誓言，像那个阿拉伯传奇中古老魔瓶里的大妖。我相信某些句子正妖雾缭绕，另一些更加诱人的段落又结集成网，相互像章鱼一样交织在一起。而坦荡的表白成为罪过，没有哪一天，我不在准备着被其间的文字吞没。正如那只被渔夫打开的魔瓶，随时会涌出的大妖在问："你准备怎么死？"

这是一种珍稀的落叶乔木。它的乡土区分布在陕西秦岭和甘肃小龙山一带，不宜大面积培植，只因为它的心材为深红色，边材为褐红色，嫩芽为紫红色，自古被冠以"中国桃花心木"。对此，我体验到一种无限的象征意义，仿佛我的信札如一片片叶子，飞身上树，与红椿的枝干密密缝合。尽管这些字迹潦草的鱼鸿传书，章法紊乱，全然不是那种挪花夹草的情书，但也信手拈来，陈述的事件也是思绪趣然。而你的回信开始有些矜持，篇幅狭小，夹带着某些名人名言，像是对一个无关痛痒的人说教，对我的种种疑问和企盼不着一字，但看得出来，又不是那种心有旁骛的旁白者。毕竟，你采的是带血的红椿，扮的是若即若离的情人。如果说我们之间仅仅剩下游戏的牌骰子，那委实不公，我们的情分以残酷的青春为代价，其间的热闹和酸楚，又能向谁排解——我不是你，你也不是种红椿的人。渐渐，你的来信就不再躲躲闪闪，像只受惊的小鸟。因为你的矜持把我推到别的女孩身边，眼看就要成为铁证和哀鸣。苦闷和泪水你留给了自己，每一封信都在无声地拷问，隐形的反攻根本就不招人注目，不管我以将军的方式还是奴隶的方式接受。而红椿树作证——我在更早的时候，已经写断了清纯如水的诗句。

这也是一种长命的消息树。《庄子·逍遥游》说，"上古有大椿，以八千岁为春，以八千岁为秋。"似乎那些如胶似漆的感觉日日可得，只是飞鸿传书一掠而过，人们的幸福瞬间常常被一些不祥的外力洞穿。岁月何其长，爱情何其短。椿芽有时就像没有地址的信，误落在欢愉的人们手中传递。而你的来信后来就被我甩在了零乱不堪的单人床头，信瓤与信封一古脑叠在一起。信瓤实在丢得多了，就找根红绸带束在一块。看着一些空空的信封，上面写着小巧而娴熟的文字。我猜测着，它们是在什么样的心情之下被女主人投入邮筒的，而握在我手中，又怎样装饰了一夜的迷离。几经搬迁，信札也随我东突西奔，不得安身。有时，足足花上一整天的时间来整理这些被无端冷落的只言片语，小心翼翼地避免被信中吐出的舌头咬伤。每当触摸到一些"耸人听闻"的段落，红椿树就会落叶子——每一张叶子都像一把利刃。草木纵然无情，迟早就要凋零——欢爱已不需要采摘人，八千岁太长，红椿树已老，谷雨后的欢宴上依然有这一道佳肴。红椿呀红椿！

大河里的小事

1. 渔家傲

在河里的人们，嘴边爱挂一句老话："打鱼捞虾，饿死全家。"

我那时还小，终日闲荡，无所牵挂地放尽长线，总觉得有那么一条大鱼会来咬钩，然后捉进水缸，伸出食指戏弄着它那一动不动的双目，以示乡邻。

说来奇怪，大河里的鱼，味美、刺稀，偶有几百来斤者，缠上铁驳子，半条水就给染了。相传，有一条鳇鱼在沙脊下苦修，某日不慎露了"真身"。一渔人甩下破网，回村邀约了一帮人手，可还是来晚了，这条不幸的大鱼已经愤而成洲。美丽的《诗经》所咏："关关雎鸠，在河之洲"，多指川江长滩上的鸣禽，期期艾艾，穿不透长空。渔人在此终年操些小桨，或摆渡，或在渔汛期布网，围着河洲，系上缆绳，又在船板上烧柴，各燃各的，红砖作灶。一支青烟，一盆稀饭，一盅酸菜，慢慢生活下去。船板下灌满清水，疏疏几块木板一嵌，其缝隙间，银亮的小东西会在黑暗中闪动，也时有点滴的水花外溅。不过，水上人家是否也爱食鱼呢？我想，要是有他们干辣异常的调料一洒，捧几把船帮子边上的河水一熬，锅里的味儿就鲜法不一了。百多年来，川江上的船家乘着余兴，将这样的吃法带上小水码头，收罗上挑夫吃的猪下水，搅在锅头，一阵猛煮，便有了"火锅"的始初。

2. 风物小记

放排的情形就繁重多了。几百里狭长的水路，放排人闯下一道道鬼门关，其间多少的惊涛骇浪不为人知。当然木材是没有知觉的，散落河心，转运站将沿江的木材——收回，重新捆扎一番，添篷搭屋。放排人把长舵一丢，几句交代完事，便提着空空的酒瓶，径直上岸，会一会多日不见的老哥。放排差苦，却叫人动心。近些年来，地里的事操心少了，吃穿反倒更如人意。水边的苞谷多半被河水淹过腰身，照旧能背上喜人的"娃娃"，过路人顺手摘走几个，是常事，没谁去介意。好些杂粮最终烂在地头，像弃儿，终日没有收割者的亲近，唯一的报怨，是把更多的种子，又无望地撒在地里。

早在第四世纪时，河流不断下塌，河床不断上升，两岸已有优美而发育完整的河谷，层次分明自如。古代所遗之河床，或峻或坦，土质大都疏松肥沃，见证着巴人尚未迁来之时，已有土著人在此生活，他们将荒芜的土地辟为桑田。

寸　滩

我在寸滩小学教过 5 年的美术，有时一闭上眼睛，好像还在那里教书。那时从家里出发，倒几次公交车去上班要 3 个多小时。近日我开车去那段路练车，只需 20 分钟。两年前，我和一个与那里颇有渊源的朋友回寸滩寻旧，吃了一顿豆花饭，才 5 元钱。

而今，在水边生活的大人、孩子，都有一种无法遏制的激情，成为一股潜流。江河滋养他们，充实他们，他们看惯了江河水。

每当有漂流物映入视眼，他们便神速地掂量一番，或继续挖土劳作，或一溜烟扎进水里，衣服裤子甩了半坡。他们都从事靠打捞漂浮物发点小财的营生，但从不曾听说在水里发生争抢斗殴之事。倒是有没得手的前来帮点小忙，齐力将获物拖上岸来。有得之有失之，而失之者，即可失掉性命。前些年，有兄弟俩，为了一捆竹排，一直追到河心，就再也没有收转来。

江上人家，因为河流的馈赠而获得慰藉；又因无法回避的悲伤而越发坦然。

3. 寸滩怨谣

"寸滩哦呵连着哟黑石子——"这是当地一首船谣中的一句号子。

寸滩是一个小镇，黑石子是一个更小的镇，两镇生在长江左岸，相去七八里。从朝天门坐班船，靠了第四个码头后，便抵寸滩，再收至黑石子。收班船往往在黑石子小歇一夜，第二天早上六点一刻又成早班船，返回朝天门磨儿石。而好些年前，从上水来的小驳子，只在寸滩打转。黑石子一带的居民、小手工制作者、贩子，以及退役的老水手，只得沿着江边的石滩，徒步走到寸滩码头，才能坐船。

在寸滩设立码头，是因为寸滩有良好的水文条件。初期开凿水口时，不慎将一条伸入水中的沙磨石拦腰斩断，招致风水骤变，狐兔莫测。从此，好端端的寸滩出了几个闻名遐迩的疯子。一家神精病医院，也迁到寸滩街尾子上。

一个"武疯子"，身强力壮，人高马大。不犯疯病的时候，倒也安详平和，但遇到他疯起来，暴烈喷张，伤人不分老弱。据人说，此人致疯的原因很多，而导因不明。疯汉无常，难以看管，家人只得请铁匠做了铁锁，将其箍在岩石上。虽在江边日晒雨淋，一日三餐却由家人送饭。在一个平淡

布面丙烯 180 × 150cm 2006 年

的月夜，壮汉挣脱铁链，不知去向，多半是纵江而去。对此，家人心情复杂，很难说清，是多了——还是从此少了一种挂念。

寸滩分上街和下街，各长一里半。

在下街一间当街铺里，住着一个女疯子。女疯子独自奶着一个婴孩。过往行人，已熟悉、习惯了女疯子心平气和地喂婴孩和洗衣服的形象，以及地上破旧的棉絮，四壁如洗，仅一炉小火，几只土碗和几件维系生命的生活用品。从来没有人问起：谁是孩子父亲？

只要活下去，也许这就够了。

4. 黑石子怨谣

黑石子的老街上，要清落、冲和得多。

寸滩赶场逢双，黑石子必逢单。黑石子盛产水果，是有名的果乡。顺水再朝下水走，便是朝阳河，这朝阳河是一条小水沟。

这些年来，由于临滩而泊的大大小小船舶子大有弃舟登岸之势，许多回水沱夹着的鱼窝子已经名不符实，连连勾起垂钓者的叹息。逢到涨水天，在黑石子与寸滩交接的河滩一带，执网扳鱼者不请自来。平常，滩上只坐着一两个闲钓的老头，占着偌大的回水沱。

但这一带螃蟹的盛名却经久不衰，民间盛传一句："三月三，螃蟹爬上山。"可见其壮举何如。每到这一时节，上学的孩子沿河走来，书包兜满了螃蟹。许多螃蟹，霸气十足，径直朝坡上爬，爬呀爬的，老翻不过梁。而这个季节的晚夜是充满诱惑的，许多人打只手电，提只小塑料桶，到河坝搬螃蟹，往往收获甚丰。再拌以面粉或鸡蛋，洒点椒盐，下锅烙熟，香脆异常。河蟹的味道，远甚于海蟹，尤其有一种软壳的河蟹，刚刚脱了壳，人称"肉螃蟹"，可谓珍品，连肉带壳，一并入肚。剩下胡豆般大的蟹仔，就用大海碗将其盛入，这些小尤物，待人一走开，便整整齐齐地，勾肩搭背成一列，十分逗人喜爱，大概他们在水中早已操练成性。

在河对岸，青山如洗，植被茂密，有一种白鸟，终日停停飞飞，没有人去打搅她们，像是一块即将收获的棉花田从寸滩对岸延绵到黑石子对岸。假如她们要飞行，就呼声乍起，一同腾空而去，对岸的沙脊被活脱脱地空出来，仿佛什么都没发生过，河水依然，对着两岸唱着同样的歌。

5. 殇

在回水沱，有一种死亡的风俗和一种比死亡更可怕的寂静。多家的性命——来自上游撒手而去的亲人，往往在此小歇。仿佛有一支宿营的阴兵，要树立一种念记。年年大水突发，总有新溺死的人，像捆散了的稻草，三五成群，放倒在河边，构成了此地的风物与名声。

外婆的街　　　　　　　　24cm × 35cm 2004 年 布面油画

　　回水沱边守着一支小小的救护队，专门打捞死尸，然后停放猪脑滩头供人认领。

　　许多无人认领和无法认领的溺死者横尸江岸，随处刨土而葬。年深日久，关山重重。

　　由此，被放弃的水鬼回荡在三尺水下，急切地盼望上岸。老人说：新溺死的人，会千方百计找个替身，拖个人下水，然后周身精光地登岸，脚步湿漉，目光幽怨。亲人们每到七月半，就在门前设下香案，为千里之外的水鬼招魂。而这个巨大的回水沱——江水稍作平息，顿一顿泥沙和浮漂物，又朝狭窄的峡口奔去。

　　这些屈死的人，早不记得大河了。望着漂来漂去的纸船，他们已闻不到大河的腥味；对岸吹来的风，也没有传来鱼的消息；淹过的草滩，又在长出庄稼。

　　人们固执地认为他们还活着，只要大河还健在，一切将生生不息。

雨 后

2002年9月9日，我在重庆大田驿站酒廊举办了以老巷子为主题的油画展，这也是作为酒保的我，在自己酒吧调制的视觉鸡尾酒，有强烈的自娱自慰倾向。这是一个老巷子的主题展，以此唤起人们对这座人文城市的关爱和对旧时民居的回顾。《雨后》这件作品在20多张画中评价最高，画幅虽小，却足足用了一个通宵来完成。

回想起1985年一个失恋的午后，我在黑石子江边写下的一首诗至今还没有整理出来，片断如下：

"这场豪雨表达了全部的痛惜，
生活死于爱情，死于内心，
就像大宅里的祖父，
时常回来，荒疏的来世，
与我杯盖相交。
春天，在桥上获得一种失落，
幸福的人只是接受。"

白露几日

金钟儿，银钟儿；有嘴儿不打叫叫儿。
——巴中童谣

秋夜对于一个孩子来说，是个大神秘。

只有这时他的疑问会跌跌撞撞追来，老祖母是她最耐心的倾听者。

夜也许很深了，但并不寂静，一些悦耳的虫鸣传来，像一股股长短不一粗细各异的绳索，扭成一根船老大手中的缆。偶尔，有一只老蛙不时应和一两句，便长时间地沉默下来，让自行其事的蟋蟀弹着老调。

谁是秋天的合唱队员？

老祖母照旧用蒲扇赶去帐里的花脚蚊子，再将被子平平铺开，掀起一角，唤那孩子上床。不一会，祖母又轻轻伸进一只戴着玉器的手，将孩子的小铺盖朝脚下一拽，露出了一张清新甜蜜的小脸，仿佛老祖母在秋天里就剩下这点乐趣。

谁来为宜人的秋天唱歌？

几天来，已经到了烂白露的日子，天色早阴、晚晴，泥地湿脚。沿着打皱的田埂小道，光脚丫的红泥沾着红泥，上学的孩子提着沉甸甸的鞋子

25cm × 35cm 2002 年　布面油画

回家，老祖母把它支在文火上，烤得"丝丝"地冒着白气。孩子在过堰的时候，看见了一条红鲤鱼，卡在石缝中挣扎不起，孩子将它放回了砌石齐整的堰沟。孩子看见许多植物都在结籽、变黄，只有那株神秘换叶的榕树仍然嫩绿生生。秋天淙淙而逝，孩子的心绪坦平异常，不再对着一场秋雨新近冲刷的山地发愁。

孩子蹲在水缸边，看屋檐下的蚂蚁筹积秋粮，三三两两地拥着杂食，其

上安乐洞

上安乐洞是我儿时的一段小景，外祖母家的表叔就住
在那里。过年时，在上安乐洞有鞭炮，有礼信，有好吃的
豆瓣鱼。而今，吊脚楼片甲不存，尽是钢筋水泥的丛林。我
想念全儿——那时我在上安乐洞的玩伴，画了这张记忆中
的旧址。我时常在画前张望，觉得温暖。

间一只步法匆乱，扛走了谁家飞蛾的白莹莹的卵。

一阵轻微的凉风掠过，许多青黄莫辨的叶子落到窗台上，而前几天的
落叶已经销声匿迹，腐叶覆腐叶，陷入行人的步履中。这会儿雨已收尽，在
天边乌云的层层垂幕中，镶着一抹金色的余辉，祖母提着扫帚，站立不稳；
她依着往事，打扫着余身的风尘，想起几天来气色有异，想起儿时的红绸
绿绫，想起亲人念旧、迷信，想起自己即将回到陈国，取地名为姓。老祖
母走进里屋，淡淡地合上了门。

谁来为秋天送终？

一只死蝉掉落下来，砸到孩子头上，他把它小心翼翼地放在手心，几
乎没有什么重量，只有一种影影绰绰的不祥袭来，仿佛是一种不引人注目
的小小悲欢。孩子呆呆地站着，久久不能释手，这只哑蝉不再浑身贼亮，两
叶透明的翅羽破残不堪，正像深秋的印象，胄甲似的躯干在尾部开了大洞，
比它发灰的身子还肮脏。而死蝉的响亮的发声器官已经不能再告诉人们什
么了。苦苦地把秋天唱来，秋天又让她成为一个哑子，被人遗忘。它多像
一堆勇士的锈迹斑斑的铁盔，只是寂寞的勇士一去不返。孩子在一道老墙
上抽出一匹老砖，将死蝉放了进去，再将老砖归位。在孩子心目中，这堵
女墙又珍藏了一个幽暗的谜。

谁是秋将至也的见证人？

入夜，孩子久久不能入睡。许多新奇的念头涌动而出，这个秋天，谁

14cm × 25cm 2000年 层板油画

来为秋蝉唱挽歌？而流落在野外的小动物，谁又是他们慈祥的祖母？谁来为他们支起小小的火炉，他们薄薄的衣裳能够过得三冬？人类中的朋友，那些田鼠、叼鱼郎、蚱蜢和胆小的刺猬，在这个零星的雨夜里，他们的祖母会不会教他们童谣：

> 张打铁、李打铁，打把剪刀送姐姐；
> 姐姐留我歇，我不歇，我要回去打毛铁。

次日，虫声细密如织，孩子醒来的时候，桌上放着一只芭蕉，一枚咸蛋和一本《动脑筋爷爷》。孩子迟迟不起，听见祖母和邻人说话，喃喃地，转换着各自的话题。而孩子不再关心这个早晨，他一门心思地想着蝉儿，是否它还有一些衷心的歌儿没有吐出，没有将自己最后的一曲挽歌奉献给白露。这些露水的宠儿和择居者，对于朝露，他们的吮吸忘情而专一。或许，如织的蝉声里，秋蝉知道，这是他们在给自己送终。但这并不影响她们的表达，只是一曲终了，便夹在落叶间一头扎下。世上的歌是唱不完的。

白露已散，谁来为这个秋天纪事？

回到童年

这张画是用铲刀刮出来的，在形态上是典型的效仿美国画家波洛克。他是抽象表现主义的主要代表，尤其以行动绘画知名，发展了在画布上滴溅颜料作画的技术。他的精神像是一只狂飞乱舞的飞蝇，在窗纱上绕出一个巨大的弧线，以满足一种强迫状的本能循环冲动。这一想象显然由他那些用线条、泼色、滴色织就的迷网似的作品构成。而我在精神上的涂鸦，只是渴望回到童年。

相传，在多雾多巫的南方，有一棵近百年的老槐树，当地人叫它"落雨树"。时逢槐树花期，这颗树就蝉鸣不已，随之雨点密密而下。树上"钉"满了上千只蝉，蝉头那枚小刺插入树枝，尾部断断续续喷射液体，千蝉齐喷，犹如雨点纷纷扬扬，人称"千蝉唤雨"。相传白露应声而起，却再也没从民间消失。

秋天，相继送葬的队伍自顾行走。

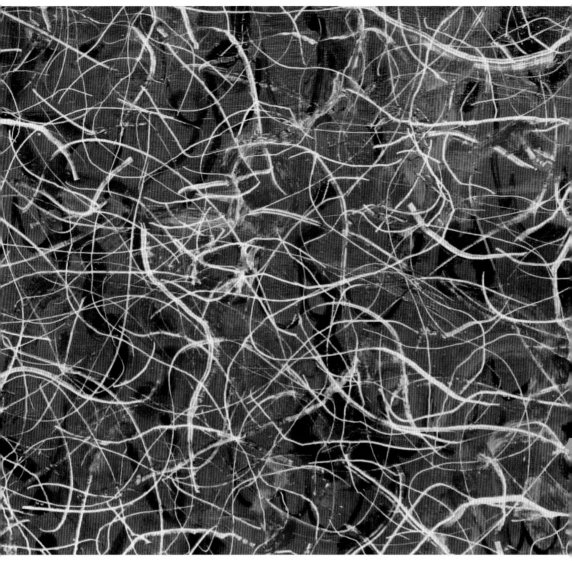

34cm × 85cm 2005 年 层板油画

山婆婆与栗子

小小子儿，坐门墩儿。

——童谣

想起山婆婆肥硕、迟疑，从晒坝上走过像是饱满的桐子落地。孩子放学的时候，绕道山婆婆的栗子坡，看见平家坳孀居的山婆婆升起了夕烟。今夜有酸菜、玉米粥和风萝卜。孩子会来歇一歇，问起她的栗子几时熟？

乡间的日子总还是风调雨顺。

山婆婆迷信而念旧。从云顶寨上背下隔夜的柴火，空守着寂寞的山口和晚景。何况，即便提及昔日的红绸绿绫，她总是随手一抹风雨洗去光泽的额头，对一个邻村的孩子，她又能说什么呢？人生苦短，生就如此。但

云顶寨

山婆婆是我舅娘的一个远亲，她滋滋地吸
着水烟，烟不离手。云顶寨离舅娘家有25里路，
现在都有"赶鬼市"的风俗，又叫赶麻场。天
不亮就开始赶场，天一亮就散场。

孩子心目中有一个单一的话题，期期艾艾，她的耐性告诉自己，栗树开花
的时候，就在初夏的某个神奇的夜晚，许多星星会聚在栗树周围混声合唱。
这个夜晚将成为世上所有坚果的吉日。

依山而筑，山婆婆养了几十棵成材的栗树，硕大如棚，似有些怪异。岗
上是红石和沙石间杂的采石场，常常一锤下去，震得板栗簌簌滚落。当初，
山婆婆从辽西嫁到阴湿的江南，上轿的时候，有人朝她怀里洒了一把生栗。
她紧紧攥住，茫然中拥有了一种依托。

孩子眯着眼睛，想起自己常来矮脚树林采桑，清理出青葱如许的叶茎，
兜起小围腰到家，听见晶莹透明的柞蚕儿吃得滋滋有声。但他却很少来栗
子坡。有时是母亲来送山货，要孩子在山脊上结伴而行。以后孩子就一个
人来，捎点油盐或一些消息，也闹不清山婆婆与他家的姻亲关系。孩子不
时从堂屋虚掩的门望去，里间的耳房，一匹亮瓦斜斜地注下一束青光，劈
头打在轮廓含混的供物上。听母亲说，她出生的时候山婆婆的男人就死了。
按古礼，人死即葬。山婆婆设祭为虞，选用桑木为神木，期年练桑，改为
栗木，供奉为栗王。北辽的神物，安适，旷达，寂然成为一樽苦主。此后，
几十里方圆，山婆婆的情人已绝。

而北辽的栗树，果繁、喜光，木质坚实而无生顶芽，第七年才首次开
花结果。壳斗硕大，具密生刺，坚果两三个月含在其中。孩子在不经心的
期待中，有一种奇遇的感觉。往往在栗树打着零碎的花骨朵时，一种多年
生的草木金银花，又名花萎草正缤纷夺人。她的花瓣四芽，扇形，各呈黄、
橙、粉红和白色。于此之间，孩子还看见了橙子花，柑子花以及迟开的杏
花，不时辨别着车下李和郁李的差异。

当山婆婆的栗子花如期而至，云顶寨的食者草民，都知道，都明白，这

84cm × 115cm 2007年 布面油画

是辽西女子的信物，也是山婆婆一年生的健硕后裔。她何尝不想告诉苦寒遥远的娘家，那些栗树以花为信，在平家坳的国有林中做王。

孩子一门心思地想着栗树，时常忘了花期和匆匆的时令。放学来栗子坡的时候，走过大坳田，先是喊几声山婆婆，再穿过两棵峥嵘的大榕树，悚然狂奔，几乎跌倒。如无人应，便知道山婆婆在后山浇粪，或去花岩寺进香。

南方多丘，深秋来临之季，孩子总要大病一场，望着卷叶虫以及疏叶密枝的青空作梦。当他捉完了蚱蜢和土里的小菜花蛇之后，一场秋雨就是一场秋凉。孩子衣衫单薄，固执地抵御着山梁上吹来的风。迎着江面鼠灰色的长云，孩子在他的床头，要接纳的几乎是一场灾难。没有人对此有深切的怀想，也没有人记住了秋天的面容。而山婆婆这时会走下云顶寨，篮里盛下新打的栗子。有时，孩子睡了，她便放在枕边。有时陪孩子坐坐，对着总是误了看花日子的孩子歉然一笑："明年来哦。"

孩子有些别扭，像枚败栗。

山婆婆每年都在打栗的当口前来探病，她的乖巧可爱的栗子认了小儿孙。而孩子争宠，又将栗子当成病榻中的慰藉。对于这一点，唱开山谣的舅父不知道，大坳田的青鱼不知道，每天搂着他睡的母亲不知道。也许，把栗子炒得满街飘香的山婆婆也不知道。

大坳田，揪心依然。

雀儿闹

城门城门几丈高？——三十六丈高。
骑白马，坐轿轿，走进城门砍一刀。
——童谣

七月的河风从对岸吹来，干爽爽的。

东东埋在沙里，已经很久没有言语。他光着的小小裸身，像只烤焦的蛤蟆，几件小衣小衫，在豆荚土里丢了半坡。

这两天，孩子们放学就蹲在了自家的灶前守着嘴。谁来管东东的心思——有人看见他又去了河岸，窝在狗四下水的青石上。东东想起狗四有一天给他看腿上的指甲印，乌青青的水鬼抓的。东东不禁打了一个激灵，直想回家。

东东熟悉复杂的水道和沉船，暗流中的水口，以及新找到的蜡子鱼的逗留处。他想肯定是哪个早先溺死的水鬼，在夹马水的尾子上把狗四接住，对换了帖子。水鬼是何等的愁眉苦脸，急不可待。——而今，它在哪里弃岸登舟，魂兮归来？淹坏的狗四，你的命啊——憨直。谁也不是你的替死鬼——怎会忍得下心？

人在水上死去，严格说来，还不能算是死；它必须找一个新下水的人来超度，这会让每一个与人为善的生灵都会感到不适。只是那些窄窄的纸船和小灯——在七月半的时候，给你送来明烛和香油，送来祖上的乳名。

河脊上急风飞舞，东东周身一紧，一溜烟就不见了。他想如果水鬼来拖脚，只能是狗四的新伙伴来约。而无泪的狗四衣冠整洁——会在水中央？他不说话，他在等候。

在一家五里之外的洄水沱，狗四没有露面。又在下一个十里八外的峡口，已经去了人在那里等着狗四。这大河上的人，大都是赤条条地下水，横竖又是赤条条地捞上来。死，自古就是一种风俗。

大河在前面拐了一个湾。水面暖烘烘的，有一种诱惑摇摇摆摆的。一尺之下，便是揣摸不定的雪水。

东东看见太阳沉在嗡嗡的水里，被烤得溃烂的山脊开始愈合——他的衣衫杳然不见。长久凹着的地方，吐出一只硕大的砂器，像山魈又像古老的傩面——朝着对岸狞笑。

一只小舟欸乃而行，什么事也没有发生。

打碗碗子和打碗碗花

> 天郎官，快舂米，婆婆回来打死你。
> ——童谣

牛在棚子里刍着棕绳。

打碗碗花从湿漉漉的草垛边上走过。她新采的胡豆叶，衔在口里，嘀哩转动着小喇叭，一路唤着打碗碗子回家。虽然她又打单而归，没有看见她的打钟阿弟，在几条田坎的汇合处，——藏着，闷着，试着应答。

日子一天比一天单一，白露朝着屋椽和草尖烂来。天色郁结，云层隐浊。雨儿驳开它的小丝巾，坚持着，把坝上舂糯米的大碓窝浇满。一些新生的线虫，蹦蹦跳跳地，隐身一现，又沉到晕黑一团的窝底，一条线虫还浮游在水面——像是独舞。

秋雨把阿姐的喇叭声，穿了一千只小眼。清越的水滴在第三叶亮瓦上叮当作响，瓦顶明晃晃的。天空中有云，这些破絮败棉挂在四方井的大桉树顶上——纹丝不动。

20丈的桉树王呀！它不知道后山的观花婆有多可怕。她当面唤这对姐弟为打碗碗花和打碗碗子，背后又喊她们为打破碗碗花和打破碗碗子——七月开花八月结籽。

而河口的大石马对小石马说：明天要上学，打碗碗子的作业还没有写完。在十四里的地方，"我们的学校在小山脚下，四周的树苗苗壮挺拔，我们的教室宽敞明亮，窗外盛开着朵朵鲜花。"——轰然而起的读书声，又亮又狠又干涩，摊开《语文》识字课本第五册的23页，打碗碗子的读书声像鸡啄米。

逃学的孩子在窄窄的田坎上奔跑——书声抛在云霄。

在打碗碗子听话的时候，热爱坡上的钟。老师一抬手，打钟少年就爬上了土丘。"当——当——当"，钟声呵斥着群鸟。日间，一身泥泞，裤头高过细细的大腿，从桥湾，水土，石门转，小鱼沱到寸滩小学，来读他们爱读又不用心的课本。手捧一只小搪瓷盅子，里面灌些米，几片红薯或芋头，洒上几粒盐，盖上几叶酸菜，齐齐垒在小伙食团的大灶前。总有些孩子是不吃午饭的，因为他们已经习惯了。围着新老师弹风琴——纵情的歌声会卡住他们尖尖的喉咙。

打碗碗花找不到她的打钟少年，单眼桥的石狮子不告诉她，生花的芹菜地也不告诉她。干猴儿的远亲，一俟受惊，瞬息间就不见了影子。这只愣愣的鬼头蚂蚱，打碗碗花一年到头，只是他的伴读，一只小喇叭里天天转着娘的叮咛。姐姐成绩冒尖，不及阿弟一个响屁。

打钟，打钟，寂寞的少年在雨天，穿着雨靴，不能去14里外的学校打钟。若是溜天滑地赶拢学校，已是晌午。大雷雨天——老师说是可以不上学。

雨住了，坛也破了。打碗碗子撑着一朵菌子，听见林中的雨滴——小鸟儿啄完。

二〇〇二年十月九日示儿

天惶惶，地惶惶，我家来了个夜哭郎。

——童谣

孩子两岁，窥视这个风吹草动的世界——已经很久了。

孩子——你在蛙塘的离队，更像是掉队。沉静下来，挂着泪线，听了父亲的只言片语，就把你的鼠灰小尾巴弄丢了。

但你入睡的时候还是一只蟾蜍，蜷着、伏着，小手小脚缩在肚皮下面，让人猜不着。夜来风疾，无论转换着怎样的睡姿，你做着准备——冷不丁，一脚蹬脱绿色绸缎的小铺盖。哦！一只旷野里着凉的小小蟾蜍——谁来替它担心？

孩子两岁了，像个老头，哮喘、肺热、鼻涕长流。每次间歇似地尿湿了一大片床单，会不会是对干枯的蛙塘，做一次发泄——醒来的玩偶是不需要充电的。

而飞檐上蛰伏的小蛙是你的远亲，四月的一天，孩子——那就是你的

木格措　　　　　　　　　　　　　24cm × 35cm　2006 年　层板油画

这是一座神山，我看见她的时候，是从倒影开始相知相识的。山高有好水，好水却留不住人。

家祭。那几天先是寒食节，再是清明节，你在几百里之外的故乡，枫香树会来召唤你。你不要像你父亲那样——久不还乡，过于追求另一种锦衣夜行式的古训，因为你的根，在崇山峻岭之上。你父亲的父亲当过土匪，才将我们疏散到了这座宽膀子的大城。而今，那些承包的山坳里的冬水田，还是你的祖上们开垦的，他们除了疲惫的土地之外，一无所有。

但你的爷爷埋在那里，为父也会埋在那里，最后也给你留下了一块风水宝地。你奇怪为父操不动农具——何来笔耕不辍？你的祖祖一年要收三百担谷子，却比雇工更辛劳。每每想到这里，你父亲总是扪心自问：写作的力量何在？

孩子你一定要去青山，门前的枫香树是棵风景树，方圆几十里谁都认识。其实你本来就是山乡的儿子，该用你的哭声去应山，而不要驱使自己，

自画像

> 我曾经举办过两次自诩的文人油画展，发现语言构成了图文相袭的世界。我近来经常受到 6 岁小儿的影响，他画着一大本速写，算是学龄前的日记。我不能像杜尚那样端着一只泡着大提琴弦的茶杯，边走边唱："是老还是嫩？"也不能像毕加索那样说："我画画就像人们写自传。"但作为写作者的向导已经出发，诗歌正在落伍，我并不想在打开书页之前就此结束，我夹在汉字的枯守者里面，还要坚持多少年？
>
> 这张自画像表达了我的全部苦情。

像月亮里的三足蟾那样发光。当然——月亮也有远亲。

曾经很长一段时间，为父的脑袋终日灌溉着哭声，也不知你整夜的啼哭要撼动什么，起码你要说服一个书生父亲怎样装神弄鬼，不管是捣烂黑米，还是把送牛奶人的圆桶踢得叮当作响，都不及急急如律令上的一道止哭的符。

但你偷偷地观摩着，在柔湿的前襟上揣摩着学习的方法。不时，绽开一连串语言的密集豆荚。孩子两岁，为父用了两年多的时间来辨识你。

孩子，两岁——一个月又 6 天，第一次进了幼儿园。你把同样柔湿的小手挥了一挥，算是与酸楚的父亲道别。孩子，你要在你的小小学校度过没有亲人的第一个夜晚，这里是你的童谣，你的家。从此——你将摸黑前进。

你几乎是同你的母亲一起入学的，只是你进了幼稚园，而她回到美术学院的油画系摆弄笔姿。你只是要找一个好阿姨给你盖被子，而她却需要一张更大的文凭。如果你是在青山——孩子，邻居家的狗仔和松林坡的山鸡是不会上学的。

看来，你不会是一个书生，子不继父业，你也无需读烂"蓬子书架"。如果有一天，你的父亲突然隐遁，他会有两条遗训：其一，不要成婚太晚，为父 38 岁得子。其二，不要娶比你小很多的女子成婚。当然，为父还是要回青山，会在苍翠的山梁上注视你。虽然你无须为他送终，但你也不要像他那样留下遗恨——直到有一天还乡时，许多亲人们已经在青山上长眠。

24cm × 35cm 2003 年 布面油画

　　孩子，你会从你父亲身后飞身而过的，正如一个中弹者——避让了冲锋的甬道。你有没有疑问过初夏的萤火虫和蜈蚣——你的籍贯是青山？还是别的什么城市？而且，你前面的行进会有许多难堪的抉择。正如你第一次进了幼儿园，没有惧怕，只有惶惑。尔后你将第一次恋爱，第一次成婚，第一次去见工，第一次有了儿子，惶惑还会尾随你。也许你迅即学会了应变和思索，再一招制敌。这就是你的天赋，拜上苍所赐。

　　你的父母都很清贫，他们的年龄相差 12 岁。有人说，这是人种学中男女结合的最佳基数，一个给了你健硕的体质，一个给了你智慧的大脑。许

两个光头

我曾担心我的儿子是不是个光头。因为我回老家红生基湾，多远就有人来唤，张家的人回来了。一问方知，张家的男丁大都秃头。近来，我手里得一本新修的《张氏家谱》，获不少纸上姻亲，族人中多在乡间伺候土地和外出务工，十分单纯。我不求小儿"观弧星始制弓矢"，但愿他不要像我一样过早谢顶。我想起有一张同样构图的照片，是两岁时我和父亲的黑白照，我懵懂，父亲目光闪烁。据说该片曾挂在留真照相馆的大橱窗里。

多年后——你就有了成长的内力。

昨天晚上，你第一次输液——青霉素消炎，大哭、蹬脚，无助。流了半年的鼻涕，再加上外祖母有时想带你有时又不想带，终于将你拖成了支气管哮喘。

孩子，你在床上吊了4个小时的盐水。两只小手吊肿了，只好吊脚。你和你的无聊父亲同看着一本书：《现代艺术的激变》。你咿呀不停地指着二十世纪最抽象的现代派绘画大师的作品，一页页地翻开，数落着蒙德里安的《树，构图Ⅱ》是小雨，米歇尔·拉里奥诺夫的《蓝色的人造丝》是大雨，亨利·马蒂斯的《戴帽子的女人》是姐姐，保罗·塞尚的《树叶》是花，爱德华·蒙克的《呐喊》是不乖，弗兰克·库普卡的《黑色的偶象》是灯……孩子，你不知道你戏说这些现代巨擘的作品，也游戏了抽象世界的苦心经营之道。谁想到这本"天书"成为了你的第一册"看图说话"——孩子病床上的"脱口秀"。也许，你的童性在暗示着艺术世界的游戏真相，劝父不要过于执着、倾心，更不要为了一行小诗苦吟。

由此说来——孩子，你肯定不会去读老套的《王子复仇记》，也不会记住一个老臣对自己儿子的世故忠告，你们酷毙心中的偶像明日黄花。尽管你的父亲并没有去读卞之琳译的莎士比亚，但为父的母亲，你尚健在的右派婆婆，可是个莎士比亚迷，曾在我八岁的时候，一遍遍地拖我进了电影院，去听1958年邱岳峰配音的《王子复仇记》。虽然你将来的生活，将不是为父所能比拟和揣度的。孩子，为什么你们常常要婉拒忠告呢？

为父烟霞痼癖，书剑飘零一生，写下这篇示儿，并不是为了让你在30岁以后翻翻旧账。那时的父子早已重叠，互相复制。直到有一天——你也

80cm × 115cm 2007 年 布面油画

初为人父，才有一场为父期待已久的回肠荡气的阅读。同样的慨叹，会牵引你，反刍出一个父亲——期期艾艾的舐犊之情。

这些天为父刚刚举办了一场个人的油画展——《为了告别的纪念》，但还是不敢肯定，那些画会不会在多年以后自信地挂在你家的墙上，你会不会说乃父的"菜画"云云。张家不生产孝子，一个母亲养你20年，却会在一分钟之内——被你所动心的女人带走。但这个担忧，并不损伤为父对你到来的欣喜。

记住啊——孩子，请你守护好青山的绵绵葱岭，那是一个文人父亲给你的唯一遗产。记住啊——你的名字叫张言溯，将来你会知道这几个字蕴藏着深奥的数理，在行走的江湖里，或许——能为你开劈筚路蓝缕之径。

我坐夜车穿过这座城市

> 我们是和我们的梦的相同材料做成的。
>
> ——莎士比亚

很久以前，我坐最后一班夜车回家。

那是一个节气不甚分明的夜晚，像暮春又像初秋，我孤身、轻快，穿着单衣。我仿佛从来就没有这样了无牵挂地回过家，莫名的快感一时涌上心来，好像打破了心头的甜水罐。近郊的班车大都班次凌乱，只有收班车才准点发车，寥寥爬上七八个夜归人，各自怀揣着某种庆幸。我坐在靠窗的位子上，没有教条，没有干预，没有压抑的潜流，没有烦闷的竞争。而最重要的是这个夜晚我不需要太关心自己，也不再担心别人的芥蒂，不再把饶舌的琐事同破产，同失去爱情、失去朋友和猝死联结起来。

哦！从这座城市——东部的始发站，我透过刮雨器，看见主城区灯火摇荡，一派通明。这座人满为患的城市，朝四方打开，朝向天空最大限度地探试着触角。在紊乱、拥塞的城市尽头，唯一没有看见的是人。就像一座战时的空城，几十万人集体钻了鼠洞——自闭、无辜，充满各种消解。

那些被肢解的老巷，早已大卸八块，分配给了另一座充满尾气和尿臊味的大城。萎缩的老城忙于避让，新城忙于篡改人行道，再鱼贯而起，到处是新工地和烂尾楼——尽管主城的存在已与空巷无关。记得我的祖父曾穿过这座城市去歌乐山避难，那时的天空布满了炸弹，城头挂着三只红灯笼。人们在地下窒息、践踏，一座裸城无处藏身。——那时，它是空的。我父亲也曾穿过这座城市去乡村避难，他在两派革命的弹雨中夹行，逢人便说："别来惹我，我只是一个路人。"——那时，它还是空的。而我乘着夜车，穿过被飞虫镂空的老城，想起街坊邻居早已四下择居，同时拆迁了他们的情谊、惆怅和镏金的商号。——那时，我丢失了入城的钥匙，我的心是空荡荡的。

假如我要中途下车，穿堂过屋，却要凭着残留的记忆潜行，像个久不还乡的浪子。

而这座大城并不属于踟蹰者，顶多让你在收班的夜车上观光。没有人深究你和这座城市的关系，也没有人来弥补两者的疏离——人已经不再是城市最基本的细胞了，每一具移动的身体就是一座糜烂的城市。

我那时像纯情的少年那样虔诚地穿城而过，由东城到西城，从一个城乡结合部到另一个城乡结合部，渴望走近一个自足的家庭——清朗而细密，充满着一种单调的幸福。这种含混的幸福，不能太清晰，太尖锐，太物质化，应该处于无边缘的状态，就像祖先向往水草丰美的地方，甚而引发一场大规模的迁徙。

"……车站到了"。

我站起身来，发现并不是我要下车的地方。——但我也不知这是哪里呢？

在这个工作与家庭分离的城市中，我们被迫做出选择：或受抚于家庭的温暖，当一名过紧地依偎母亲的孩子；或者成为一位体验者，在世界的正常秩序里闲荡，落在门外不避风雨。一个加莱城的模范义民，和一个都市的诋毁者是不能同日而语的。

汽车嘶吼着，乘客在割裂的光束中沉沉睡去。这是城市之光，通过光污染、垃圾场的泡沫、贫血的路灯和夸张的霓虹来透射。在这样平常又有些异样的夜晚里，劳顿的人们在回家，不相关的同车人的心，只好以窗相知。我隐隐验证着，也许这个夜晚与我先祖的某一个神秘诞辰弥合。他们部落在多年以前的一个夜晚，正举行松明长照的仪式，头人又一次翻开了启示录。应运而起的舞蹈吉祥、迷蒙，评估着人与自然双向的侵害程度。在远离这座城市的某一个山间的平坝，他们西迁西迁，像古代濮人一样，他们彼此商量，在季节分明的时候到达新的营地。消瘦的脸形，窄小的身材，坚韧的秉性，圆突的前额同我一般，南方就是这样为我们造形。每当我在填履历的时候，经常写着祖籍不详。老人们却固执地认为："自古湖广填四川"，或者是"湖北麻城，孝感"。他们自己得了"同乡病"，却要儿孙深信这种假托，又填不出哪街哪巷哪座祠堂，似乎这座偌大的城邦根本就没有我的根。

——谁主我城？

也许现在想来，这样一个有寓意的夜晚就是我的根——朴实无华、天地良心就是我的根。人只有在心境平和的时候，才会洞悉潜伏在生活中的依托：人何为真？何处又是歇憩之处？

"……车站到了"。

汽车一个刹车，我又警觉地从遐思中返回，发现还早呢！我在车上有发呆的毛病，经常坐过车站。而我的目的地是一个不起眼的招呼站，在终点站的前面，倒数第二个车站，名字叫"围墙"，实际上指的是加油站旁边的半堵围墙。经常敷衍的售票员"喏"一声，把站名在喉咙管里涮一下，汽车冷然开过。下车的乘客一阵大呼小叫之后，司机才骂骂咧咧地踩个老刹车。

我习惯了在招呼站下车时遭的白眼，眼看就到终点站了，乘客只下不上，收不到票款。常常人还没有落地，车已在启动了。人在旅途，走走停停就像一座记忆容器，它注释了许多事件的链接过程，提出了一种簇新的时间概念。最终，它通过一个中世纪的时间诡辩家暗示我们：

"一支飞箭在一定时间内经过许多点，但在每一个点上是不动。所以，运动是不可能的，因为静止不动的总和不可能形成运动。"

在宽膀子的城市里，人们长年累月地以某种方式做着机械运动，并不知道，也不能肯定他们已摆脱了内心的冲突和焦虑。风、细雨、脚手架、背靠背的旧卡车，不断移动的衣物，放着水果的筐子，待切的腊肠，摔破的坏脾气的钟……，这些生活中间歇时刻的存在，只有回顾起来，才构成了我们最正确，最伤心，最狂乱的瞬间感受。

那一年的暮冬，祖父在他百岁生日临近的前一天归了道山。弥留之际，急迫地对家人说："给我拿笔来，我还要写一幅中堂。"一个老派书法家，凭着他在隶书中滋生的静气，在这座城市从容客居。从五里店到西来寺，从桂花园到枣子岚垭，从玉清寺到较场口，从两路口到七星岗。每当我想念回乡的祖父，就去他居住过的模糊不清的旧居，猜测祖父在哪间屋子挥毫、品茗、与旧友谈天。

严格说来，这座城市并不适合盘踞，山峦刚险，湍流阻隔，雾气迷漫，暑气深长。但先民们推金山，倒玉树，富藏旷达和坚韧，也许这就够了。只有蒙雾天，这座山水城市才有柔性的联想。许多人放弃了这座城市，让它禁锢在钢筋水泥的丛林之中，像个变节者。只是雾依然给了我们向前推进的力量，它有隐者风貌，就像东街豆腐坊的菌毛。

夜最深沉的时候，酣睡者才有可能幡然醒悔。

如果有人从前排的位子上，转过头来问我：为什么我们城邦的口音还没有统一？我们宏伟的通天建筑还未落成？我就引用《创世纪》所说：

"来罢，我们要作砖，来罢，我们要建造一座城和一座塔，塔顶通天，

80cm × 115cm 2007 年 布面油画

人和场

　　我的父亲想象不出，他常常去赶场的人和场已经面目全非了。13 年过去了，我比任何时候都想念他。而今我的儿子六岁半了，我充分感到为父的不易。

放牛巷

这张小画是在"拉雅·莲花"现场卖给一个大酒店的老板，1500元，是贵还是贱卖？

为我们传名。于是耶和华使他们从那里分散在大地上，他们就停止不造城了。因为耶和华在那里变乱天下人的语言，所以城名叫巴别，就是变乱的意思。"

在所有的城市中，谁最有激情，谁又在不断地喃喃自问，谁就能够让我们回忆起属于自己的欢乐时刻。死寂、呆板、虚假的场所是城市假面中的外部构成，吸附的都市诟病让我们心生厌倦。最具讽刺意义的是，我们用来使我们从厌倦中解脱出来的特殊方法——自尊，本身就是枷锁的一部分。我们自己看上去的变乱，正如巴别城中那些摇摆、自负、垂死、空洞和假寐的状态。倘若人的一生中，有那么一个夜晚——不期而至，与我们宁静的内心逢合：

你无须离开你的房间，只要坐在你的桌边聆听着，世界将会拆下它的假面，坦然无蔽地朝你奉献，它毫无选择，它将在你的脚下出神且狂喜地旋行。(卡夫卡《寓言与格言》)

记得小时候，我在沙地上独自掘了一个窟穴，并小心翼翼地窝在里头，仰望着苍白的洞口，天色鼠灰，四周嗡嗡作响。我幻想着父亲能够把沉重的树干架在穴顶，掩上树叶，好像一场预计中的暴风雨和野兽将要侵袭。当天色冷暗下来，就在丝柏的浓荫中，我隐隐听见了父亲在叫着我的乳名，却怎么也听不真切，我闷在沙里，心里一慌，怎么也答不上口。后来，我看见了父亲的长腿从草缝间伸过来，继而一双大手把我拽到了另一片有光亮的黑暗中。我柔软地沉入梦乡，在父亲汗臭的臂弯。

在洞穴的隐身处，就洞穴而言，太狭窄、太闭锁，只有一个守身者的单恋吸引着童心，但如果我们没有好好相互靠近，恐惧就像蔓藤一样爬上心坎。我们的先人对洞的理解，包含着安全、幸福、救护、储备之意，它最终成了一个社会制度的基本单元，所有的门洞最终联合成了一座勾肩搭臂的城邦。

而这样的神秘夜晚，我和夜车凝固为一体，想念遥远的事件，想念急

35cm × 35cm　2004年 布面油画

躁的父亲。从一座宽肩膀的大城搭车穿过，通过一条隧道，两处渡口，三座旱桥，同时接纳公路两沿推波助澜的树丛。末班车偶尔暂停在一些伤感的汽车小站上，新客旧客，都在回家。汽车坚持着疲态，在两个小站之间，在生活的间隙，像飘虫从一片叶子到了另一片叶子。初看起来，好像叶子是稳定的，叶子之间的空气仅仅是空间，但叶子之间的空间就像叶子本身一样是回忆的一部分，同样地被赋予了形状和焦虑。如果叶子过密，时间的空气就不能做为叶子需要的通道；如果叶子过稀，枝干上叶子的分布得不到充足的阳光。在我们每一张吐故纳新的叶子上，人们确认的每个部分不只是本身的完整，而且也是更大整体的局部。

"……车站到了"。

我习惯性地把头伸出窗外，还有两站呢。一个吹笛人斜靠在冷落的站台上，一大捆竹笛还没有卖脱。

我在想，吹笛人肯定在这座城市把自己弄丢了。他吹完了他所熟悉的长调和各种幽怨的小曲，对这座古老而簇新的大城，他厌了，只想回家。他

春祭

我将死清明，所有的生日都化成轻烟。
孤身谦和的人，在春天的乡村，坚守死的风俗。

顺应时令，我一事无成，日渐思念隐忍的伤口，亲切的文字以及神像上的光。
而我的死不会殃及他人，来年的今日就像一撮鼠须，好死不如赖活。
当灾异向人张望，我就是你——万众归一。

告诉我吧，诚实与虚弱，如何让人耳目一新；
手心贴着墓地，不为金石所动。
而亲人们分分合合，穿过簇新的灵堂。
心怀投胎之事，在水底摸索与你同善的双膝。

正如大梦初醒我的死，照亮了后嗣的生命；
而幸福的人四面观山，信守四月的一天我生。

——摘自手稿

从乡下来，那里——只要随便钻进哪条田埂和农家，拖出怀中的竹笛，贴在唇上，眼睛微微眍开，顺口吹出的丝竹小调，甜润，柔软，夹带着一丝清愁。

他应该有一双会说话的手，用来表达他的细致而变幻的内心，或歌或泣，或悲或叹。而生活对他来说正如一曲不能配器的山歌，话到嘴边，却吸进了竹管。吹笛人的窄窄喉咙像一根吸管，一口气缓缓地向外吹送时，他的心头另一支竹管自会同声应和。生活对他来说是有曲无词，仿佛是无法尽兴。但他也许还是十分开心，从一个地方来到另一个地方，几毛钱一根的竹笛，维持着生计，源源不绝地养活着心中涌动的歌。

偶尔，他会遇上一两个好事而无聊的少年，凑上前来，不着边际地对着光泽油亮，深褐色的多孔竹管摆弄几下。缠上了这些不懂得竹笛的人，他又能说什么呢？他真想痛快地告诉他们，他来自笛乡，那里的竹子是天然的做乐器的佳料——但他们不是知音。

其实我在这座城市和吹笛人的遭遇相似——卖文为生的人，同样养不活自己。只是我卖的是没人读的诗卷——肩上的行囊更轻便，更羸弱，更孤芳自赏。

80cm × 115cm 2007年 布面油画

　　吹笛人为了到这一座更大的城里来，背着温暖的笛子，坐长途汽车，是需要下大勇气的。我想象不出他是如何打起精神，怯怯地吹开了笛子，从一道道光怪陆离的门洞外走过。听上去自己的笛子呜呜地响着，像在长长短短地抽泣，不时被强烈的摇滚乐以及拖腔拉调的流行歌曲折断。也许他的双腿还算稳沉，不紧不慢，从一个街尾来到另一个街尾。几乎没有人来喊住他，打断他的沉浸——让他在华丽的服饰和现代人的紧迫节奏间打住。这些仿佛与他无关，正如他的笛子小曲与人们无关痛痒。

　　吹笛人最质朴的"秀"，只在那些被一度耽搁的中年人身上，勾起一些

2003年5月22日的江北鱼嘴

这一天，江北鱼嘴已有15393户居民签订了拆迁协议，拆迁总人口5万余人，我在现场看见了大拆迁的前奏。这条街一边的房子已拆除完毕，另一边除有一两家还在做生意外，其他的人全都搬走了。顺着江北城转盘往滨江路走20米，左面是一栋还未拆除的空房，右边则是一片刚被推倒的废墟。路遇老街坊崔老先生指着那一片说，自己以前就住在那边。现在看来，当年的一切都已经是逝去的记忆了。而我的画检索了这一切。

知青生活的残存记忆。当初，这些人上山下乡，一只短笛，打磨了多少蹉跎岁月。而今，他们已被妻儿所累，早已生疏了指法。

我从颤栗的后窗看出去，吹笛人屈辱地坐在站牌下，一晃就不见了。他兴许徘徊在站台上有些时间了，也不知何去何从。世界何其大，何处才是容身之处？此时，我愿意他沉沉睡去，做一个现存状态的失忆者，梦见自己回到了家乡，笛子的一抹金黄色光芒笼罩过来——他在自己吹给自己的一曲无词歌谣里，做一次黄昏的祈祷。他的心头排布着一支混声的笛子乐团，心潮跌宕。他的嘴唇越吹越快，越吹越轻灵，薄薄的像一片摇曳的小树叶。微微颤动的气流，从天上像透明的花朵一样散落下来，时明时晦，时缓时急，接着便悄无声息，一片黑暗，遥远的异物蒙住了吹笛人的双眼……。把睡梦与觉醒——放在相同的平面上，它那彩虹般张开的羽翼，也许是两个彼岸的互为蔓延。

固执的吹笛人，来自一片未被摇滚音乐击打的保守土地，孤独的吹笛人无意认定自己的身世——民间音乐的最后传人，顺应祖上的遗训和殷勤，他有一双会说话的手，布满老茧和竹片划下的伤口。笛声里，他问过路人，也这样问他自己——难道就此成为绝响？偶尔，为了卖掉笛子，他只是胡乱地说几句无关痛痒的生意经，再木然地衔笛而去。这时的笛声更加落寞、自怜，他听任自己的笛声带路，一站一站的走来。累了，就近靠住一根站牌，淡然目送着扭头而去的客车；也为我匆匆的一瞥，徒增感叹。

"……车站到了"。

我的笛声被粗鲁打断。收班车一头停在寂寥的黑夜中，喘着粗气。它怒吼了一夜，经过了十几个站点，是否也有冤情。回望主城，我们刚刚从它的心尖碾过，灯火又将低压的云层烧得乌红。

80cm × 115cm 2007年 布面油画

　　人生无常，难以琢磨。而800里的快马也会知道，时间概念是一个悖论，建立一座又一座站台，只是对我们的灵魂进行救赎。不管是险途与平地，焦躁与冲和，你都在路上，每当在某一个驿站间歇的时候，只是暂时放弃了对时间的支配，或者说只是停留在了时间的某一个节点上。

　　在清朝有一种差役叫"站人"，大都由发配者充任。他们的职责就是维持官驿的正常运行：人马是否精当？粮草是否充裕？文书是否畅达？对寂寞的岁月是否枯守？对南来北往的过客是否司空见惯？这些都在左右着一个"站人"的实际意义。

　　"站人"多是有来头的人，他们可以是皇子，也可以是吴三桂的爱将。自从远离了政治的漩涡中心之后，在最遥远的驿站定居下来，寸步不移。往

钢城之吻

有一天，我在亲戚家留宿，半夜醒来，看见游动的汽车灯，打在行道树上。长长短短的模糊线条，映在床头的粉白墙壁上。"应物象形"就是这样。第二天，我努力保持着这种新鲜的感觉，却幻化成了别的景象。

往"站人"最便于修家谱，有的"站人"家族像钉子一样原地生活了几十代。车站仿佛是绚烂人生的终点，又是寻常生活的起点。他们有的人依然沉醉于往日的荣华富贵，企盼着最高当局的良心发现，让他们重登名利场。当然，大多数"站人"对此早就不抱幻想了，日复一日地按照事物的自然属性运行着。

走走停停，本是两个互为对补的问题，也是一个问题的两个方面。关山飞渡，可以豪气干云；倚栏而立，可以韬光养晦。同时，四肢在相对不动的车上，望着迎面而来的景物，引发出坐车人的遐思妙想；而在行进中，也可能熟视无睹，一片空白。当窗外的变化速度快于0.1秒时，人眼将把街景当作一个动画。电影和电视就是利用了连续重叠的原理，让我们看到时间是一个常数。昔日的"站人"把行进和停顿双双接纳，给我们带来寓意，带来不能抹去的平凡的力量，同时充满着爱·伦坡式的人生别解：

"我所看见的，或者自以为看见的一切，都不过是梦中之梦。"

这座城市没有戍边的"站人"来延展着驿站的概念，城市丈量着城市，城市又吞噬着城市。它的每平方米都有某种特定的价值取向，维持一个人

34cm × 55cm　2003年 纸板油画

真正地度过生活中的某些时刻。每个局部包括在整体之中，而每个局部又倾身形成了整体。城市的长度、面积以及重量都是基本的物理量，我们能够通过视觉或触觉感知它们的大小。然而，这座山水同构的城市，千里为"重"，广大为"庆"，坐拥几千年的雄性，形成一座石头垒筑的城，一座悬空的城，一座大楠竹捆绑的城，一座有上半城和下半城的城，一座有冷酒馆和望江茶楼的城，一座有渔火和竹枝词的城，一座有水陆城门的城，一座火锅熏制出来的城，但它也是一座伤筋动骨的城。

　　而今，我们建设巴别塔的热情犹在，虽然我们的口音还没有统一。但这座水码头只为自己陈诉——日夜不停地喧哗，依然生活在人们的遗忘当中。它在空洞的假面背后运行，主要依赖于漫游。这就造成——我们环绕着恶俗的城市，间或升起了渺小的幸福，每一次对城邦的穿越都显得意义不一：我们出生在它的肚脐上，却从来没有亲近过它那和善的面孔。

　　"终点站到了"。
　　一声呵叱，我从座位上弹起来，又生活在别处。

溉澜溪

溉澜溪已消失殆尽，只有孤兀的报恩塔成为惟一的标识。断断续续的 20 来年里，我去过溉澜溪七、八次。寻常的江岸和寻常的小镇，每次去都是不同的同伴。有一回还到街尾子上的橡胶厂招待所，和一名女子合衣而眠，歇了一宿。后来，我听说我的一位朋友在那里当工商所所长，我曾托他帮我佃一间江边的平房。这个打算缘于一个叫康宇的朋友曾屡屡对我说："哥们！你我都四十几了，最后冲一把噻。"他当然是指在溉澜溪这个地方，讨个清静来写小说。

水枯溉澜溪

这是一场七十年不遇的枯水，大枯有大吉。在上游的左岸，沿河下来，先是倒春寒，再是冻桐花。桐花年年相似，只是今年开繁的桐花要借助于春寒。

"冬冻树木，春冻人肉"。

一座孤塔，一串古巷，一个倒闭的工厂，一位娓娓道来又不合时宜的说书人，这就是溉澜溪。它在梁沱和寸滩之间，与闹鬼的人头山相邻。对眺的大佛寺，隐身着壮丽的摩岩造像，几百年来，一直用来镇魔。

说书人韦姓，直到水枯得要断流了，才想起有一条水底的官道，三米宽，用大青石镶嵌而成，他说，有好几十年没有看到了。水有它的水路，这条官道却因为遗忘而只好随波逐流。

水载道，只是道不负水。

当我们还没有用眼眸捞上这条并水而行的驿道，河沙又将它安然掩葬。哪怕我们冲到河心，这条承载文书和商旅的道路，也不会贸然现身。两旁护路的石鱼会摆弄着枯淡的石眼，一边"鱼照（兆）丰年"，一边敌视着狡诈的捕鱼人和不诚信的网窝。

"禁鱼——禁鱼"。

但是，溉澜溪早已不是鲢鱼的故乡。而孵鱼的石阵还健在，一队队演练着长蛇阵兵法，逆水排开，共有四条，每条几百来米长。溉澜溪人称它为一外梁、二外梁、三外梁、四外梁。初来乍到的人冷不丁喊成："一万年、

34cm × 35cm　2004 年 布面油画

二万年……"当被纠正后，无限怀念自己刚刚被劫杀的错觉。

这是一座远离地方志的江村，在古代是巴渝的第一驿站，来渝的文书，在此弃舟登岸，名为头塘；至五里店为二塘，在观音桥为三塘，之后还有五塘、六塘。曾经是巴县桅杆如雨的第一堂口，而今荒草丛生，默然而居，守护着大河。正如韦姓说书人，溉澜溪名人，而今钻进一座小饭馆，就着小酒，以糟老头子自居——无助、平和中，黯然蓄势。

相传，有四条大鱼在塔子山下苦修。而今长石兀现，大河无限哀婉，沿河低述着即将停航的消息。

——是谁在投鞭断流？

然而，受夹的流水却反衬着文峰塔的野逸和挺拔。一位署名青远居士的人在文峰塔塔基上"速扬文字"，字迹荒疏，词牌紊乱。但是，文字之中渗出了一些江村的伤怀。当初建塔收工之时，巴县县令请人担来银子，想大为犒赏一番。见到造塔之人，欣然问曰：

"此塔哪一面重？"

"哪一面都不重（中）！"

也怪造塔之人所答不明就里，县官一气之下，担起银子抬腿就走。许多年来，四乡尽是落第书生。

与溉澜溪文峰塔相去30里路的，是南山文峰塔，在大河的上游和下游，无数个30里路在奔走，无数个文峰塔在放眼。而塔是不会轻易被摧毁的，倒下的是它身后一座名声远播的胶鞋厂。倔强的古镇，并不因为这座工厂的辉煌而悠然，却是因为这座工厂的荒弃而忍受阵痛。

而大河依旧沉着、固执，在外梁冲刷出一道一道槽口，远远看去，与文峰塔上遍插的刺桐垂直相交。没有人来重拾山河的时候，一条老街在神情上是永远不朽的。

时下正值三月十八，历书云："天医五合，交易。"溉澜溪在慨叹之余，坐望着远方的桃花水和鲢鱼……

卷三 · 对 景

金石的炼狱

封 泥

道家在炼丹的时候，等到炉中发出纯青色的火焰，才算大功告成。金石家大凡都是一些孤僻的守候者，既非火中取栗，又非逡巡不前。捐弃了龟背和竹简之后，他们只是郁郁寡欢，有些失意，常与荒凉的石工为伴，执刀的手引向筚路蓝缕的困境。日久天长，他的人格在挪让、盘错、离合中容忍，直到一枚镂空的石头破水而来。

闲 章

金石家在一架断崖上横刀立马，与古人快意决战，血染斗方。他必须到铜、玉、牙、角、水晶和冻石中抉择，必须一次性突围，然后到浮岗暖翠的江南刻下"出山云满衣"的佳句。只是他的情感不便于表露，或者难以察觉。四百年来，寄情与孟浪之中，那些剜缺残破的刀法，指点着文人江山，将浓烈的抒情气质与神奇的汉字——水乳交融。冲和的平生、孤子的自诩、物我两忘的景观以及时光的自嘲秉性，都在考问着印家——如何恣意戏谑，再塑气象。可惜，大多数的闲章都没有流传下来，即使传下来的也很少知道出自哪位高人的手笔。闲章兴之所至，天趣自成。时而沧海一笑，生辣猛烈；时而疏梅一弄，清风徐来。汉字的河流有多长，闲章的桅杆就会张多远。一枚闲章是一种隐喻的诞生，一次意气相投的人生礼仪，一段重返我们内心的迁徙。相传，曾经一个杭州人东渡日本，姓戴名笠字曼公，在长崎超度为僧，首次将篆刻艺术带到了东瀛。他遗存的书扉上落有一方印："天外无一闲人。"此外，吴昌硕的"破荷亭"，齐白石的"煮石"、邓散木的"孺子牛"均为现代极品的最后图说。闲章真实地摄取了心灵的底纹，一俟挪到室外便是丹心一片。金石家几乎是镂断了语言的根，才找到诗意。

缪　篆

这是一种怪诞的书体，起笔如凤冠，收笔如凤尾，阴柔而妩媚。花鸟鱼虫渺然从四方揖让穿插，一个笔划就描画了一只鸟。文字的手筋是图案，而图案的手筋是百鸟来朝。头鸟对鸟头的抄袭，卓然成为象形文字中最鬼魅的部分。每当金石家下刀的时候，羽毛纷飞，哀鸿一片。

印　堂

人的双眉之间，智慧就从这里龟裂、滋生、开合不定，也许造字家仓颉的铃痕就落在这里。金石家被带到文化的冲击平原，像一根线条的纺织大师，又像一个借古讽今的弄臣，在坚硬的石头上磨蹭。难道这就是东方

对 补

朝霞对晚霞说：让我们做姐妹吧！因为这是一对霞姐妹，金石家就有了两个版本朝昔相处：一个缩略在夜里，纺织着月光的丝巾，一个点石成金，在眩晕的白日里画地为牢。一个嫁给了青龙和白虎，一个嫁给了朱雀和玄武。

的铭记方式——文字总是如此繁杂的书写？早期的金属玺印，不论是官印还是私印，先雕泥范，再用翻砂法和拨蜡法冶铸而成。文人之印工致、玩趣，武将之印字型歆斜、杀气腾腾。有的官印急于封拜，不待范铸，匆匆凿成。而古代操刀之人，历史上大都没有留下姓名，只有三国时代的印工杨利和宗养留下了生平。而唐庄宗命冯道子写玺文，宋英宗命欧阳修作篆书，都交给印工去刻。北宋时，大书家米芾从写篆到奏刀一气呵成，开了先河，文人画士加盖印章的风气由此日隆。第二代印学家以赵孟頫为代表，他本是朝中的高官，却与杭州的私熟教师吾丘衍十分投气。后来吾氏著《学古编》，成为最早的一部印学理论专著。元末的王冕，世人只知他画梅流芳百世，却鲜知他乃一代制印大师，这与他归隐九里山卖画为生有关。到了明清时期，金石艺术就进入了巅峰。如果此前的印风为寒江独钓，此时的大家就犹如过江之鲤。文彭为文徵明之子，初不刻印，后无意中在路上遇见驴子驮着几筐青田石，一试几方后颇觉顺手。此后文人治印多用这种材质，一洗纤巧婉丽的风格，各家流派也风起云涌，在陶砖、摩崖、石刻镜铭、诏版上汲取养料。清代的巨擘邓石如刻过一方闲章："我书意造本无法"。上溯三千年，秦玺汉印，唐龟宋鸟，明清印谱，列代妙镌，印家二千，印谱一千七百余种，代不乏人。而今朝的印坛——浮躁与闭锁之风并存，制印这门苦寂艺术，日益成为他的姐妹艺术的寄生物。印坛——坚挺的是石头，是老坑的昌化鸡血、黄荔枝冻和牛角冻，金石家却在遽然败退。

人似秋鸿

我们成为怀想者的时候，就生于秋天。

这时候，天地间日月相曛。人世间在一种深重的托附中释怀而去。秋

24cm × 24cm 2002 年 布面油画

天，让我们的心绪乱，不得自持，点染丹青的人蘸着苦心，索道而来。

前清大才子袁牧，辞官做花鸟画《秋水赋》。随心参破两桩凡间的性命，前置于荷池；一束曲而未折的败荷，一只即将动身的水鸟，在秋将恨别之时一问一答。除此之外，一切背景淡然隐退，像惜别者的脚步和遐思。秋塘是如此的单一，薄薄地刷下一缕倒影，素淡轻雅的调子杳然有了平远中的静水和青空。

当我们生于秋天，为何要死于秋天？

垂荷无言，她负不起秋天的沉重叹息，她的呈露盘在一个不经意的午夜，滑落水中，再也没有什么东西可以盛下朝露和清泪，"再也没有了"，莲籽对秋天郁郁地说。而那随园老人筑圃于小仓山下，与前世修来的脉气应和，将荷叶揉成一团，像废弃的急就之作。叶边枯干，隐隐可辨几条叶脉，叶梗洁白如玉，不再坚挺而圆浑；夏天最后的一团苍绿，龟缩在叶蒂

没有支撑的吊角楼

吴冠中曾在重庆画过峡江上的山城。他那句
有名的话："笔墨等于零"，至今还是余波未平。我
站在积木一样的城墙上，看见屋顶就像苍穹。我
也想学学吴冠中。

四周。秋天在败退，绿色在失望，莲籽在肿胀，鸣虫从远处一掠而过，但
我们只蟀蟀地听见——远水无波。待水鸟一俟遐思，倚在残荷之下，认真
聆听，微微昂起的头颅"一时回首背东风"。

这是枯淡钟疏的一种蜕化，牵引着时令之内的种种物候。水鸟的羽毛
用工笔细细勾勒，黑白相间，几叶宽大的翅羽之下，烘上极淡的墨色，小
心地托出翅羽的阴影；她的紧抿的小嘴还约不来同伴，也许这样更好，更
真，更知心。

一束荷叶要就此了结，一只候鸟要就此远行。在千里之外，他将与他
的故乡的亲人会合，年年如故，那是怎样的与山妻稚子的生活——风静沙
平，云程万里，雁鸣时隐时现，在降落之前盘旋顾盼。《平沙雁》！《平沙
雁》！你的曲调悠扬而激昂，自古就是这样对应，与自己双飞交鸣。

一个笔工，清新、生趣；一个写意，浑厚，阴郁。但他们都不是那种
纯粹的大写意。残荷倚着水禽，一时无法肯定——这幅水墨小品是否真该
出自明清。

谁在平淡、浅露中深藏人生寓意？

我们看见的静者在摇曳不定，动者在收羽养心。秋天野逸，紧迫，让
人恍然进入了元人的生活场景，布下最富人生叹怀的一景：荷浑鸟清，透
出中国花鸟画那种不动声色的宁泊气象。白露也许还早，《秋水赋》笔法还
可以温婉些，钱塘老者在故里，并不需要将他一生的积墨，分散在画面的
浅浅白白中。万物有灵，对于古代艺术家来说，从来就不避物象，但其观
念不是物理学的，而是玄远的哲学。

1798 年，袁枚渐入老境，愁秋而死。

34cm × 55cm　2005 年 布面油画

白日梦版画

1. 黑夜与白天

我们将不停地探索，而我们所探索的终点，将是到达我们出发的起点。
——艾略特《四个四重奏之四：小吉丁》

人在夜里常常流露一丝对白天的想念，在白天又会重温一些翩跹的夜梦。因为上帝说有了光，我们在大千世界就看见了光。对光，我们渐渐地欣赏了起来，并试图辨析着其间的玄秘和鬼气。

版画家终其一生，做着孩子似的黑白游戏。而版画正像一个陌生人在

巫　镇

2003年深秋，我坐火车去杭州。又坐班车到位于嘉兴市西部的桐乡，再打30元的的士到了巫镇，与刘家二妹汇合。她去领《小说月报》的年度编辑奖，而我是第一次下江南。

夜里行走，追忆着白天的景物和标志，分辨并选择月夜下的散光，去临写流动的形体，折褶的山峦和内心的深刻焦虑。努力避开色阶的张力，在两度空间里赋予了一种纯粹。而版画突出的部位像无法逃避的鼓睛暴眼，有时又像一根要求对话的鱼鳍。

——黑夜对白天说：她的月食说明不了什么，今夜星光灿烂。

埃舍尔曾有一幅令人捉摸不透的旷世绝作，题为《昼与夜》，画面两边是对称的荷兰平原上的天空、河流与城镇，只是一边阳光明媚，另一边灯光朦胧，中间一群飞雁，如时间流逝，分别飞向白天和黑夜。每一只推移的飞雁，将地面的时光和山川景象转换得简洁而平整。我们的视线离开了田地，自动上升，白昼逐渐变成黑夜，同时间的黑夜又逐渐变成白昼。这样的昼夜转换，对两者而言，意味着衬托和相互丧失中的对补。正如黑暗只占领了事物的一面，与光明同享着一个完整的物质肖像。

有人在遥远的年代里，说版画只是一门手艺。而坚忍的匠人玩味着微雕般的精妙——大刀阔斧的抒情格调——书法家的苦心——兴之所至的垂钓者的脾气。那些富于想象，常年同空间概念打交道的孤僻的人，围着这片单调的平面周旋，使之呼之欲出。不少人就此留守在白天与黑夜的交替间，他们说：这是梦的简笔画，黑暗对光的一次性革命。而一幅版画究竟要刻多久，才能取得形式和光感的统一？黑白版画家未曾敷色的部分，怎样反射出内心的辉煌？当他干巴巴地镂着刻刀，落下零碎的线条和虫纹，瞬息就有可能获得一种无法回避的色彩——光线中的光。被光块有力分割的图型平面，把自然化归到一个被束缚得过多的世界，有限的轮廓就代替了一切。

这就是白日梦，这就是版画之美。

34cm × 55cm 2005 年 布面油画

2. 手工的容忍

它是一个唯有我们自己才能带来秩序的过程，它不可能被求取，但只要我们顺应它，它便会自然而然地出现。

——C.亚历山大《建筑的永恒之道》

版画的纯粹和从容，被拥塞在一个有限的表现空间中，创作家的作品取材于一些奇特的情节，如神话、文学作品、遥远的风景以及人物生动的肖像。在表现上，一些线条堆积在另一些线条上，这些画面的主人就乔装成那种有意味地将自然转换成一种新气象的造物者，他必须放任一双孩子的目光，来看待他枯燥的简笔艺术——版画临写着他的无邪和诗意。物体——空间——光，三者彼此对话，再磨砥成形。

对于那些一挥而就的性急者，版画是他不通人情的苦活路。手工工艺家巨大的耐性和热诚，会一直统领着机械时代的创作者。据说，没有一个油画家又是创作甚丰的版画家。因而版画家和其他画种画家相比，尤为特出。它的传统工序大都是先用铅笔拷贝出轮廓，不画明暗，再将拷贝稿反

洱海边的树

沈诗人从云南归，拍了一些照片，很美。
我从网上摘了一张下来，移植到画布上。

放在木板上，下面衬彩色的复写蜡纸，用图钉或胶纸将画稿的两端固定，用铁笔复写到木板上。如是套色，将按顺序把不同的底稿画好，作上标记，以便于着手印刷。

像埃舍尔和托马斯那样专事版画的画家，分别还忙于刻制钞票的铜版，几经设计，保证不能被伪造。他们通常都雇请了当地有名的制版师，拉掉许多版子也是常事。如果我们用放大镜来看埃舍尔的作品的某一部分，你不会不叹服他的好眼力，还会为他那双坚定不移的精确的手叹服。往往在石版上的草稿一落定就算是已完成了作品的一大半，制作过程像打字机打出的已经撰写完了的手稿。在制版的尝试中，他先将版子全涂黑，刻掉的地方成为白色。他在创作刮刀素描时，在一张纸上先用油彩粉笔涂黑，然后用刮刀或翅羽将形象刻出，刻掉黑色，白色就显露出来了。在他逝世之前不久，他还将他后期的作品的石版都磨了，无法重印，终成孤版。

另一个版画大师丢勒，年轻时十分贫穷，他的一位朋友也非常热爱绘画，但都没有钱进昂贵的美术学校，只好约定丢勒先去学艺，他的这位朋友打铁赚钱，待学成后换回。但多年后，丢勒载誉归来，他的这位朋友剩下一张粗糙的手迎接了他。这使丢勒感叹万千，便充满深情地用铜版画表现了一双孤零零的手，传达了他的无限敬意和一贯忠于自然的苍劲格调。他从古人那里仿佛并没有吸取什么，但他给自己赋予了版画的一种经典意义。遵循着雕刻画固有的线条工整、平行的特点，从技术上出人意料地表现出线条中游离而出的光：时而线条深重，时而线条细柔，时而线条交错，共同创造出闪耀的感觉和中间色调，宛若透光的样子，一时性起，在物体上燃燃灭灭。

英国18世纪第一流的版画家托马斯·比维克，专事动物黑白版画，表达着他的细致和勇气。其主要作品集《四足动物的一般历史》、《英国鸟类史》，远比最漂亮的照片更能给人以美的欢悦和享受。有一些动物由于他没

12cm × 12cm 2004年　层板油画

有见过，在英国边陲流动的动物展览中也见不到，因而他就在他家乡的花园里守候，发现了一种叫秧鸡的不常见的鸟——盛夏这种鸟总是临到拂晓或黄昏才偷偷摸摸地钻出来。在比维克刀下，其形态逼真为动物专家所惊叹。同时，他也再现了欧椋鸟笨拙的自信，黄色啄木鸟的自觉，知更鸟机警灵活的动作，小鹪鹩的稳重羞怯，鹌鹑的敏捷和恐惧。缓慢的创作过程使他的目力严重受损，长期卧病，骨瘦如柴。回顾这些无人继承的版画遗产，临终前一周，他写道："我们应该确信这一点，那就是，要阻止人类思维能力的提高是不可能的，而要限制受过相当培养的人的才华也同样是不可能的。"

西班牙诗人洛尔迦

"2002 年 6 月 23 日晚，大田驿站酒廊烛火隐秘，人们的脸庞兴奋、期盼，班驳的酒廊墙壁上印下了诗人李钢、李元胜、波佩、张于、雕塑家唐尧、翻译家董继平等 40 余人的身影。张于的油画作品《洛尔迦画像》搁在台前，旁边是几份打印稿《洛尔迦诗歌散页》，首席朗诵者赵宇舒低缓、回环、激情的朗诵风格集合了所有人的听力，背后依然是张于的吉他和弦。这种氛围激发了在场几乎所有诗人的朗诵欲望，就像一个幻觉：每一个人都站在生活潮流的礁石上，用同一个夜晚诵读自己的内心生活。而洛尔迦之夜也不再是发生在 2002 年重庆的一次文学事件，而是他们曾经渴望过的生活在大田驿站酒廊的一次小小实现。" ——以上文字摘自界限网《波佩评论》，波佩顺带收藏了本画。

3. 平面的幻术

上帝在梦幻中对着自己的影子默默地审视自己，认出了自己。

——哥德佛里德·波恩

19 世纪德国著名作曲家理查德·瓦格纳，发动过把各种艺术结合为一的运动。但是，每一种艺术的最终目标就是尽可能地使它的独特风格完善化、永久化。版画家每一次都在找他的版画味。或虚或实，或以大喻小，或以小喻大；或粗犷而丰厚，或飞逸而凝涩。版画，始终是一门被限制得过多的艺术，迫使其自身的表现力日臻强烈和直接，往往在下笔的初期就显现其风格的倾向。

一个平面中的几根线条，把视觉经验中的三度空间转换为二度空间，走向了纯粹和洗练。它不须为创造出三度空间虚拟的实体赍志而殁，色阶间隔的振动和变化的空间，抽象成一束束豪放的线条。自然界中本不存在线条，人们所解释为一种线条的东西，是指在不同色彩或色调的会合之处——由人的想象力在作用着那根线条。

版画的线条沉淀为光——掠美的月光从上面自然拂过，理性的人或沉稳的中年人常常在此驻足不前，玩味着其间的脉络和荡漾。

自古以来，如像中国皮影，撒哈拉岩画，非洲布须曼人的岩画，玛雅人岩画等等，他们的作品都有木刻性，他们的作品也就成了当时的编年史，承诺了本民族漫长历史中的部分形态。在描绘一些古老的传说和人们生活

24cm × 35cm 2001年 布面油画

的体验中，人们感觉到了自己乡土的美丽和富饶。

一位爱斯基摩版画家这样写道："我们常常到内切立克营地，那儿有许多湖泊，它距开普道尔赛特有一周的路程，那里有甜美的饮水，我发现那里的水总是如此之美丽。我们常到河里去打鱼，在内切立克还有许多鹅。"

大器晚成的美国画家爱德华·霍伯是一个饱含象征色彩的画家，其构

发电厂后面的车间

> 填色块的游戏让我分外的钟情，即使表现厂区
> 也免不掉这些框框。我对人说，也许我在作笔墨练
> 习，题材并不重要。

图方法就像人们设计舞台背景一样，往往一条铁路，一堵堤岸，一个窗槛，
一条人行道就可能构成前景；背景往往是五六样孤单单的东西，或物体，
或人物。这些物体在垂直线和一些淡淡的对角线中形成强烈的对比，然而
它们又总是浑然一体。照在这些物体上的光线很强烈，通常都偏向一边，在
寂静的画面中，这些物体相互严厉地注视着，并且，彼此构起了深深的依
恋，在相关的情景下面对话。仿佛音乐中的多重声部，齐声共鸣，一种从
没诞生过的思想应景而起，这就是幻象。有一句版画的行话说："画上的东
西越多，留下来的东西越少。"正好说明思想的变幻莫测，总与画布上凝固
的物体相关。

物理世界给一件伟大的艺术品以灵感，而在实际创作过程中，又会消
失一些初衷。

一个裸体少女在窥视窗外的《晚风》，一个在街头徘徊的《夜的阴影》，
以及一帧散文似的奶牛暮归图——《美国风景》，这些浓重的阴影和对黑色
线条的分解，使版画家霍伯看见了思想的光芒，从一侧投向画面的另一侧。
当一个有天才的版画家把他的艺术一直推向悬崖——止步不前的时候；这
时，他才发现自己已经掌握了一种绝无仅有的表现气质。他在发现了画纸
上的幻象时，又发现了内心的瑰丽。

马蒂斯是一个在版画中游戏般地拐来拐去的人。早年版画只占作品的
第二位，后来版画在他的创作中才占主导地位，其间的油画本身变得富于
版画性。再晚一些的时候，他的版画反而变得富于油画性，这两种形式的
界限似乎正在消失。这种重合中的消失，在彩色剪纸上又形成了线与色的
综合。北欧的瑞典画家佐恩的铜版画也是他一生中的主要绘画手段，越到
晚年，他笔下的人物的内心情感——越是表现得透彻，他经常用版画重复
他的其他作品，再现了许多为后人传颂的风俗画和裸体画，以平行的线条
和黑白对比的方法，使对象的特征在简单而酣畅的线条下栩栩如生。他的
画已不再是他的眼睛所容纳的平面了。

34cm × 55cm　2004年 布面油画

　　不管是意大利式的突出人物形象，在空间与人物上高度和谐的版画，还是德意志式具有下刀果断，线条清晰的苦涩笔调，画家的画就是他所爱上的这个世界的一部分。突兀的、没有条理的、力求永远保持一种幻象的冲动，正是创作过程的一部分。而他幻想的最终产物便是作品。

4. 内心的需要

　　人活在世上，必须对某些永恒的东西有一种不变的信心。然而当他这样作时，他一生中可能一直没有意识到那件永恒的东西，无自觉地左右着自己对它的信心。这种"无自觉"永远表现出来的方式很多，其中一种便是：信仰一个属于他自己的神。

——《卡夫卡寓言与格言》

　　人们尤喜那些一生只从事版画的人，不时换换口味的事对他们来说是不可理喻的——对于一个偏食的家族的报偿，常常是大器晚成。如中世纪的格吕内瓦尔德和丢勒，后来的埃舍尔、老彼得·布留格尔、托马斯·比维克、居斯塔夫·杜雷。而米开朗基罗、达·芬奇、伦布朗、杜米埃、比亚兹莱、麦绥莱勒、佐恩、柯勒惠支、马蒂斯、毕加索、保罗·克利、约根·科斯卡、路柯以及德国表现主义版画群，他们反复表现出了各自喜爱的主题，使黑白世界上群星夺目。虽然，某些画家的版画，只是匆匆落稿

东水门

如今那些在上世纪六七十年代还依然可见的特色建筑已经在东水门一带消失了。修建滨江路后，这里进行了大规模的改造，曾经城门下就能看到的乱石滩、滚滚东去的长江、江上的摆渡船、江边喊着川江号子的纤夫，都已经在历史的舞台上谢幕远去了。

的旷世杰作的素描稿，一朝成名，他的这些习作便身价倍增。超现实主义怪杰萨·达利的版画根据订单来翻印，随后大笔一挥，悻悻地署上大名，类似于了却一桩动心而乏味的事。这时，印版画的感受形同印钞票。

一俟重温昔日的艰辛，如饮久酿的春醪，体味出白日里的梦幻色彩，画中已有的郁闷而强烈的情调，便是版画的奇迹——单一、古板，描述着烂熟于心的基本物体和事件。有时版画家抛下了繁杂、萎缩的场景描写，以及人物的种种设色，只剩下孤零零的光，投照在黑暗的每一个角落，由此凸显的黑白空间，在彼此对调、协致中转换着攻防。

每一个革新家"随心所欲"地编排自己的绘画语言，在画面里自成一统，风格奇峭。往往灰色的背景生活，很可能使作者对版画的意味乐此不疲——画家永远是一组构配得当的背景的参与者，一个与一切人平等的梦幻家。他对于身边的林林总总首先是尽了一个夜游者的责任，多少保持了孤独与理性的介入性。

古典大师献奉出规范的经典，使现代的版画往往像一大堆惊琼碎玉。版画无疑被挑选为最保守的画种之一，艺术家的活动程序是艺术家的感情，通过其具体感受到的东西物化为作品。他的作品通过观众所感受到的东西再传达到观众的灵魂中，感情是终点和起点。

从背景生活到绘画语言，通过了作者内心的"熔炉"。在这座"熔炉"里，现实是梦的反转片，作品成为他们自己唯一的精神自画像。19世纪以来，有一大群富于探索精神的画家，从内心的感情出发，越过劳特累克、高更、马约尔、雷尔和思索，形成巨大的团体——"桥社"，对版画的贡献业已超过文艺复兴以来现有的作品。他们的努力无疑使自己成为德国表现主义一批重要的表白者，把版画从古典的神秘气息中解放出来，描绘了那种

东水门 34cm × 34cm 2006年 层板油画

以表现感情为其突出特征的艺术，这就是内心的需要。

　　美国的著名论者·亚历山大在他的《建筑的永恒之道》中有一段话，足以在版画巡回展厅里经久不息："中国古代的画册——《芥子园》描绘了作者在探索画道中，如何亲自发现了绘画之道。一个人越理解绘画，也就越意识到绘画艺术基本上是一个道。它总会一次又一次被发现。因为它同绘画的本质联系，肯定会被任何认真绘画的人所发现。一个人或一个时代，只是他人领悟绘画中的中心秘密的努力而已，而这一中心秘密是道赋予的，但本身却不能命名。"

莫迪里阿尼：神和人

在 20 世纪初的世界美术史上，阿梅德奥·莫迪里阿尼并不代表神。

莫迪里阿尼虽然置身于巴黎——新印象主义、立体主义、原始艺术、野兽派的旋涡中心，但他不像毕加索、马蒂斯、勃拉克或战后的康定斯基、克利那样，在视觉上成为绘画革命的旗手和盟主。他们走上了高高的祭坛，开宗立派，把一个个展览会当成一部行将记载的绘画史。莫迪里阿尼是一个真正的独行侠，在通往天国的路上跋涉，带着 15 世纪意大利艺术的传统精神，游离于所有时髦的艺术流派之外，又与新艺术观念保持着紧密的联系。他屡屡被人写入成千上万的著作中，或把他的神奇故事搬上舞台和银幕，仿佛成为一个影响深远的肖像画大师是出于神性。

一个人的一生当中要造多少裸体女神？没有人来回答这个问题。但他从来不画风景，却把人的颈子画得像天鹅；他画风保守，却一再给与我们心灵猝不及防的颤栗；他偏爱暖色调子，却画出人们那一种远离尘世的冷漠。难道这就是莫迪里阿尼——那么又是什么遮蔽了我们的判断力？

一个浪子——一个精神病患者——一个衣冠楚楚的酒鬼——一个波提切利式的舞者——一个不画眼珠的肖像画大师——一个非洲原始艺术的中毒者——一个吸大麻的哀愁者……每当他不能确认自己的时候，他就携带着他的肖像，在大地上梦游，在睡眼蒙眬的水面泅渡，在画布上覆盖着明快的笔触和细柔的线条，他害怕被人打扰，因为他的精神领袖尼采说：上帝死了。

被人当作架上绘画的一位造物主是件不合时宜的事，他只要找到了一面凸镜，无论采用何种变形，天然就有组合人物外表特征的非凡能力，如像音乐的和声一般找到自己的位置。人物在变形中既是图像，又是装饰的风格，相互形成一种狭隘而自足的表现气质。那些曲线，涡形，延伸；那些温柔中的严峻，敏捷中的空茫，模糊中的简略；那些符合现代精神要求，又被严正拯救出来的样式主义；那些莫名的单纯和贵族的持重气质；那些对景写生的模式；把莫迪里阿尼引向了一条写生表现主义之路——这就是人们欣赏莫迪里阿尼而不希望他有摹仿者的原因。

莫迪里阿尼在生活和绘画中相互诋毁，又相互作用。他的一生，在贫苦中卖画度日，依赖大麻、爱情和幻觉——维持着灿烂的画风。从意大利到巴黎，他的生活是混乱的，苦涩的，他要依靠画商和行情来选择生活。有时，他要卖一双拖鞋给朋友才能出门。他放弃了媚俗的肖像画定单，几乎

塔公草原　　　　　　　　　　　　64cm × 65cm　2005 年 布面油画

塔公草原距康定城110公里，自康定沿川藏线西行，翻越折多山，过新都桥后北行达塔公寺。"塔公"藏语意为"菩萨喜欢的地方"。塔公寺是藏传佛教萨迦派著名寺庙之一，有"小大昭寺"之称，是康巴地区藏民朝圣地之一。2004年的一个秋天，我在塔公寺门前被告知：今天汉人不能进。

不去考虑巴黎的流行风格，这让他的画商举步维艰，大量积压的画纷纷拿来冲抵咖啡店、肉店、旅店的赊账。虽然，他不是观念艺术家，他的画在当时也只能卖到几十法郎一幅，但是那些画神态闲静，充满温情，并不因为五官的变形而损害了美感，他的到来为人类展示了一扇楚楚动人的窗棂——只要你望一眼这些画就会终身难忘。

一幅画如果有一个灵魂，但愿这些灵魂是不需要吃饭的。

莫迪里阿尼的女儿让娜写了一本书《莫迪里阿尼：人与神话》。她不是靠回忆来完成这部著作，因为他父亲36岁那年死于脑膜炎的时候，她才一岁零两个月；她的母亲也没有告诉她什么，因为她比莫迪里阿尼只多活了两天。让娜只有依靠阅读父亲的遗作来连接一些发生的事件。父亲的画就像是自传，在舍弃了空间感的同时，又保留了时间的次序。

而37岁对于天才画家来说不是一个吉利的数字，拉斐尔、劳特累克、

丹 巴

丹巴素有"千碉之国"称誉，全县都有碉楼分布，且主要集中在河谷两岸。或三五个一群，或独立于山头，碉与碉之间相互呼应，依山成势，集中的地方，目力所及，数十座碉楼连绵起伏，形成蔚为壮观的碉楼群。在众多碉楼群落中尤以梭坡乡和中路乡境内碉楼群最具特点。很久以前，大渡河河谷之中有凶猛的妖魔，专门摄取男童的灵魂，为了保佑孩子成长，谁家生了男孩，便要修筑高碉，以御妖魔。孩子每长一岁，高碉就要加修一层，而且要打炼一坨毛铁。孩子长到 18 岁的时候，碉楼修到了十八层，毛铁也打炼成了钢刀。

凡·高都夭折于这个年龄。这几位大师的画曾经给了莫迪里阿尼非常直接的影响，许多美术评论家都公认这一点。

1520 年 4 月 6 日意大利文艺复兴绘画大师拉斐尔暴病而亡，他匆匆写下遗书，要葬在罗马的圣贤祠，并刻上这样的墓志铭："这里安息着拉斐尔，他活着——大自然害怕被征服。"——拉斐尔给了莫迪里阿尼制造裸体女神的方式。

1901 年 9 月 9 日清晨，在巴黎近郊的努伊依医院，一个显示高度酒精中毒症状，下身畸形的病人躺在病榻上，他就是法国绘画奇才劳特累克，已经永远地关闭了眼睛。——劳特累克启发了莫迪里阿尼用面部特征刻画人物内心的表现主义手法。

1890 年 7 月凡·高在法国阿尔地区的一块麦田里开枪自杀。——凡·高和莫迪里阿尼的家族一样，有着严重的精神病遗传史，唯有挥洒不尽的激情给他们带来了共同的财富。

莫迪里阿尼没有成为自杀者，或者说还没有来得及成为自杀者。虽然他一直厄运缠身，却拒绝在画中具体表现酗酒、噩梦等令人不安的主题，致使他的风格，一直采用温良的表现技法。而一个人在黑暗中呆久了，他就越发渴望光明。莫迪里阿尼在画幅里苦心经营着一种平衡、雅致的效果，说明他从来不曾放弃脆弱的理想主义。

在死亡的最后时刻，他终于嚎啕大哭："你们既然不需要，我还画这些该死的画干什么？"他死于绝望，也死于一种幻觉，长期沉溺于波提切利似的长颈子造型，使他产生了一种不能自拔的伤感。在画中，拉长了的颈子分明是一个象征——天鹅用她长长的颈子来表达哀歌，在濒死的时候发出绝唱；而莫迪的绘画进入了一个更为内在的区域，他在提炼优雅与哀婉，美丽与惆怅的代表性符号，当这种提炼成为惯性，每一张画无不是在

34cm × 55cm 2007 年 布面油画

引起内心的冲突和自我怜悯。当画家沉溺于大麻的幻觉中，一再拉长的颈身关系，便幻化成为天鹅的哀歌。他扮演着一个并不完全的宿命论者，只是为了让时间充满图像，而不是要让它轰然崩溃。

莫迪里阿尼成为现代象征艺术的祭奠品，又在缤纷而至的各种表现主义当中，获得了一次延续。他的一生都在造裸体女神，或者说他在女人中间寻找女神。1910 年他在巴黎遇到了俄罗斯女诗人阿赫玛托娃，她的体态轻盈而修长，就像波提切利画的维纳斯。尔后，他的裸女肖像组成了一个

春 夜

> 这是 2006 年的一个冬夜，暖冬。我在融融的灯下画了这幅湿油画。我想起来年春天的南山，将有一个沉静的春夜，走着几个古风存身的人，他们在诗中，比看到的更美丽。

反复出现的主题，正如莫奈的睡莲，凡·高的向日葵，修拉的大碗岛。画家有必要反复重申着特定的立场，对单一题材穷追不舍，以此检验现存世界的独立力量。他那种似乎病态的拉长手法，却使女人的轮廓线流畅而又准确，有种田园诗般的沉静和优美。

莫迪里阿尼从小被称为"小波提切利"，13 岁时画的素描就可以跟文艺复兴时期的大师媲美。当他第一次看到波提切利的油画名作《维纳斯的诞生》时，就为画作流露出的忧虑着迷。维纳斯诞生于大海里的泡沫，而泡沫来自一个天神被切断的阳物。每年四月初的那几天，便是维纳斯的生日，她站在开合不定的扇贝上，风神把她的胴体款款吹送，在那水天间的陆地，象征繁殖的桔子树正在结实。

莫迪里阿尼发誓也要造一座女神，哪怕造出了一个怪胎，同样也有一种优雅和烂熟欲颓的哀愁——同样拉长的脖子，同样脉脉温情。在间隔的四百年里，从形到神，从技法到内涵，莫迪里阿尼与波提切利看起来是一脉相承，具有颓废的唯美主义。但是，莫迪里阿尼的裸女具有当代性，在视觉上显得更为妖艳，更为真挚。

每当他的所有肖像组成一个回顾展的时候，它们自行排列着，我们就看到了一张人类的性格图谱——所有人物画都像一家人。这些用手语交谈的"少数民族"，被赋予一种知觉敏感的特点，它们围坐在一个大家庭里，却又准确地吐露出各自的个性、怪癖和弱点。它们的手伸到了画框之外，传递着一种名叫哀愁的疾病。随着莫迪里阿尼的死，这个性情乖张的家族就停止了繁衍和生长。

他在给画家莱奥波尔德·苏尔瓦热画肖像时，他把苏尔瓦热画成睁一只眼睛，闭一只眼睛。苏尔瓦热问他为什么要画成这个样子，莫迪里阿尼回答说："因为你用一只眼睛看见外部世界，而用另一只眼睛看见你自己的内部"。在给其他艺术家、诗人和其他特殊人物画肖像时，他通常也把他

80cm × 115cm 2006年 布面油画

们的眼睛画成一睁、一闭。而他在画儿童的时候，通常是把儿童们画成双目睁着的；也许，他的画本来就不是人所熟悉的现实，而是一个又一个梦魇的投影。

绘画是一种表象艺术。而莫迪里阿尼画某一个人的时候，并不直接关注梦的解析和透射，以及他的隐衷和回答。梦也许表达了人的本来面目，当时间停顿而模特又摆动不已的时候，莫迪里阿尼一定是一个心灵捕手——这个世界只需要长考，被画者闭上眼睛也许会看得更远。

莫迪里阿尼擅长于凝视一个人内心的涟漪，特别是那些转瞬即逝的细节，一旦捕捉到手，就听到了画布上的呼吸声。而大自然的外光效果常常显得不够真实，根本就不需要洞悉——这恐怕就是他从来不画风景的原因，版画家埃舍尔自称就是无法面对模特的凝视而转画风景的。尽管莫迪里阿尼没有提出任何学术理论，也未创立任何学派，他要在一夜之间成为心灵捕手，几乎是不可能的。也许在莫迪里阿尼的思想里，密布着诡秘、幽玄的暗道，他会在一瞬间用他的方式直达灵魂的深处。他的画这样让人着迷，却又让我们的迷恋找不到原因。

莫迪里阿尼从小深受尼采等人影响，质疑公认的价值，推崇个人直觉和诗意，他的心除了探秘之外就是想去天外翱翔。

阿赫玛托娃曾这样回忆：莫迪里阿尼对飞行员很感兴趣，有一次，他当真满怀欣喜结识到了一位飞行员后，却大失所望。他不明白，对于一个没有想象力的飞行者，他的天空有什么用。一个飞行家有权力向往更多的自由空间，每当莫迪里阿尼对一个物体长时间的凝视之后，就会感到沉重和疲惫，渐渐地他要产生一些翩翩的梦想——天空才应该是唯一的落脚处。

莫迪里阿尼经常给阿赫玛托娃朗诵波特莱尔的一首名诗《信天翁》，他喜欢这首贴近身世的诗，从这首诗里看到了自己成长的烦恼和一种宿命。也许，这首诗才是我们走近莫迪里阿尼的最后通道：

> 水手们常常是为了开心取乐，
> 捉住信天翁，这些海上的飞禽，
> 它们懒懒地追寻陪伴着旅客，
> 而船是在苦涩的深渊上滑进。
>
> 当水手们将其放在甲板上，
> 这些青天之王，既笨拙又羞惭，
> 就可怜地垂下了雪白的翅膀，
> 仿佛两只桨拖在它们的身边。
> 这有翼的旅行者多么地靡萎，
> 往日何其健美，而今丑陋可笑！
> 有的水手用烟斗戏弄它的嘴，
> 有的又跛着脚学这残废的鸟！
>
> 诗人啊就好像这位云中之君，
> 出没于暴风雨，敢把弓手笑看；
> 一旦落地，就被嘘声围得紧紧，
> 长羽大翼，反而使它步履艰难。

两个道别的月牙   64cm × 65cm 2005 年 层板油画

他俩不会告别

1910 年，冬月。

阿赫玛托娃，在那时还不是俄国的诗歌月亮，她在蒙巴纳斯（Montparnasse）——巴黎塞纳河左岸，只是街角头的一抹月牙儿。早在这一年春天的时候，俄罗斯"高蹈派"诗人尼古拉·古米廖夫，带着他的新婚妻子安娜·阿赫玛托娃来到巴黎。安娜·阿赫玛托娃的美，在巴黎到处吸引无数目光。门庭高贵的古米廖夫处之泰然，虽然他对阿赫玛托娃的爱摇摆往复，他完全理解他人对妻子的赞美，这是巴黎的礼节，但只有一个人的赞美使他受到了刺激，尤如芒刺在背，这个人的名字就叫做阿梅德奥·莫迪里阿尼。

那时，莫迪里阿尼从意大利到巴黎来已经有四年了，一门心思想当一个雕塑家。在他看来阿赫玛托娃是一轮满月，他在月亮上开凿，与一些象

克利的幻术

他俯瞰着大地上的图案，一边揣测着——哪一根线条可以直接回家。克利在云上的日子隐身飞行，他说："我在群星的背后寻找上帝。"

所以，他的画是天书，从来就没有一个美术批评家声称他读懂了克利。他不属于任何一个流派，只属于他自己。他带走了他的平面幻术，留下了无尽的猜想——他是在时间的基础上同我们告别的。

保罗·克利生于1879年12月18日。他在短短的一生中，画下了九千多幅不同风格的画。克利画油画、水彩画、素描，也制作版画。然而，他更像一个在艺术田野上游戏着的孩子，他写、他画、他拉琴，他是个永远有着童心的孩子，是个在艺术五彩斑斓的世界里不断地"呀、呀"私语的孩子。

生于这一天的人，终身受到火星的困扰。克利的星像再次认定——他的宇宙是全息的。他从狭仄的书斋，从精神上把自己复制成20世纪抽象绘画艺术的集大成者，他的生平和简历根本不能说明他的艺术实践。那只是一种肤浅的提示——一颗天体的运行轨迹是不能代表这一颗天体的。

人们热爱克利，但他的魔术让人望而却步。

他是一个画家，但他的绘画却嘲弄了音乐；他是一个小提琴演奏家，但他的音乐又嘲弄了诗歌；他是一个诗人，但他的诗意又嘲弄了童真；他是一个长不大的儿童，但他的天真又嘲弄了自己的成长。他从不模仿世界，因为他的内心已经有了另一个神。

但克利并不是一步登天的，基本上是一个隐者。在莫迪里阿尼死去的整整20年之后，他也像预言家诺特丹玛斯那样受到天谴，被病魔折磨致死。

牙般的洁白形体遭遇。他写诗，甚至有连续写糟诗的癖好，至今还能在一些回忆录中，找到几首他年轻时写的小诗。而他更坚守绘画，让我们坚持看他的一大本私人日记，他的着装情人，他的画商和兼职模特，他的犹太画家以及大街上的妓女，在画中暴露出莫迪的脆弱和不安，本身将由此赢得诗歌本身。诗是他的必须张贴出去的标签，显眼地张贴在他的每一件作品的繁复外框上。如果哪些粗心的私人收藏家忘了，那么，莫迪的诗意会从画布内渗透出来。

没有人告诉我们，阿赫玛托娃和莫迪里阿尼在蒙巴纳斯的相遇场景。他们有点像贼，一个衣冠楚楚的穷光蛋和一个度蜜月的小女子，害怕撞见

80cm × 115cm 2003 年 布面油画

她的丈夫或熟人。莫迪里阿尼在窃喜中盘算着，哪里是巴黎最好的偷欢之
处？哦！应该在僻静的卢森堡花园，那里的浓荫遮掩了热吻——反正古米
廖夫要喝漫长的下午茶。在恋爱的季节，画家带着一根粗细一致的线条，去
记录和蔓延，停留在纸上，也许是一滑而过。而诗人本身就是打捞船，她
为怀念他们的人准备着细节："我们有时撑着伞坐在卢森堡公园的长凳上，
下着这个季节温暖的雨，附近一座意大利风格的古老宫殿静寂不动，而我
们两人合唱般地朗诵着魏尔伦的诗篇，并为我们同样记得极牢的作品而欣
喜不已……"

暖色的盅子

普希金于 1823 年 5 月在基什尼奥夫开始创作诗体小说《叶甫根尼·奥涅金》。"文革"后的一天，我的母亲是个深切的俄罗斯迷，一边看一边对我说，这些是禁书，接着她朗读了一小段。俄罗斯文学的经典作品对苦难的抒写、对革命的崇拜、对人道主义的张扬，超越了地缘意义的亲近，温暖了 20 世纪下半叶几代中国人。 托尔斯泰、陀思妥耶夫斯基、屠格涅夫、果戈理、普希金、契诃夫、高尔基成为中国人耳熟能详的名字。十二月党人的妻子们更是勇敢、坚毅的代名词，被称为高贵的苦难。

有一回，阿赫玛托娃自己带着一捧红玫瑰去看画家。他不在，她在门外等了一会儿，无事可做，就悠闲地把鲜花从窗户上一枝一枝抛进画室，然后走了。画家回来看到地面上的玫瑰花感到诧异，后来再见面时就问：你怎么进的屋？继而十分惊讶："这不可能，花儿摆得那么美……那是多么好的故事。"

"他一冬天都在画我"，阿赫玛托娃说："共有十六幅。他要求我给它们装上边框，挂在我的房间里。革命头几年，它们在皇村全给毁了。只有一幅幸免于难。"莫迪还为她画过一些素描速写，如同其雕塑的手法精练、造型单纯，这些素描也十分流畅凝练，颇具雕刻感。也就是说，须要有刀斧训练的功底，才能画出这样洗练的线条——简练到极致也美到了极致。

然而他们的相遇却在艺术史和文学史上切割下了美丽的哀愁。有人说：阿赫玛托娃孵化了一系列的"女像柱"，莫迪里阿尼装饰了诗人的早期诗歌：

我们伤心，我们傲慢，又有些傻呆，
谁也不敢把目光从地上抬起来，
这时鸟儿用怡然自得的歌喉对着我们，
唱出我俩当年是何等的相亲相爱。
——1911 年写于巴黎。阿赫玛托娃《黄昏》（乌兰汗译）

这些情诗在俄罗斯家喻户晓，因此后来阿赫玛托娃非常憎恨这些诗。她多次说："我不明白一个肤浅的少女所写的这些糟糕的诗为什么一再重印"。她在重重磨难之后，已经忘记了自己是一个哀怨的闺房诗人。在俄罗斯，已经不需要人来探索什么是抒情之美。

诺贝尔文学奖得主——布罗茨基为她写下《哀泣的缪斯》："节奏的重

20cm × 20cm 2001年 布面油画

复和内容的多变之间的关系或迟或早总会发生——在俄国诗歌领域，它由阿赫玛托娃，或者更精确地说，是由占有这个姓名的那个人实现了。人们很自然地会想到，这个人物的内在部分可以听见语言的节奏而感受到这些各不相同事物之间的关联，她的外在部分则可以从她实际高度的有利视点向下俯瞰这些事物之间的关联。她将原本已结合在一起的两部分融汇起来：在语言里，在她的生活环境中，倘若不是，则诚如人们所说的是在天堂。"

巴黎——谁来赴宴，蓝还是红，邀约的人早已画过一些微弯的线描。莫迪里阿尼画了一幅又一幅白描，表面上看来是为阿赫玛托娃的雕塑而匆匆挥就的草图，实际上，由于写在巴黎的诗没有留下诗歌的最后地址，莫迪里阿尼不能赶到几千俄里以外的古米廖夫的农庄，去看一个女子在月下读信。他把阿赫玛托娃演变为非洲的女像柱，凝固在画室一角。

莫迪有一个秘密想告诉她——蒙巴纳斯就是诗歌的地址。

蒙巴纳斯这个小地名本来就带着韵脚，它得名于希腊神话中掌管诗歌艺术和科学的九个缪斯居住的巴纳斯山。在17世纪的时候，一些学生经常

蒙德里安的墙

我在这幅画中选择蒙德里安的蝉壳。

实际上，蒙德里安的油画《百老汇爵士乐》和我只是偶然相遇。这件作品是蒙德里安在纽约时期的重要作品，也是其一生中最后一件完成的作品。依然是直线，但不是冷峻严肃的黑色界线，而是活泼跳动的彩色界线，它们由小小的长短不一的彩色矩形组成，分割和控制着画面。依然是原色，但不再受到黑线的约束，它们以明亮的黄色为主，并与红、蓝间杂在一起形成缤纷彩线，彩线间又散布着红、黄、蓝色块，营造出节奏变换和频率震动。看上去，这幅画比以往任何一件作品更为明快和亮丽。它既是充满节奏感的爵士乐，又仿佛夜幕下办公楼及街道上不灭灯光的纵横闪烁。这是蒙德里安艺术生涯的最后一个新发展。1944年2月，他因严重肺炎而去世。

而我还活着，还想羽化而登仙。

来到这里朗诵诗歌，因此就把这里叫做"蒙巴纳斯"。这里原是山地，18世纪被夷为平地。

"你迷住了我……。"莫迪里阿尼在平地给阿赫玛托娃信中说。

而莫迪里阿尼不能回复诗歌之下的密码，该死的俄语——阿赫玛托娃在五十年后的回忆中："莫迪里阿尼非常遗憾他不懂我的任何诗。"谁来翻译这一段情事——时间吗？她躲在那个恬淡的庄园里，咀嚼着孤独的快乐，把世界排斥在外，她可以长时间在周围的树林和田野里徜徉、负疚和梦呓，她用画家的情意造诗歌。与此同时，她在强烈的表达欲望的驱使之下，诗歌又变成了可怕的预言。

古米廖夫一直有着烦恼，并不来自阿赫玛托娃，他想推翻列宁。这一对新婚夫妇回到彼得堡的两个月以后，古米廖夫一人独自去了非洲。

1911年春，等到古米廖夫从非洲一回来，阿赫玛托娃也一个人独自去了巴黎，莽撞的画家是经不起思念的。我们不可能知道，是什么样的勇气，让她如此着魔。莫迪当时正沉湎在雕塑之中，他通过他的经纪人阿莱桑德雷医生的引荐，与罗马尼亚雕塑大师康斯坦丁·布朗库西成为朋友。莫迪里阿尼早年就一心梦想成为雕塑家，但他的启蒙老师米切利不谙雕塑之道，无法帮助他实现这个梦想。

莫迪里阿尼对于阿赫玛托娃再度降临，喜出望外。阿赫玛托娃曾回忆：

124cm × 75cm 2004 年 布面油画

"他带我去卢浮宫的埃及陈列馆……把我的头像画成戴着埃及女王和舞蹈者的饰头巾，似乎完全被埃及艺术俘获了。"他崇拜她那长长的颈项和身躯已经很久了，也许是阿赫玛托娃的形态应和了他的美学理想，或者反过来说，是她的外形影响了莫迪里阿尼的作品风格，颇有个性。而莫迪里阿尼，不仅为阿赫玛托娃画那些著名的线描画，而且把她那优美的长长颈项（她的诗人丈夫古米廖夫曾经将其形容为"天鹅"），习惯性地保留在了他后来全部的肖像画中，他被这个幻觉折磨致死。

即使在 50 年后，阿赫玛托娃也还记得，"莫迪里阿尼喜欢夜里在巴黎四处漫步，当我听到他的脚步声在街道那梦幻般的沉寂中响起时，我常常走到窗前，透过百叶窗看见他的影子在我的窗下慢行"。阿赫玛托娃在她的散文中把莫迪里阿尼描述成一个对她热情、迷恋，但同时又礼貌得体的人。

但在早些时候，阿赫玛托娃那急于倾诉的诗里是这样写的：
当你醉了，就有那么多乐趣——你的故事没有意义。
一个早来的秋天 / 用黄色旗帜把榆树串起。

我们迷途进入欺骗之地 / 我们在苦苦后悔，
那么为何我们露出这些 / 陌生而冻结的笑容？

我们需要洞穿的痛苦 / 来代替安宁的幸福……
我不会抛弃你，我的亲密同伴，如此放荡而又温和。
　　　　——1911 年写于巴黎。阿赫玛托娃《黄昏》（乌兰汗译）

"你迷住了我。"——莫迪里阿尼在给阿赫玛托娃的信中说。

"那时，阿赫玛托娃还不是阿赫玛托娃，莫迪里阿尼也还不是莫迪里阿尼。"——阿赫玛托娃说。

"请立即回复，请把（诗歌的）地址抄在墙上，以免丢了。……天空之上是我的葬礼。"——阿赫玛托娃的诗歌姐妹茨维塔耶娃说。

"他！莫迪里阿尼，一个喝醉的野兽。"——古米廖夫说。

而她是俄罗斯文化中神话般的诱惑女神。在阿赫玛托娃的诗歌中，她为这场邂逅赋予了神秘色彩、历史意义和性爱成分。相反，他则只意识到了常人更为一般的需要。

"莫迪"（mildi）在法语的意思是"该死的"，听上去短促、颤抖，有一种厄运缠身的感觉。而阿赫玛托娃只是一个笔名，还有一点鞑靼味儿。不过，她的家族往上确实可以追溯到中古时代"金色部落"的最后一位可汗：阿赫玛特汗。他是成吉思汗的子孙，所以这位诗人在 17 岁发表诗歌作品的时候，不无自豪地说："我是成吉思汗的后代。"

布落茨基一再惊叹："安娜·阿赫玛托娃这个姓名中 5 个开口的 A 音具有一种催人心醉的力量，它们把这个姓名的占有者牢固地放置在俄国诗歌字母表的最高的位置上。从某种意义上说，她的姓名是她写下的第一行成功的诗句，它造成令人难以忘怀的听觉效果。"这一长串擂鼓般的发音，历经磨难，又绵绵不绝，它从开始就在预言：一个人要早早离去，另一个人要活得很长。

刘家二妹像　　　　　　　　　　80cm × 115cm 2006 年 布面油画

"这些漆画是夜间的幻想物。而逐渐稀少的夜晚，形同虚设，只有早行的人儿，
识别着稻草上的羽毛，彼此挂记，并会心地，摘下胸前的老钟。

鸟的生活有一种天然的喜爱，——幸福的和声、松米和油，引诱着一条若无其事
的黄颌蛇。

她要狞笑什么——在云的缝隙，设想一座风暴。

我收集匆匆打开的防雨布，目光阴沉，好让所有的夜游怪鸟都听见，

一张紧贴玻璃的脸破碎了。"

　　　　　　　　　　　　　　　　　　　　　　　　——摘自手稿

交叉的街道

我最后一次见到唐尧的时候，是他将要回北京的前夕，到我上班的地方来话别。当然我更愿意把它看成是惜别。结果围绕这张画谈得最多——刀刀叉叉捆绑的老房子，借力打力。

我只消扣上眼睛，啊！真是神奇，
那梦就把我带进你的花园。
我恍恍惚惚地寻觅你的踪迹，
唯恐你消失在千转百回的花园之间。
我要不要步入那焕然一新的苍穹，
经你的手，它已变成一片碧空。
以便使我那讨厌的燥热冷静！
在那里我将要把自由永享，
只消把灼热的眼帘扣上，
我又将恢复流泪的本能。
——1911年写于彼得堡。阿赫玛托娃《黄昏》（乌兰汗译）

阿赫玛托娃对莫迪里阿尼的所有其他女人都是嫉妒的，尤其是莫迪后来的一个情人比阿特丽丝·哈斯丁斯。莫迪里阿尼与比阿特丽丝之间的风流韵事几乎持续了两年。

而阿赫玛托娃写道："我在一篇论文中读到，说哈斯丁斯对莫迪里阿尼产生过一种很强的影响……我可以并且认为有必要声明的是，在他跟比阿特丽丝相识的很久以前，他就接受过良好的教育……并且我怀疑，一个把伟大的艺术家称为猪猡的女人，能够启发他人吗？"

阿赫玛托娃不能原谅这位没有谋面的情敌，使用"猪猡"这个字眼。他们在法尔盖尔这条艺术家街区一起读诗，莫迪里阿尼随手给她画的线描，多少年来在她的心房悬挂着，成为诗歌的图案：

我们不像沉睡的罂粟花那样呼吸，
也不知道花朵自己有什么过失。
我们是在哪些星辰指引下，

80cm × 115cm 2005 年 布面油画

为受苦受难而降生此世？

这正月的昏暗给我们端上了
什么难吃的浆羹？
是一种什么样的无形反照啊，
弄得我们知道黎明时头脑发疯？
　　　　——1911 年写于巴黎。阿赫玛托娃《黄昏》(乌兰汗译)

"你独自一人识破了这一切"。

这是阿赫玛托娃的一个著名的句子。佐证了早期那些抒情的、感伤的诗，出自于一般意义上的爱情吟唱，蕴含着一种先知的特征和力量。她厄运缠身，第一个丈夫古米廖夫因被指控阴谋反对苏维埃政府而被秘密处决，受牵连的儿子列夫·古米廖夫被流放到西伯利亚，她的第三个丈夫、艺术史家尼古拉·普宁因她而死于狱中。与她亲密的诗友们一样历经沧桑：布尔加科夫在贫困中丧生，皮里尼亚克因"间谍"罪被处决，曼杰尔什坦姆死于流放，茨维塔耶娃自杀身亡，帕斯捷尔纳克举步维艰。

阿赫玛托娃（Anna Akhmatova, 1889—1966），是什么力量——使她成为20世纪俄罗斯最伟大的女诗人？

她生于乌克兰的奥德萨，11岁时就开始写诗，因父亲反对她写诗而选择了她的曾祖母的名字来作为文学笔名。她早年在基辅的法律学校学习，21岁时加入了以诗人、评论家尼古拉·古米廖夫为首的阿克梅诗歌小组，他们通过刊物《阿波罗》（1909-1917）来反对象征主义的神秘暧昧和矫揉造作，主张代之以"优美的清晰"、简洁、质朴和古典形式的完美。她早年以拮取生活的戏剧性细节表现恋爱中人物的心理活动而见长，在走过了偃蹇多舛的生活道路之后，诗风变得开阔而苍凉。

从1922年到1940年，阿赫玛托娃整整沉默了18年，像一坛被迫封存的老窖。1940年她的几首诗在文学刊物《星》上发表，同年，她被允许出版一部早期诗歌选集《选自六部书》，但随后就因"太偏离社会主义重建"而被禁售。此后，她主要从事论文创作和翻译，同时创作她的著名长诗《安魂曲》，献给斯大林时代大清洗的牺牲者。

成为俄罗斯的诗歌月亮，女诗人的私生活比对她的作品更具有谈资，在俄国，官方一度说她是修女和荡妇的混合体，不过她在新婚之中，与莫迪里阿尼发生了的这一桩红杏出墙，却缠绕了她的一生。

在与莫迪里阿尼分别了整整30年后，阿赫玛托娃开始创作长诗《没有英雄的诗》，她还在热诚地呼唤着——早期情人的名字：

> 幽暗雾中的巴黎，
> 也许莫迪里阿尼再一次，
> 难以察觉地跟随我。
> 他有一种悲伤的美德，
> 要把混乱带给我的梦幻，
> 并且成为我的很多不幸的原因。
> ——1940年。阿赫玛托娃《没有英雄的诗》

阿赫玛托娃和莫迪里阿尼两人都是雅致的一对兄妹。对诗歌和艺术非常热爱，他们在一起，就是与诗歌和绘画在一起。他们的相遇激发对方的灵感，创作出了跟这场情事有关的作品。而阿赫玛托娃则在她的一生中直接或间接地为莫迪里阿尼写下了很多情诗。当她写《没有英雄的诗》这首

55cm × 55cm2001 年 布面油画

冷绿的背景

2001 年初夏，我在大田驿站酒廊当了 3 年的酒保，每晚 10 点钟的时候，酒疯子们才刚刚汇拢，这一天我的生活才算开始。一般总有一些老顾客要喝到天亮，像莫迪里阿尼一样。太阳起来的时候，员工们就睡觉了。有一天，我从中午起来，就着混暗的光线画了这个大酒樽。

长诗时，莫迪里阿尼已经死亡 20 年了。而她离别莫迪两年后，才出版诗集《黄昏》。

"他从不从生活中来画我……"，阿赫玛托娃在 70 岁，曾经用苍老的随笔——回忆她早年的巴黎生涯，回忆她的残酷青春。

那时，她 21 岁："……也许，我们两个人，不理解一个根本的东西：所发生的一切，对于我们两个人来说，乃是我们一生的历史前奏，他的一生很短暂，我的一生极为漫长。艺术的气息还没有烧焦，没有改变这两个存在，这应当是明朗的、轻柔的黎明前的时刻。可是未来呢？大家知道，它老早就在这之前投卜了阴影……。"

望龙门

我生活在一座雾都，一年有215天是蒙雾天。因为湿热严重，人们发明了火锅；因为有火锅，就产生了火辣的美女；因为有美女，就有街景中的雾里看花，就有蒙雾的一帧油画。

在这些揉碎的文字里，阿赫玛托娃恢复了早年的那种伤感。也就是这种伤感解救了读者——虽然我们也不知道我们是如此好奇。但是，从个体生活上讲，我们的芸芸众生使我们失去了伟大的机会。我们对于往昔来说——更多是揣测。

莫迪里阿尼把16幅素描送给了她——画中人赢得了自己。她把那些细线条带回了俄罗斯，与其说是为了存放，不如说是为了失散。最后，她把她带回来的唯一一幅莫迪里阿尼的画——也掩饰了起来。

她不能告诉丈夫——她在巴黎跟一个画家的飘摇，生活被层层覆盖，不需讲述。1918年5月，在古米廖夫面前捎带提及过莫迪里阿尼一次，就遭到了丈夫连声呵斥。阿赫玛托娃伏在暗处，悲伤地写道："他们两个都只有3年的生命，而在死后获得了巨大声誉"。

莫迪里阿尼死于1920年1月，古米廖夫则在1921年被布尔什维克作为反革命镇压。曾经有很长一段时间，阿赫玛托娃在彼得堡不断向来自巴黎的朋友询问莫迪里阿尼的消息，总是音讯杳无。但阿赫玛托娃在凝固的空气中坚信：这样的一个人理应熠熠发光，不应该被人遗忘。后来，阿赫玛托娃终于从一本法国美术杂志上，看到一篇关于莫迪里阿尼的文章，但那已经是一个噩耗，悼文称莫迪里阿尼是20世纪伟大的画家，其成就可与波提切利一比。

对此，阿赫玛托娃的好友布罗茨基说："她之所以继续写作，因为诗歌吸收了死亡，还因为她为自己还活着感到内疚。她创作'死者的花环'这一组诗，就是让那些先她夭折的死者吸收或者至少加入诗歌……。"

画家和诗人的传奇只是一种过滤后的东西，它并不是文学本身，更不是艺术家——挥发在高天的小冰晶。只是1911年春天里的两个月很快就过去了，阿赫玛托娃和莫迪里阿尼就此惜别，再未相见。莫迪里阿尼在他的线描中，提炼了阿赫玛托娃卓然的优雅气质。乌黑的秀发，白皙的皮肤，雪

80cm × 115cm 2006年 布面油画

豹似的浅灰蓝色的眼眸，这样轻盈的体态，暗暗合着莫迪里阿尼的审美。而
她回到圣彼得堡——到了这一年的9月29日，阿赫玛托娃倚在树荫下，写
完《最后一次相遇之歌》，匆草地对爱情举行清算：

> 于是我的乳房无助地渐渐冷却，
> 然而我的脚步轻盈。
> 我把我左手上的手套
> 扯下来戴到右手上。

云 山

我从云南的芒市坐飞机往北飞。看见云的缝隙里镶嵌着绛红的土地，其间有油绿的植被相交叉。我如此专注的打望，引来了窗旁一位衣着绚丽的女子的不快，如果旁边是弗吉尼亚·伍尔芙呢？我的邪眼狠狠地收刮下这片红土，回来好照图施工。

似乎有很多脚步，
然而我知道——只有三步！
枫树中的秋天的低语
在恳求："同我死去！

我被我那哀伤的，变幻莫测的，
邪恶的命运所背叛"。
我回答："亲爱的，亲爱的！
我也一样。我将同你死去……"

这就是那最后一次相遇之歌。
我扫视那黑暗的房舍。
蜡烛带着一片冷漠的黄色火苗
仅仅在卧室里燃烧。
　　——1911年写于圣彼得堡。阿赫玛托娃《黄昏》（乌兰汗译）

布罗茨基——一个不在场的旁观者，只好说："那是流淌着高贵血液的人所扮演的罗密欧与朱丽叶式的爱情"。 这就是莫迪里阿尼，这就是阿赫玛托娃，很短，很模糊，却有深远的谈资。以至很多年后，他们的故事被多次搬上舞台，以莫迪里阿尼的绘画为背景，以阿赫玛托娃的诗歌为旁白，获得了情景再现所带来的快慰。

再没有人关心——他们都是诗歌的兄妹。在巴黎，留下诗歌的地址——女像柱最后的家。

莲花山

> 刘家二妹携我到康定一游，清早经过贡嘎主峰下一座海拔在 5000 米的山峰，看见山峰尖峭，白雪皑皑，分外挺拔。但由于角度的问题，只拍到宛如七瓣莲花的莲花山，在阳光的照耀下灼灼生辉。在长期冰川作用下，贡嘎群山发育为锥状大角峰，周围绕以峭壁，攀登非常困难。有朋友开玩笑说，贡嘎可谓是梅里之外的另一个"抗日"名山。1981 年—1994 年，日本来了 29 个攀登队员，19 个遇难，其中 14 个是在贡嘎主峰，5 个在莲花山遇难。人固有一死，弗吉尼亚·伍尔芙之死，并非是飞蛾之死。

楼梯上的陌生人——莫迪里阿尼

谁打开了我墓室的门？
——洛特雷阿蒙《马尔多罗之歌·第一支歌》

莫迪里阿尼的楼梯上有一个陌生人。

他不清楚这个人为何等他？为何执意交给他一本洛特雷阿蒙的书？也许——这只是一场不由自主的幻觉。一级一级地，陌生人拾阶而上，靠近门廊。莫迪里阿尼隔着烟道，伏着桌子，潦草地给母亲写信："来年春天，我准备携女回乡。"啊——意大利，对于像他这样一个有怀乡癖的人来说，也许是他肺部的阴影和潜意识中最后一丝求生的呼唤。作为一个在欢宴中焚毁的巴黎过客，14 年来，莫迪里阿尼已经没有什么存念，他感到时间在流失，画框变成门洞，门洞变成墓穴，一个发光的缁衣人正准备动身——意大利有多远？

从和平街到圣贤祠广场的路程，并不像人们想象的那么远。
——洛特雷阿蒙《马尔多罗之歌·第六支歌》

1919 年 6 月 1 日，莫迪里阿尼刚刚从法国南部的尼斯回到巴黎，他的画开始有了销路。经纪人兹博罗茨基夫妇，替他安顿了一个新家，在蒙巴纳斯的格兰德肖米埃雷大街 8 号，有新油漆的门窗和刷得干干净净的地板，

34cm × 55cm 2005年 布面油画

离罗东德咖啡馆也只有三个街区。卧室和画室都在三楼上,共有三个房间,呈L字形,有很多窗户,采光充足。可是夏热冬冷,用水还得到底楼去取,晚上只能点油灯或蜡烛照明。

　　莫迪里阿尼一下子奢华了起来——再不用像原来那样,仓皇地在半夜轰隆隆地推着他的独轮小车,被房东从一条街区撵到另一条街区,兹博罗茨基也不用靠典当衣物来供养他了。只是莫迪在楼梯上常常与一个陌生人不期而遇,不得不在雨中奔走数小时,用力摆脱那个不祥的尾随者。不过,莫迪里阿尼一旦平静下来的时候很是满足,想想自己曾经住在"蜂房"的日子是多么残忍。那也是一座三层楼的圆形建筑物,位于法国巴黎蒙巴纳斯但泽走廊上,因为里面的上百个拥挤画室像一个个蜂房,并不适宜人栖居,故而得名"蜂房"。最初它是建筑师居斯塔夫·埃菲尔为1900年的博

没有蜻蜓的荷田

这张油画不是我要说的那张油画，这张油画没有蜻蜓，前者是对后者的追忆和向往。2003年我在响水路的斗室画下依依荷田，淋漓酣畅地画了两个多小时，宛如八大山人就着一大杯浮白，景物顷刻间喧腾而起，充满着中国传统文人画的真挚和野趣，真是一花一梗一道场。除此之外，在行将收笔之时，我仿佛还看见许多人围坐在画室里。他们有我的国画老师、傅抱石的得意门生骆映邨，我17岁时从骆老师画墨荷。此外，还有晚清"海上画派"的一大群画家，在我家中清寒的物什和书堆上盘踞，他们奇形怪状，举止各一，草草数来，有赵之谦、虚谷、任颐、吴昌硕、黄宾虹，还有任熊、蒲华、胡公寿、张熊、吴友如、程璋、吴庆云、任薰、沙馥、黄山寿、倪墨耕、赵子云、王一亭、冯超然、郑午昌等。这些人，在《海上墨林》所记述的曾有七百余人之多，一丈斗室怎消受得起？他们顶着晚清的躯壳，犹如脆弱的蝉壳，长时间地保持着一种姿态，不问衣食。

2005年2月16日，我在"拉雅·莲花"画廊举办了"与2004对照——张于油画展"。这张有蜻蜓的荷田，没有卖出去。画展结束，画廊的海归派女老板以1000元的熟人价，买下此画，一来声援我，二来觉得这样一张好画，无人买，怪可惜的。我在2006年的某一天，忽然想念起这块荷田，凭记忆画了出来，为了便于区分，我没有画蜻蜓。

览会设计的一幢临时建筑，拆毁后由雕塑家阿尔弗雷德·波歇尔（1850—1934）把这幢建筑改建成廉价画室，以此来帮助年轻画家，为他们提供模特，费用由大家分担，同时还提供了作品展示空间，向所有房客开放。因此，"蜂房"成了那些需要安身之地的年轻艺术家的画室兼居所。那里非常简陋，既无水，也无煤气，房租非常低廉，每年租金为80—100法郎，没有人因为付不起房租而被赶出去。饥饿的时候，很多艺术家就会到玛丽·瓦西列夫开的汤店去吃上一顿，或者坐在那里聊天。"蜂房"就这样逐渐有了一定名气，而工蜂很少在意它的贫穷。据说，波兰画家品楚斯·克雷梅格涅初到蒙巴纳斯时，口袋里只剩下3卢布，而他能说的唯一一句法语就是"但泽走廊"，就凭这一点，他顺利到达了蜂房。在这里住过的著名艺术家和诗人有阿波利奈尔、扎德金、基斯林、夏加尔、哈姆内特、莱热、李普奇茨、克雷梅格涅、雅各布、苏丁、德劳内、布朗库西，他们在蜂房飞进飞出，诗意般地向全世界宣称：我——只要住在蒙巴纳斯，我就是艺术家了。

80cm × 115cm 2006 年 布面油画

　　而今莫迪里阿尼搬了新家，二楼有一间画室还被高更租用过，他曾经和一个爪哇姑娘安娜在这里同居，因为一场酒后的打斗，她把高更的所有什物席卷一空。莫迪里阿尼把自己画室的墙壁涂成高更似的红色或橘黄色，也许是为了纪念这一位16年前转身离去的老人，也许是这个老人的一幅宿命的画——《我们从哪里来？我们是谁？我们往哪里去？》，给了他某些暗示。

　　在我房间的墙壁上，是谁以无比强大的力量画出他干瘪的轮廓，投下他虚幻的身影？

蜀 山

中国文人大都是自然主义者。历来，他们在和风景的对话中，无时不在感受天地的浩瀚和精妙。西洋油彩的造型能力和东方文化的灵性反映，会构成新派文人油画的内驱力。在油画中凸显的表现主义气质，通过一种化繁为简的提炼过程，把山体、青石和水纹都当成一种符号，以此替代了古典文人画所体现的松、梅、竹、兰等象征体系。我惬意地揉着油彩，在这扇绘画的对话框中吐纳如故。

——洛特雷阿蒙《马尔多罗之歌·第三支歌》

瑞士籍的精神病医生奥斯卡·普费斯特认为：莫迪里阿尼患有严重的精神病。所以，在楼梯间，莫迪里阿尼是不适合栖居的。他的眩晕——蔓延为楼梯的一部分，自上而下——分解成一个化名的伯爵和几盏红酒，人们只有到了楼层的中央才感到了平缓和停顿。而螺旋状的楼廊，嵌着智慧和空白，给了画家一种视错觉，一种表现主义气质，一种时间的轮回，一种观念上的黑白对补，一种印度的曼荼罗——间接表现轮回的精神符号。楼梯上的那个尾随者——一个注定要来侵扰的人，如果他代表了虚妄，那么虚妄也是一种理解。莫迪看见了楼梯上的谢幕人——自上而下，或自下而上。

我命名了记忆。
——洛特雷阿蒙《马尔多罗之歌·第三支歌》

一个倚门而立的向导和一个心灵捕手是不能对话的。

也许可以通过他的画，获得一种心灵的凝视力量，而记忆却不能领路。莫迪里阿尼——一个浪子——一个精神病患者——一个衣冠楚楚的酒鬼——一个造裸体女神的人——一个波提切利式的舞者——一个抹去眼珠的肖像画大师，他在睡眼蒙眬中泅渡，画面上覆盖着癫狂的笔触和细柔的线条，经不起打扰。他在生活和绘画中相互诋毁，示范了一个自刎型艺术家的亲历过程。他就是残酷的现实，但却拒绝在画中具体表现酗酒、恶梦等令人不安的主题，致使他的风格，从保守出发，又回到了温情。

莫迪里阿尼从小深受尼采等人影响，质疑公认的价值，推崇个人直觉和诗意，因此与当时许多前卫艺术家一样，以叛逆时尚为荣而不以时髦为

45cm × 65cm 2002 年　布面油画

意。莫迪里阿尼没有被人当作架上绘画的一位造物者,但他找到了一种既是图像,又是装饰的风格,一种相当狭隘而自足的表现过程,对于他的短暂一生来说已经足够。这种曲线,涡形,延伸;这种温柔中的严峻,敏捷中的空茫,模糊中的简略;这种符合现代精神要求,又被严正拯救出来的样式主义;这种莫名的单纯和贵族的持重气质,把莫迪里阿尼引向了一条写生表现主义之路——这就是人们欣赏莫迪里阿尼而不希望他有摹仿者的原因。而温良的表现技法,搅和着酒精、毒品、疾病和深刻的内心焦虑,使他看起来像兰波说的那样:"我是一个他人。"

　　莫迪里阿尼就是这样分散我们的古典记忆,在20世纪最伟大的肖像画

漏屋痕

> 怀素与邬彤为兄弟，常从彤受笔法。彤曰："张长史私谓彤曰：'孤蓬自振，惊沙坐飞，余自是得奇怪。'草圣尽于此矣。"颜真卿曰："师亦有自得乎？"素曰："吾观夏云多奇峰，辄常师之，其痛快处如飞鸟出林，惊蛇入草。又遇坼壁之路，一一自然。"真卿曰："何如屋漏痕？"素起，握公手曰："得之矣"。
>
> "屋漏痕"是中国式的视觉思维，作为书法的线条，它体现出中国文化的意蕴。例如威廉·贺加斯在1753年所著《美的分析》一书中指出："直线与曲线相结合，谓之复合线条，其变化比单纯的曲线多，因而一般或多或少地具有装饰性。波纹线，由于系由两相对比的曲线组成，变化更多，所以更有装饰性，更为悦目，所以有被称之为美的线条。至于蛇形线，由于能同时以不同的方式起伏和迂回，会以令人愉快的方式使人的注意力随着它的连续变化而移动，所以又被称之为优雅的线条。"
>
> 这里的直线、曲线、复合线、波纹线成为油画的凝固体——无便是有。

大师之中，他又给了我们鲜明的甄别方式——他的所有肖像画宛如是画的一家人。在人类最柔致的面孔里，他的肖像为我们提供了一张性格图表。当然为模特去做性格分析的作法是危险而徒劳无益的，因为我们处在没有佐证的情况下。而当我们研究莫迪里阿尼画的许多著名人物的肖像时，让我们读到了一种庆幸。艺术家的原动力是天性，而天性是刺在每个人脸上的纹路，经得起长时间的冲刷。莫迪里阿尼曾与巴黎画派有着割舍不了的联系，但他又不属于巴黎画派。他利用了自己是杜乔、卡斯坦尼奥和波提切利的意大利后裔身份，利用了后期印象主义对绘画空间的限定，利用了超现实主义者的内心实验以及立体主义对色彩的发布，用肖像裸体画排列出一座教堂。莫迪里阿尼的独立性、排他性，只证明他一个人所看到的，而不围着一个带有极端倾向的圈子鼓噪。他用了太多的拳头与人打斗，勇敢地把自己排斥在各种流派之外。

卡罗·曼的评传《莫迪里阿尼》也指出，当未来主义者以尼采为武器要摧毁一切现有的文艺时，莫迪里阿尼却与他们产生了严重的分歧。莫迪里阿尼宁愿向儿童似的习作、非洲和古希腊的雕塑人体学习，使自己成为了一个用线的行家、素描家和样式主义画家。不管怎样，莫迪里阿尼带着传统的刑具，完全使用图像，使用柔韧、巧妙、富有旋律的线条进行表达，就像他的经历一样——简短而妙曼。

80cm × 115cm 2005 年 布面油画

对于一个在画布上梦游的人来说，根本看不出他在风格上的变异和演进，唯一可从纳比派的程式中察觉他的少许渐变，人物和内部空间牢牢地一体化，形成一种线条图案和雕塑似的分枝，使他的色情主题和艺术概念都不需要太多的革命性。1907 年塞尚的回顾展对他是一次深刻的体验，但莫迪里阿尼的艺术观念和塞尚又并不合拍，塞尚概念中的人物，在空间环境里是均衡的，而莫迪里阿尼在 5 年的雕塑实验中，使他更喜欢将人物处理成浮雕式的，作品又处理成富有表现力的轮廓线描，使人物从背景中优美地凸现出来。他以他笔下那些暖艳修长的裸体，迷离慵倦的意态，色彩斑斓的腐烂，提前看到了 20 世纪这个迷惘、病态的时代。莫迪里阿尼并非不知毕加索和布拉克的观念成果给这个世纪表达的神话，然而他既非立体主义者，也非构成主义者，他燃烧的直觉也不大适合于用来组织和深思。因此，他很聪明地拒绝参加各种形式小组的行列，使用一些方法，但不采用严密的体系。如果说他和一切立体派画家一样，对于光和气氛，对于"轮廓模糊画法"不感兴趣的话，他却有表现物体的结实和质感的雄心，而他所拥有的手段又是有限的，仅只有线——达到线的回归。他以任意确立的标准，把形状拉长和歪斜，使它具有对比，让它的轴线碎裂，面与面交叠在一起，这些人们称之为他的"表现主义"的东西，维持了现代艺术的先验性。看看那些倾斜的头、削肩、长颈、无限延长的手臂、躯干、腿、头之间的不合比例，再看看面部那削瘦到极点的鼻子，缩短了间距、画成弧形

波希米亚

波希米亚位于捷克共和国的中西部，历史上是一个多民族的地区，是吉普赛人的聚集地。追求自由的波希米亚人，在浪迹天涯的旅途中形成了自己的生活哲学。如今的波希米亚不仅象征着流苏、褶皱、大摆裙的流行服饰，更成为自由洒脱、热情奔放的代名词。

的杏眼，狭窄紧闭的嘴巴，还有那四肢瘦弱、上身短小、带着蜿蜒曲线的裸体。一切都竞相表现出纤细、稀有、纷乱、娇弱，表现出一个犹太画家所特有的焦虑，以及紧张和理智主义给作品染上的破灭幻想。

可以说，莫迪里阿尼带给本世纪的不是一种新的绘画语言，而是一种"新的颤栗"。他身上的某种隐晦的，不合常理的和复杂的气质，撕裂了我们的美丽哀愁。

快上螺旋楼梯吧，然后带着高兴的面容来见我。
——洛特雷阿蒙《马尔多罗之歌·第六支歌》

莫迪里阿尼在楼梯上经受一个陌生人的端详和尾随，已经很久了。

这个行踪不定的人，看不到他的任何表情，却长着一张娃娃脸，有些像他的一个不肯认定的私生子。这个孩子的母亲叫西蒙娜·提诺克斯，来自加拿大，异常漂亮、年轻，与莫迪里阿尼一样患有肺病。由于莫迪里阿尼拒不承认这是他的孩子，西蒙娜也只好给孩子取名莫迪里阿尼。不久以前，那个孩子由一对陌生夫妇领养走了，领养的先决条件是永远不能公开他的父母的名字。莫迪里阿尼思忖着，是不是这个孩子要来道别——通过一截木梯的摆动，制造了一座老钟。

"莫迪！莫迪！——你这个该死的。"孩子喊叫着，从松木扶手上旋转着，一晃就不见了。由于怯弱，莫迪里阿尼要成为父亲——有些准备不足，他期望在时间上的频频逃离，来躲避——楼梯的狭窄空间里的一场惶然相遇。莫迪里阿尼已经开始画了不少儿童肖像；不时，把一些声音藏在画布的背后："我们不是天使，我们只是孩子"。没有人说——莫迪也是孩子，在黑暗世界提着易碎灯笼的孩子。那么，陌生人，请你说说孩子们的柔顺样子。——他们瞪着大大的眼睛，淡淡的眉毛，小小的嘴唇，一副托腮独坐的样子，看得人隐隐心痛。这是怎样的孤立无援。"莫迪！""莫迪！"孩

30cm × 42cm 2003年 层板油画

子们来来去去，仿佛他们离童年有多远，他们羸弱的喊声就有多远。

"莫迪！""莫迪！"莫迪里阿尼尽量压低嗓音，自己也跟着小喊了一会儿。作为一个父亲——他在画布之外几乎无法呼吸。

我们的人生在这些秘密中，犹如一条舱底的鱼感到窒息。
——洛特雷阿蒙《马尔多罗之歌·诗二》

多年以后，莫迪里阿尼的女儿——让娜·莫迪里阿尼，为了怀念，也为了痛击那些怠慢过莫迪里阿尼而今又追悔莫及的人，她在佛罗伦萨，写下了一部父亲的生平传记——《莫迪里阿尼：人与神话》。

她由莫迪里阿尼的姐姐养大成人，多方收集到父亲的一个秘密细节：莫迪里阿尼一生崇拜《马尔多罗之歌》，把它当成"圣经"和行动手册，暗暗揣着，书不离身。其实这是莫迪里阿尼终身为之玩味的细节——一个襁褓中的孩子，仿佛看到狭窄楼道里的陌生人与父亲传看着一本杂志。书中的主人翁马尔多罗，从作家布吕东和小说家阿拉贡创办的《文学》杂志里探身而出，骄傲地大声朗读着令人窒息的诗歌片断。"马尔多罗"这个主人翁的名字，在法语中让人联系起"黎明之恶"、"青春之苦"等多种意义。

1917年，诗人阿波利奈尔把他自己的戏剧《蒂尼西亚的乳房》和迪亚烈夫的芭蕾舞《游行》称作超级现实主义的产物。此后，这一术语——作为文学和艺术运动的概念，在布吕东和一些巴黎《文学》杂志的撰稿人当中迅速传开。布吕东的《超级现实主义的宣言》这样定义：超级现实主义——名词，阳性，纯精神的无意识行动，应用这种无意识行动，以口头或者文字的方式，去体现思想的真正机能。超级现实主义的基础在于：确信一向受忽视的某种联想形式的超现实性，确信梦幻万能，思想不受任何支配而自由活动，致使其他精神机构得到永久性的毁灭。这个定义是文字的而不是造型的，也不是绘画和雕塑，这个运动最终受到了诗人、文学家和画家的支配。他们认为，自己是洛特雷阿蒙的受精卵和无性后裔，他们设想的超现实状态，在一个瞬间里，人们解决了梦幻和现实之间的错位和对立。林堡和杜卡西——19世纪的这两位诗人，被追溯为超级现实主义的主要象征和预言家。而杜卡西(lsidore ducasse,1846-1880)，化名洛特雷阿蒙公爵，其诗《马尔多罗之歌》塑造了超现实主义者的典型英雄：他具有双重本性，同时受到神的精神力量和兽的残忍性的吸引。艺术作品如果不是创作，就必须破坏。这种造反的思想，渗透到洛特雷阿蒙的诗歌当中，要造上帝、门第、社会、传统的反。诗歌——成为一种占据全部身心的神圣癫狂，就像偷圣火的普罗米修斯和基督教的通灵者一样。的确，正是这些超现实主义者的无性繁殖，诞生了他们精神上的"父亲"——马尔多罗。莫迪里阿尼把卷得皱巴巴的《马尔多罗之歌》，放在身边，指导了他的早期诗歌的创作和后来的造型气质。在他看来——现代诗歌再不是人道主义的，它首先可能的是一个美学实验，它要把不可能的变成可能。超现实主义诗人就是把喻体和本体之间的距离是否够远当做衡量诗歌意象好坏的标准，这和中国古代诗学理论中的"远取譬"有着相似之处。——基于其敏锐和破坏性，超现实主义诗人深远地影响了超现实主义画家，而诞生出来的绘画技术手段，几乎垄断了20世纪的造型语言。

1917年是人类绘画史上何其辉煌的一年：毕加索在巴塞罗那搞了"机械似幻想"，米罗在巴黎画了《e.c里卡肖像》，夏加尔在俄国画了《拿着酒

彷　徨　　　　　　　　　　　32cm × 40cm 2002 年 布面油画

　　比阿特丽丝·哈斯丁斯是巴黎英语周报《新时代》的专栏作家，她于1914年4月来到巴黎。据她回忆，她是在一家由意大利人经营的廉价乳品店中遇见莫迪的。接下来就是长达两年的充满着狂热的爱与野蛮争吵的情人关系，其中还掺杂着饮大麻制剂和酒精——当她酗酒后就与平时完全不同了——成为了让人担忧的人。在那个时期，莫迪创造了很多有重要意义的作品，其中包括14幅画和许多为哈斯丁斯作的绘画。这幅画似乎是莫迪为她作的最早的肖像画。有一天，我在不知不觉中，描述了这种感觉。

杯的双人肖像》，意大利同乡契里柯在费拉拉画了《伟大的形而上者》，布罗克在巴黎画了《弹曼陀林的女人》，毕卡比亚画了《多情的行列》，莫迪里阿尼在蒙巴纳斯，也画出了一生的代表作《斜卧着的女裸体》，一起成为了超现实主义孵化器之下的破壳者。莫迪里阿尼自喻为"马尔多罗"的信使，他和洛特雷阿蒙有着诗人的相同材质。但他们又是脆弱的战士，依靠精神狂想所带来的智慧和冲劲进行创作。

在莫迪里阿尼和他的画——这两个对应物之间，有一种秩序在建立，它们混淆了对比的可能性。他和他的画中人之间到底发生了什么？语言谵妄症已经无药可治——莫迪必须从窒息的舱底一跃而出，让那些绘画中的人物自行梦游。

> 绝望是我们最小的错误。
>
> ——洛特雷阿蒙《马尔多罗之歌·诗二》

19世纪末，对于一个艺术家来说，成为一个流浪汉，或者成为一个"波西米亚人"几乎是不可避免的。

而今这个复杂难堪的称谓符号，在那时描写的艺术家的传奇生涯中屡见不鲜，"波西米亚人"曾经是时髦的用语。意大利比才的歌剧《波西米亚人》又名《艺术家的生涯》，1896年首演于都灵，由托斯卡尼尼指挥，讲述巴黎拉丁区的一间破旧不堪的阁楼中，居住着诗人鲁道尔夫，画家马彻罗，音乐家索那和哲学家科林。虽然贫困威胁着他们，但是他们却始终充满了自信和愉快，追逐着理想的光芒。著名的绘画大师毕加索初到巴黎的时候，也在巴黎贫苦不堪中度过了他的"蓝色时期"和"粉红色时期"，用廉价的香肠果腹，甚而不得不烧掉自己的素描稿，以换取短暂的温暖。直到1907年他卖出了立体主义的扛鼎之作《亚威隆少女》，才走出了困境。波西米亚（Bohemia）位于捷克斯洛伐克的西部地区，原属奥匈帝国的一部分，是一个多民族的部落，那里也是吉卜赛人的聚集地。如今提到它，人们已很少想到真正在捷克土地上生活的波西米亚人民，"波西米亚"已成了一种象征，惹人无数联想——流浪、自由、放荡不羁、颓废……但由于吉卜赛人最后很多都聚集在了波西米亚，所以大部分文学作品里都模糊地界定：波西米亚人就是吉卜赛人也即茨冈人，他们以流浪的方式行走在世界的每个角落。20世纪的巴黎是世界文化的中心，荷兰的凡·高；意大利的莫迪里阿尼、契里柯；西班牙的毕加索、达利、格里斯、米罗；波兰的基斯林、哈利茨卡、海登、纳德尔曼；保加利亚的帕斯森；墨西哥的里维拉；匈牙利的查基；荷兰的蒙德里安、凡·东根；美国的诗人爱普斯坦、庞德、赖特和桑德拉尔；俄罗斯（包括乌克兰、白俄罗斯、立陶宛）的夏加尔、奥尔洛夫、苏丁、李普奇茨、扎德金；罗马尼亚的布朗库西；日本的藤田嗣治；

烟 民　　　　　　　　　　24cm × 35cm 2001年 层板油画

　　法国本土的杜尚、布勒东、帕斯森、萨特、米勒和德加等等，这些艺术家体验着新的世界秩序，他们无法忘记他们笔触中的母语。尽管他们投在了一个共同的世界，但他们的童年、伤痕、宗教和习惯，以及不同的文化传统和背景还依附在他们身上，着陆在"但泽走廊"——这一个生机勃勃的大温棚，因此一位作家把这里称为"一个小小的国际共和国"。艺术家们逃离了独裁和地域局限，呼吸的自由空气似乎还新鲜过度。但他们始终是外来者，凭借"波西米亚的生活"，表达了一种强烈的边缘感。"波西米亚"是一种生活风格和社会境遇，它意味着拒绝放弃一种狂热的、自我毁灭的个人主义，一种对于复合感觉的崇拜。

　　法国诗人兼画家让·科克托自豪地说：贫穷就是蒙巴纳斯的一种奢侈。当年这些贫困得绝望的艺术家的作品，如今一件也已卖到了数百万美元。而莫迪里阿尼来自意大利，不仅面临生活的不稳定，还处在精神上的无依无靠。每当他收到来自意大利母亲的信件，都会坐在咖啡馆里高声朗读，热泪滚滚。与大多数艺术家一样，每当处于这种尴尬的境地时，突然就会变得无家可归。他们在社会中再也找不到一个妥帖位置，因为现存的阶级中没有哪个与他们的利益相认同。莫迪里阿尼的朋友——诗人桑德拉尔无奈

蒙巴纳斯

　　蒙巴纳斯是与蒙马特齐名的高地，上个世纪初，当毕加索、邓肯和雅各布等艺术大家云集蒙马特的洗衣船画室时，罗曼罗兰、纪德、普鲁斯特以及夏尔多纳等这些法兰西未来声名显赫的作家们，则会聚于蒙巴纳斯的小咖啡馆里。1912年冬天的一个下午，罗曼罗兰在这张桌子上完成了他最著名的一篇回忆童年生活的散文《鼠笼》。很多年后，罗曼罗兰在莫斯科对塔斯社的记者说，他写作《鼠笼》的那个年代，是巴黎最有味道的时刻。而普鲁斯特则在蒙巴纳斯的另一张桌上，写着《追忆逝水年华》的片断。后来这部被誉为天书的巨著问世后，普鲁斯特曾对读者有过一段讲话。他说这本书通篇大部分都可以不看，但第一部的第一章到第七章一定要看。而这几章恰恰就是在花神咖啡馆完成的。

　　花神咖啡馆的老板将《追忆逝水年华》的这一章的内容制成一本书放在桌上，于是喝咖啡看《追忆逝水年华》成了那个年代最有品味的卖点。

　　不过，真正让花神咖啡馆声名隆起的却是英国人王尔德。

地说："巴黎，你有举世无双的铁塔绞架和刑车。"为什么总是容易受伤
——莫迪，因为他永远也不愿意学会逃避命运的打击，或者已将受伤视为
宿命。

我知道我将彻底毁灭！

——洛特雷阿蒙《马尔多罗之歌·诗一》

　　1919年11月，莫迪里阿尼怀着一种复杂而迷茫的心情，为自己画了一张自画像。

　　连续几天，他从门缝中看见，那个楼梯上的人，蹑手蹑脚的提着一双童鞋，一直在三楼的门廊下游荡。可能是等不及一个无度酒鬼的宿醉，陌生人倚在一盏昏浊的煤油灯旁恬然睡去。灯光从头顶透射下来，他看不清陌生人的脸。莫迪里阿尼不能把他的脸拿来和这个陌生人进行对照，尽管自己一生都在为人造像，研究过形形色色的脸庞，却从来没有考虑过为自己画像。而今，他在镜中，寂寥地看见了自己的双眼像两只空洞。应该定型了，35岁的人——却要像一个垂暮老人那样自然死去。他画得犹犹豫豫的，在表现技法上裹脚不前。许多画家的一生热衷于画自画像，莫迪里阿尼却把他一生中的唯一一幅自画像——一份纯波西米亚式的备忘录，当成一种告别的方式。画面笼罩着死亡的麻木和沉闷，似乎从画草稿开始，就

80cm × 115cm 2005年 布面油画

注定这是一张无法回避的遗像。他把自己放在褐灰色和蓝灰色的背景上，穿着深红色的灯芯绒的夹克衫，铁青着脸，胡子刮得干干净净。他从没有如此安静地坐在那儿，给自己画像看来是一件匪夷所思的事情——有点像在给死神印制辨识的凭据。莫迪里阿尼遮蔽了眼睛里的光，眼睛已经不用审视自我，也不能茫然向外。他的一生画得最多的是正面的肖像，有一部分是正侧面，像这样的四分之三侧面的肖像是非常少见的。他调制出灰褐的调子，不自主地笼罩着几分涣散和幽暗。对于一张倦怠的脸来说，他已等得有些不耐烦，他不能像马蒂斯和毕加索那样活得又长又累，最后在日隆的盛名下安享晚年。

尽管此时，莫迪里阿尼的作品在英国的曼萨德和希尔画廊等一系列展出中获得了成功，英国的收藏家们开始购买他的作品了，但这些微不足道的赞扬和卖象如流星一般划过夜空——却没有人来阻止他的毁灭。

一切，除了造物主！他衣衫褴褛，平躺在大路上。他的身体被沉睡麻醉，被碎石碰伤，徒劳地企图重新站起来。大量的酒填满了他那剧烈颤抖的肩膀压出的辙坑。

——洛特雷阿蒙《马尔多罗之歌·第三支歌》

这些天，莫迪里阿尼的身体不断恶化，他一如既往地酗酒，脾气越来越躁。一旦喝醉，他就激烈地大声说话，一语不和就动手打人；让娜不得不经常到警察局去，把前一夜喝得烂醉后惹事的莫迪里阿尼领回家。每当他清醒时，就用愉快的行为举止来掩饰自己的疾病。

自从搬了新家以后，他很少让人来他画室里，画室已经积了很厚的尘土，烟灰扫了一地，用过的画具凌乱地堆在角落里，拒绝人来帮他收拾，他依然平静地到著名咖啡馆"多美"、"丁香园"、"罗东德"或"菁英"，然后就近找一家快餐店就餐，由于这几家咖啡馆鼎足而立，所以又被称为"文化的金三角"。诗人雅各布在回忆录《掷骰子的皮杯》里写道："毕加索说，'巴黎只有一个人知道怎样穿着打扮，那就是莫迪里阿尼'。他并没有开玩笑。莫迪里阿尼贫穷，甚至到了不得不向地下钱庄借三个苏去参加丁香园咖啡馆举办的文学晚会的地步。"

20年代初，美国作家海明威重返巴黎时，滞留在蒙巴纳斯，写下了他的名作《太阳照样升起》，其中在第四章这样追忆：

"我走到外面人行道上，向圣米歇尔大街走去，走过依然高朋满座的罗东德咖啡馆门前的那些桌子，朝马路对面的多美咖啡馆望去，只见那里的桌子一直排到了人行道边。有人在一张桌边向我挥手，我没看清是谁，顾自往前走去。我想回家去。蒙巴纳斯大街上冷冷清清，拉维涅餐厅已经紧闭店门，人们在丁香园咖啡馆门前把桌子叠起来。我在奈伊的雕像前面走过，它在弧光灯照耀下，耸立在长着新叶的栗子树丛中，靠座基放着一个枯萎的紫红色花圈。我停住脚步，看到上面刻着：波拿巴主义者组织敬建，下署日期已经记不得了。奈伊元帅的雕像看来很威武：脚蹬长靴，在七叶树绿油油的嫩叶丛中举剑示意。我的寓所就在大街对面，沿圣米歇尔大街走过去一点。"

那时，这些饥饿的艺术家通常来到这些地方聚会，花很少一点钱就可以磨蹭掉整整一个晚上。当时流行一句话，"告诉我你在哪里吃饭，我就知道你属于哪个流派。"人们常常看到，莫迪里阿尼一个人默默地坐在长桌前，不住地往盘子里狠狠地洒着盐和胡椒粉，这样他才不会觉得索然无味；然后止不住一阵阵拼命的咳嗽声，尤其在公共场所，那是肺结核病人才能发出的声音，听起来毛骨悚然。莫迪里阿尼却毫不在乎，把自己带血的手帕拿给别人看，仿佛死亡是一件值得期待和炫耀的事情。精神病医生奥斯卡·普费斯特作为一个旁观者，洞悉了莫迪里阿尼的癔症倾向，再一次确认他在绘画上的表现主义精神。他说："表现主义画家异常自命不凡，并不是自负，而从心理上来说有充分的根据，这是一种远离现实的孤独性格免于崩溃的必要手段。"

诗人、艺术批评家安德列·萨尔蒙在回忆录《莫迪里阿尼激动人心的一生》中写道：1920年1月，莫迪里阿尼一定是意识到了自己的生命行将结束，渺茫的未来无从预测，倒不如放任自流。在生命的回光返照中，他创造的原动力主要来自自我意志，而不像从前那样来自于模特的写生过程。他需要毒品、杜松子酒、可卡因和白兰地的帮助。而反过来这些东西足以致幻，加速了他的毁灭。但是，它们并不是导致莫迪里阿尼一生悲剧结局的关键——终生不得志、不被理解和承认，才使莫迪里阿尼选择了慢性自杀这一条路。

我在悬崖上睡着了。

——洛特雷阿蒙《马尔多罗之歌·诗二》

而莫迪里阿尼并非是一个嗜睡成性的人，只是他的危岩崩裂了。

他像一块漂流物，从一家咖啡馆漂到另一家咖啡馆，从一间阁楼搬到另一间阁楼，有时会碰到一个避难所或两个互相依存的灵魂。他的幻觉、消沉和颤栗，主要源自他的母亲尤金尼亚及家族的遗传史。

尤金尼亚自称是荷兰著名哲学家斯宾诺莎的后裔，而她的加辛家族有着西葡背景，多少年来，在不断积累财富的同时，逐渐成为一个依赖幻想的家族，几乎人人有着古怪的性格。除了崇尚自由之外，尼采还是这个家族精神的源泉。莫迪里阿尼的母亲和他的外祖父一样，性格上也是一个反复无常的人，患有严重的狂想症。她母亲的姐姐劳拉是一个文学家，常常在写作中坠入深渊。年幼的莫迪里阿尼却偏偏喜欢和这些怪里怪气的亲戚见面，他从他们身上学到了一种洞悉人类心灵的能力。

而造物主收敛了仁慈，又从莫迪这个"该死的"关联戏里，撩开了死亡的帷幕：1915年他的一个妹妹加布里埃拉神秘地自杀身亡。1920年1月25日他的妻子让娜跳楼自杀。1934年他的经纪人保罗·纪尧姆对生活绝望而自杀。1943年，他昔日的恋人比阿特丽丝打开寓所的煤气自杀身亡。1944年他的好友雅各布在纳粹的临时集中营里神秘死亡。死亡与沉睡的区别在于你的眼睛是否需要转动。莫迪里阿尼终身都在为眼睛命名，在一个又一个移动的透视里，空洞疲倦的眼珠，则是他独特的标志了。德国表现主义画家蒙克也画过空空如也的双眼，对看见的负片有一种赋与。如果那些眼睛永远处于半明半晦的状态，甚至连眼珠都不画出，满眼平涂着空茫，那么就会有一种刻骨的厌倦和无尽的哀怨——在人与画中对峙。同时代的海明威和斯坦因命名了"迷惘的一代"，而莫迪里阿尼睁着闪烁的眼睛，却描绘着错位的盲眼——人们仿佛沾染上了迷惘的视觉特征，就像被人欺负的孩子，让一种悲戚的困惑表情，一种厌世的苦闷写在脸上。莫迪里阿尼的眼睛——在关闭了一个世界的同时，又诠释了一个脱离地狱的但丁。

死亡的期待

　　莫迪最后的作品是一张自画像。这也是已知的唯一的一幅油画自画像。尽管他经常画周围的人，但如果除开一部分绘画，他的朋友没有为他画过一幅肖像。他不害怕被画，在他的很多照片中，他显得十分高兴，并且相当时尚。是他害怕画家的凝视，被画家进行艺术处理，哪怕画他的人是位朋友。莫迪的一生都致力于肖像的创作，几乎没有涉及其他类型，他所画的近百幅肖像和不同的脸组成了一种复合肖像，代表着他最深入的观察。很长时间以来，他都拒绝为自己作画，但当他病重时，他感到自己正在日渐衰弱，觉得应留下这张最后的，也是他的艺术最个体的表现。侧着的姿态在他以坐着为姿态的作品中是不常见的，只是在两张坐着的让娜的侧面画中出现过。莫迪用动人的目光看着观众；他那憔悴的脸孔与几周后他的朋友为他制作的死亡面具相似。他的画笔最后一次和谐地在他手中运用，莫迪常常体现出10年前他说过的那句话："快乐就是表情严肃的天使"。

　　我画这张画，只想和莫迪的作品找个对应。

　　　　人知道自己的统治不会死亡，知道宇宙有一个开端。
　　　　　　　　　　　　——洛特雷阿蒙《马尔多罗之歌·诗二》

　　1920年1月20日夜，莫迪里阿尼淋着刺骨的冬雨，已经在大街上漫游好几个小时了。他先是参加了一场在蒙巴纳斯举行的狂欢节，严重的结核病使他产生了幻觉，他越加相信那一个楼梯上的"陌生人"还在。一路上，莫迪在冬雨中坚持着，向每一个迎面而来的假面人讲述：今夜我有一个尾随者，不要告诉他——这只是我们的约定。也许他已经看到，生者和死者在舞会上交换了舞步，一首名叫虚妄的舞曲——以楼梯里的脚步为节奏。

　　当天下午，《马里奥·瓦沃格利肖像》几乎就要完成了，画布还是湿的，空气中散发着松节油的气味。这个慵懒的男子斜靠在木椅上，顶着旋涡似的一只圆帽，并没有什么特别之处，但这张油画却像时钟一样永久地停摆了。莫迪里阿尼凝望着穿着黑衣的马里奥先生，寂然听见一个扫烟囱的小孩在喊他："莫迪，莫迪——你个该死的……。"那时，让娜也感到了一种深深的不安，心里非常清楚他的病情，乞求他呆在家里，可是他根本不听。

　　莫迪里阿尼在舞会之后，又跑到罗东德咖啡馆去喝酒，此时他的精神已处于半谵妄状态，预感不祥的朋友们纷纷劝他回家；莫迪里阿尼非但不听，反而冒雨跟随他们穿越了半个巴黎，最后浑身淋透，停在广场上的一尊狮子塑像前大声辱骂着什么。朋友们试图让他冷静下来，却招来了激怒。

80cm × 115cm 2007年 布面油画

终于，他的体力不支，在一座教堂门前失去了知觉，人们把他抬回了家。让娜立即请来医生给他看病，经过诊断，他患着非常严重的结核性脑膜炎，医生给他开了一些药，但已无力回天。住在楼下的奥尔蒂斯此时也出远门了，怀孕 8 个月的让娜只得请人去叫兹博罗茨基，不巧，正患着流感的兹博罗茨基自顾不暇，当然就没来帮助他们。在恍惚与清醒之间，他挣扎起来，试图完成最后一幅画《马里奥·瓦沃格利肖像》，还是无力地倒在溅满沙丁鱼罐头油渍的床上。他开始诅咒自己——为何把没有人需要的图画塞满了这个世界，最好的事情是不要出世，不要存在，尽早死亡。艺术是如此的一相情愿，他和他笔下的人物命运在相互抄袭，脆弱不堪而又顾影自怜，一直尾随着厄运。只是今夜——意大利还很遥远，莫迪一时感到在劫难逃。明天，明天——"太阳照样升起"？

而"丧钟为谁而鸣"？

> 杀死我吧，让我的狂妄后悔吧：我敞开胸怀，谦恭地等候。
> ——洛特雷阿蒙《马尔多罗之歌·第三支歌》

从一个黑夜到另一个黑夜的期待中，莫迪里阿尼的脖子开始僵硬了。他们没有得到任何帮助，没有水喝，除了沙丁鱼罐头，再也没有其他任何食物。让娜用自己的身体来温暖着莫迪里阿尼，平息着他的愤怒。在莫迪里阿尼昏睡时，痛苦在织一张无助而偏执的网，她画了自己自杀的速写：一把匕首插入自己的心脏。

第二天午后，莫迪里阿尼从昏迷中醒来，早已不再疑惑——为什么没有人来帮助他们？抬头看到一段金色的绳子，就叫让娜把绳子拿过来，把他的手和让娜的手腕绑在一起，他们将要模拟一场婚礼。让娜当即画了一幅他们的手腕绑在一起的速写。到了第三天，照料他们生活的奥尔蒂斯终于回来了，发现他们已经身处绝境，立即叫来救护车，把莫迪里阿尼送到圣佩尔慈善医院。兹博罗茨基也赶到医院，他意识到诀别时刻的来临。大家害怕让娜承受不了打击，就不让她去医院，兹博罗茨基的妻子汉卡试图让她住进一家妇产科诊所，可是她拒绝了，于是兹博罗茨基夫妇把她安顿到医院附近的一家旅馆里面。让娜的枕头下面放着一把刀，她已经无力一个人来承担孤独——这个可怕的怪物。莫迪里阿尼的犹太朋友基斯林、苏丁、雅各布陆续来到医院探望莫迪里阿尼，兹博罗茨基夫妇则一直守候在病床边。

1920 年 1 月 24 日晚上 8 时 50 分，莫迪里阿尼终断了一切联系，包括他的幻觉、爱情和楼梯上的陌生人，37 岁就此搁笔。临终前，画家基斯林画着莫迪里阿尼的遗像，听见他嘴里嗫嚅着："亲爱的，亲爱的，意大利……"。传记作家卡罗·曼的《莫迪里阿尼》一书这样回忆：莫迪里阿尼去世后，让娜在父亲的陪伴下来到医院，她悲痛欲绝地哭泣着，在莫迪里阿尼遗体前，久久地凝视着他的遗容。

第二天，让娜的父母把她带回家，害怕她出意外，就把她锁在五楼仆人住的房间里，还让哥哥安德列整夜看护她。凌晨4点，让娜趁疲劳过度的哥哥熟睡之际，慢慢走到窗前，望着远方的天空，毫不犹豫从窗口跳了下去，她和她肚子里的孩子一起，追随她的爱人去了另一个世界。早晨，一个路人在街上发现了让娜的尸体，就扛上楼交给她的父母；因为说不清楚的原因，让娜的父母却拒绝让娜的尸体进屋，那个好心的路人不得不把尸体扛到莫迪里阿尼的画室，可是那里的看门人也拒绝让她进去，说死去的莫迪里阿尼不再是那里的房客了，而且还欠着房租，所以让娜的尸体没有权利放在那里。于是这个倒霉的路人只得用马车把让娜的尸体运到警察局，警察局又让他运回画室。

当天，让娜的哥哥安德列就安排了让娜的葬礼，把她草草埋葬在一个荒凉的郊区墓地，让娜的家人对莫迪里阿尼的朋友们守口如瓶，可是兹博罗茨基还是打听到了，他在早晨8点钟就带着一帮朋友赶到那里参加让娜的葬礼。葬礼结束后，双方拒绝握手。

　　肃静！一支送葬的队伍从你们身边经过。向地面弯下你们的两个髌骨，唱一曲墓畔之歌吧（如果你们把我的话看成是一个简单的命令形式，而不是一个失当的形式命令，那你们将显得机智，十分的机智）。这样，你们就有可能使死者那将去墓穴中安息的灵魂感到极大的欢欣。

　　　　　　　　　　　　　　　　　——洛特雷阿蒙《马尔多罗之歌·第五支歌》

　　1920年1月27日，莫迪里阿尼被安葬在巴黎的贝尔·拉雪兹公墓。

　　贝尔·拉雪兹公墓是巴黎最大的公墓，也是世界上最有名的公墓之一。这里埋葬着大批著名的文化界人士，每年都要接待上百万来自世界各地的拜谒者。贝尔·拉雪兹公墓最初由拿破仑·波拿巴皇帝始建于1804年，公墓开张之际，因为离城区太远，到这里下葬的人很少。后来这里的管理人员策划并组织了一场规模盛大的重葬仪式，把著名寓言作家拉封丹和著名剧作家莫里哀的遗体从别处移葬此处，为他们修建了豪华雄伟的墓碑，获得了巨大成功。之后，很多巴黎人蜂拥而至，死后埋葬在这里，与这些名人为伴。葬在这里的名人中，有音乐家肖邦、比才、罗西尼、贝里尼等；作家、诗人有王尔德、斯泰因、普鲁斯特、莫里哀、巴尔扎克、拉封丹、艾吕雅、巴比塞、阿波利奈尔等；画家有修拉、毕沙罗、安格尔、德拉克罗瓦、柯罗。除了文化界人士，这里还埋葬着大批政治家，甚至还有法国总统。著名的"公社社员墙"在第76区，1871年5月28日巴黎公社起义失败后，147名巴黎公社社员被集体枪杀在这里；而下令枪杀他们的人阿道夫·梯也尔，也埋葬在这里的第55区。

　　莫迪里阿尼下葬那天，大群人跟着灵车为他送葬，为他致哀，其中有他生前的邻居、咖啡馆老板、甚至还有以前逮捕过他的警察。巴黎艺术圈的朋友几乎都来了，其中有毕加索、德兰、萨维奇、藤田嗣治、苏丁、于特里略、瓦拉东、弗拉芒克、雅各布、萨尔蒙、兹博罗茨基、基斯林……。一位犹太教士为他作了祷告，人们哀悼着这位生命何其短暂、成就何其辉煌的艺术家，默默目送莫迪里阿尼的灵柩被缓缓放入墓穴之中。人生无常，但不管怎样，结局都是一样的。

三年以后，通过莫迪里阿尼的大哥伊曼努埃尔和众多朋友的努力，让娜的父母终于同意让娜的遗体从那片荒凉的郊区墓地移葬到拉雪兹公墓，躺在她的爱人莫迪里阿尼身边。他们共用一块墓碑，莫迪里阿尼的墓志铭是："光辉时刻被死神击倒"，让娜的墓志铭是："忠实的伴侣，直至最后献身"。

看，看，这个人消失在远方。他是一块肥沃的土地，厄运在上面长出茂盛的枝叶。他被别人诅咒，他也诅咒别人。你要把鞋子穿到哪儿？你犹犹豫豫，仿佛站在房顶上的梦游人，你要去哪儿？愿你那邪恶的命运得以完成！马尔多罗，永别了，永别了，我们将永远不再重逢。

——洛特雷阿蒙《马尔多罗之歌·诗二》

黯然出走的陌生人，在楼梯道别的时候就像猝然而裂的布帛。一个人为了摆脱另一个人，只好用一种迷失来转述另一种迷失。

黑夜已经消耗殆尽，莫迪里阿尼无所欲求——终于从狂想和厄运之中渐渐安息下来，其作品的卖价却在陡然飙升。在他的创作晚期，作品的价格平均不过每幅150法郎左右；在他去世10年后，则涨到了每幅50万法郎。

2003年11月2日，全世界三大拍卖公司之一的克里斯蒂，在"印象派与现代派"晚场拍卖会上，莫迪里阿尼的《侧倚裸体》(Reclining Nude)以2600万美元赢得本场拍卖的冠军，创艺术家本人作品拍卖的新纪录。莫迪里阿尼的朋友爱伦堡在《人·岁月·生活》书中沉重地说：如果有人想了解莫迪里阿尼的悲剧，那就让他别去回忆印度大麻酚，而去回忆一下窒息性瓦斯，去想想当时的欧洲以及20世纪人们的遭遇。爱伦堡和莫迪里阿尼的旧日恋人阿赫玛托娃，都对当时以莫氏为主角的电影、小说热衷于他的放浪描写，表示出痛心和不屑，他们对英雄之死从来不需要见证；死去的人同样也不须理会代言人的苦恼。

1927年，诗人里尔克英年而逝，为巴黎这条苦役船献上了最后的一曲挽歌：

"谁此时没有房子，就不必建造，
谁此时孤独，就永远孤独……"

孤　寂

对照汉语中的伍尔芙的译介和接受情况，我们并不是要一个背影。对这位作家的生平和原创力，总存在着必然的误读。她的"意识流"小说手法，她的女权思想，她对同性情谊的向往，她的多重性格，她的疯狂和自杀等等，都曾经因时代的或接受语境因素的干扰，影响了我们对这位卓越作家的破译。

24cm × 35cm　2004年 布面油画

时光的笑柄

一个人要到水中去做一次致命的深思需要多少时间？

当她的四肢散落在深河柔软的河床上，往事中的沉淀物便是她的问寻处。

——自题

1

这已是1941年初春的遗事了，弗吉尼亚一早起身，像往常一样散步，穿越了草原上的土丘，来到乌斯运河畔。她的意识如一串断线的珍珠兀然洒下，再也不能靠回忆和期许来将她们重组于心。

她投身于这条河流中，使自身和意识流的写作体验融为一体。从此，她再也不能捕捉一连串迅疾的联想，因而突然闯入一个人的意识为生——她的自杀是疯狂和时间的选择，是自己写作手法的蹩脚摹仿。人们在河岸上发现了她平日散步的手杖和给丈夫的遗言："我确信我又要发疯了，我感受我们不可能再经受又一个可怕的精神崩溃时期。而这一次，我将永远不会复原了。"

这并不是一个象征，她只是回到了自己思想的幽深水道之中。《谁害怕弗吉尼亚·伍尔芙》——美国人爱德华·阿尔说，谁就害怕狼（WOLF）。而时间是唯一的批评家。

在她投河的28天前，《幕间》这部作品杳然杀青。这当然是一部小说，而这部小说嘲弄了一出戏，这出戏又嘲弄了一首诗，这首诗又嘲弄了最初的这部小说。在循环的嘲弄之中，从本质上理出了那些美好而难以理喻的深刻经历，并试图在短暂的瞬间抓住它，转化它。让它习惯性地成为一篇墓志铭——天鹅也有哀歌。

这是一部最雄心、最回肠荡气的作品，也是所有幻想主题的大交错、大汇合。她描述了一个夏日——一个乡村露天剧场——一大迭田园风光的布景——一出即兴闹剧——一堆被篡改的台词，同时也是一部抽象哲理的寓言。"其命运是悲剧的，其存在是喜剧的。"鸟儿可以像人一样叫叫嚷嚷，又可以像受惊的悭鸟一样尖笑。从乔叟时代到伊丽莎白女王时代，从王政复辟时代到维多利亚女王时代，英国的历史如微缩景观，在剧中犹如一队醉汉捉衣而过。这就是庞杂的波因茨剧场的情节大反串，导致看客入戏、演员溜号，然后将两幕戏"之间"发生的事件逐一撩开。"幕间"被作者看作是一种停顿或间距，赋予了多种含义，所揭示的不同事物不可能有相同性。村庄已不是原先的村庄了——甚而在演出时，语调变成了演员："这些天下午的语词，不再平稳地躺在句子里，它们站起来，威胁似地对你晃着拳头。"荒谬的变形之后，该剧在幕间的空无和寂静中结尾。

这一年3月8日，伍尔芙疲惫地合上了这部小说手稿，随手在日记中写道："没有观众，没有反响，那就是人的死亡的部分"。一个梦幻者，一个分解时间的迟暮美人，无时不在感受着这个形象世界的湍流和涨落，她摆弄人物的内心去向，并用蚕丝系连着某些转瞬即逝的思想和情绪。而无意识的忙乱组合，诸如突然的消失和出现——生命造成了运动的真相。她统领着一个看似迷狂的黯淡世界，与之搏斗，最后迷狂而死——成为笑柄。

2

但弗吉尼亚并非是一个嗜杀为乐的老手。

一个带着某种惯性的飞蛾扑火者，眼看着自己已经被写坏的身体，永远也无法填平生活与艺术之间的鸿沟。40年的幻影伴随着40年的写作生

幕间   60cm × 85cm 2002年 布面油画

涯，她坚持描写微弱的、不引人注目的偶然性事件，仿佛要胜任一个细节的咀嚼大师——时髦、自私、诙谐、智力惊人，每一次创作过程常常伴以高烧和昏迷不醒。

就这样——戏剧的突兀场景，散文式的绮丽笔法，长诗般的迷幻语境，将伍尔芙折磨在昏厥与振羽之间。早在弗吉尼亚13岁的时候，母亲达克沃思去世，她就第一次出现了精神失常的症状。随后老爵士父亲逝世后的第五个月，22岁再度精神失常，此后这一顽疾便伴随一生。

庆幸的是，她《有一个自己的房间》。这本名声远播的小书原是一部给剑桥大学的两个学生团社"纽纳姆艺术社会"和"格顿幽默社"的讲演稿。她执拗地认为一个女作家的写作有一把自己的房门钥匙和500英磅的年收入。与她同时代的简·奥斯丁以高超的技巧传达了主人公的隐私情结和深层体验，但简氏过早夭折了。在贫困线上挣扎的勃朗特姐妹们以及梅·辛克莱、乔治·艾略特、凯瑟琳·曼斯菲尔德、盖斯凯尔夫人等等，这些力图抓住微妙运动的人，构成了那个珠胎暗结的星河时代。而伍尔芙对着夜空长叹："我想写一部表现沉默的小说，讲一讲人们不讲的东西。"

在两次世界大战之间，这套"自己"的房子，四周是英国先锋艺术家们的暖房和花圃。从大英博物馆背后的一条狭窄街道走去，推开戈登广场最沉重的一扇木门，这便是布卢姆斯伯里集团的汇聚地，弗吉尼亚的家——英国最杰出、最机智的对话在这里传开。"一句风趣的话、一个恰到好处的转调，就是真诚的一种保障。"伦敦上流社会的知识界名流都在这里寻找口岸，他们是小说家爱·福斯特，丁·迪金森，诗人托·艾略特，画家兼鉴赏家罗杰·弗赖伊，画家邓肯·格兰特，历史家斯特雷特，经济学家丁·凯恩斯，评论家克莱夫·贝尔、德斯蒙德·麦卡锡，许多人悄然成为后期印象派画家凡·高、塞尚和马蒂斯的首批解释者和鼓吹者。1925年5月，弗吉尼亚接受了这个社团中的一个"犹太穷光蛋"伦纳德·伍尔芙的求婚。

在那个时代，弗吉尼亚的父亲莱斯里·斯蒂芬被誉为英国最有修养的人之一。他饱读诗书，毕生从事报业、批评和出版生涯。《十八世纪英国思想史》和《全国名人大辞典》便是他的大手笔。因此，他们家理所当然地成了上流社会的文学沙龙。对于体弱多病的弗吉尼亚，老父亲一手刀笔指点，又敞开了自己的图书馆，而弗吉尼亚从此也失去了上学的快乐。

3

作为一个实验派小说的先驱，伍尔芙早已开始把某些抒情诗的节奏和意象引进小说里，探索外部事件与内心意识的流动轨迹。常常以人的意识为中心，没有情景和人物塑造，像一只反复出现的象征体——飞蛾，以漫射状和放射状来达到建构的目的。当我们一读这些作品，就知道我们对伍尔芙是多么的不了解。但她毫不怀疑自己是一个实验者——真正的小说大师只有托尔斯泰。自喻为"实验者"手中攥着的永远都是笔记本，也许可以为将来的作家提供一种向导。正是这样，她预言了未来的小说大师会在现实和想象之间搭起一座桥梁。所以，在《狭窄的艺术之桥》中，她又咬破小说的装饰外衣，填充其间的柑蜜和松香泄露出来，这个供鸟儿们消遣的稻草人，在戏剧的多幕提示下，一再袭用苍白的语言来叹息。有朝一日，当她成为我们回到内心的领航员，读她的晦涩小说，诗歌的灿烂光芒便来

生日玫瑰 　　　　80cm × 115cm 2007 年 布面油画

为夜空照明。当她的智慧落在那群梦游的祭司手中，我们急切地盼望《到灯塔去》，与孩子詹姆斯讲一讲他的众多的姐妹篇，看那些写作的勇气、回忆、花冠和流水要将我们引向何方。

"让水去吧"——飞蛾这样说，她再也承受不起创作的惊心动魄。

让《远航》去吧。

让《达罗威夫人》去吧。

让《奥兰多》去吧。

让《岁月》去吧。

让《普通读者》去吧。

让《海浪》去吧。

让《幕间》去吧。

所有放逐的寂静都会以她的方式从四下里围拢，即兴装配的群像神情各异。她的鞭子要将他们驱赶上旋转木马，从精心虚拟的情景中穿行，风发。

1922——一个人类文学史上值得纪念的年头。这一年《荒原》、《尤利西斯》和伍尔芙的《雅各之室》相继问世。捱到深秋的一个傍晚，普鲁斯特瞅着最后一片梧桐在巴黎谢世。几天后，又通过他的精神力量重返了这个世界，继续像建筑一座大教堂那样写作——"借助宗教、美和文化来驱除流逝的和短暂的生活——这个幽灵。"

如果死亡来临，伍尔芙曾经这样说："我们最好正在游戏、宴会、戏谑、聊天，跟大家谈话，听音乐或读爱情诗。"

只是伍尔芙检验了破茧而出的滋味，那就是《飞蛾之死》。将休眠、羽化、疾患、无意识状态，以及梦境和困顿一一组合在一起，完成了一次伟大的储备。正如经历了最怡人的秋天，一次储备也是一次伟大的合成。《飞蛾之死》蜕还成一具死亡的空壳，迎迓了一种晦涩的人生礼仪。

当我们在乌斯运河畔捡到她的手杖——最后留给这个世界的信物，"飞蛾的身躯变软了，但又立即僵硬了；抗争已结束。"从追扑者到被追扑者，沿着飞蛾的象征迷宫，童年的弗吉尼亚——深闺中的夜读者，把田野中的迷离蝴蝶当成她最后的回忆，体现一种探索的兴奋和潜入一个未知世界的感受。而另一个看似已被遗忘的象征，来源于弗吉尼亚的姐姐纹尼莎。纹尼莎（Vanessa）又是蝴蝶一科的名称，这类蝴蝶包括赤黄斑蝶、鱼纹蛱蝶、尖角翅蝶和孔雀蝶等等，其中一科纹尼莎，即蛱蝶。弗吉尼亚与姐姐暗自进行着一场旷日持久的拉力赛，一个画画，那么另一个便习文；纹尼莎站着画画，那么小妹妹便订做一张站立写作的书桌；蛱蝶在白天翩翩起舞，弗吉尼亚便在夜晚实验飞蛾的红内翅，至此她的主要小说都散落下"飞蛾"的粉尘。伍尔芙很小就知道并滥用了这一秘密，当她即将完成《到灯塔去》时，日记中写道："每天早晨写作之前，我总用自己的触角在空中四处探索。"

飞蛾之死确是一次精神的崩溃之旅，而那些红内翼飞翔的瞬间，并不仅是像它本身所存放的那种行为模式，它还是一个装满回忆、气味和各种面目的器皿。一只在欢快的火焰上舞蹈的蛾子是不会知道自己顷刻间将化为灰烬的。

而我——一个告别者，一个"弗吉尼亚时代"的虔诚追忆人，一个流水的布道者和"飞蛾迷"，无望地在《飞蛾之死》的结尾中读到："目睹已经死去的飞蛾，目睹一种无比巨大的力量击败了如此微不足道的生物而取得了渺小的胜利……它似乎在说：'噢，不错，死神是比我强大。'"

20cm × 28cm 2003年 层板油画

辰 时

在嘉兴的一个早上，我看到了八大山人刚刚穿街而过。绍长蘅在《八大山人传》中指出的："弱冠遭变弃家"，指的八大山人由王孙，一下子变成了避祸之人。从落发为僧到地方寺院"竖拂称宗师"，隐姓埋名几十年的"遭变"。这场"遭变"，虽然给八大山人的一生带来了无比的痛苦，在情感世界里形成了一个永远难以解开的"死结"，但却造就了八大山人，走上了中国文人画的巅峰。

出走的衣冠庙
——八大山人三百年祭

辰时

> 一朵晨光里
> 如此——今日——是否是
> 我的生命史。
> ——日本俳句大师守武

入秋，八大山人清扫故园已经有一个甲子了。

从上一个乙酉年到今夜这个起霜的乙酉年，他的烟墨越来越淡，甚至淡过癙歌草堂的井水。几度营造的山体和云气被晚风一吹，就什么也看不见了。山人不能怀疑自己的眼力，他从案头走开，开始装订一些零散的画卷。这时，白露已经湿透纸窗，朦朦瓦灰一片。这样恍恍惚惚的生活，只有柿子还像六十年前那样殷红、甜润，招人怜爱。从崇祯十七年到康熙四十四年，山人日益挂念那些低价出手的小品，这些天它们时常回来，一页一页地揭开，在断炊的木梁卜空落，又按照时令进行自由排列。山人信手在一

八大山人的小品

> 我曾经是八大山人的一位业余研究者，花了两年的时间写就了万余字的《出走的衣冠庙——八大山人三百年祭》。在 1705 年 10 月 5 日辰时，八大山人撇下朱明王朝的残山剩水，那时天将放亮，他走到了黑夜的尽头。这张有国画意韵的油画小品，对于我来说——是写作这篇损时耗力的随笔的另一面棱镜。语言的世界是平的，而平面的图形又是另一个世界，它们用了不同的排列形式来完成相互的交叉。尽管古人从这两个方面有许多一体化的自然流露，再没有伤及他人，也没有唤起他人。

幅水墨《双鸟》上，落下"八十老人"的题款。这幅十一年前的旧作，有一个非常特别的连体花押：3 月 19 日。为了纪念 1644 年的这一天，大明的国耻日——最后一个皇帝在煤山自缢而死。

看来时辰就要到了，大明的江山已经不需要人质，山人即将动身去一个焦墨世界。最后一个现身的画商方士琯，几天前已经将他放弃。因为，他最后要买的一叠画，其实是醮着白水写的。也许这是方士琯犯的一生中最为追悔莫及的错误。今夜悲欣交加，山人要打开他的所有玄秘。谁来阐释这个亦僧亦俗的世界？谁来聆听即将解体的偈语？谁来送终？

1705 年 10 月 5 日辰时，山人撇下朱明王朝的残山剩水。天将放亮，他走到了黑夜的尽头。

哑禅

> 古老的池塘
> ——蛙跳在水中央
> 扑通一声响
> ——日本俳句大师芭蕉

山人在病中，已经很久没有替人做画。他准备用寂字来完成一幅墨花鸟画。寂并不是一种缺失，更多的是一种充盈。古典山水也许产生了一种事实，却不能替代一些无法言说的冥想——苦寂之外没有欢悦。

山人在病中画意渐浓，看见枯蝉默然飞去，新叶簌簌落下。他有一种被分开的感受，生活就是坐禅，就是笔姿的开合。山人作为曹洞宗的第 39

20cm × 35cm 2005 年 布面油画

代传人，以病态的身姿去冲洗着宿墨，对于笔墨的练习，像是对于禅的循行渐进。他反问自己，是不是病中还有病？如果是误服了哑药，他的偈语式的诗歌何以作答？

　　——这是怎样一个暗户尘席的山人？

　　每当病气肆虐的时候，他在门上题写一个"哑"字，把一些想象中的索画人挡在门外。他感到还有另一个山人，兴致勃勃地走过自己的肉身，一边寻找冬夜，一边来渡他的法海。绘画之道离开了生存之道，有一天它们可能的合一，却是以箴言为代价的。依靠抽动的枯枝和鸟儿翻飞的白眼来平衡着桥面。山人无病，病在他的渡水之念。

哦——墨中的默。

灯社之舞

真是好看啊：
透过纸门的孔孔
看天上的银河。

——日本俳句大师一茶

南昌城往东 140 里，山人在一盏灯中避风。

对于一个流离失所的人来说，黑夜有了一层庇护的含义。如此急迫中的藏身，致使他的方位相继朝东，一直抵达介冈灯社。山人嘤嘤地对着山门，他的来路跳跃着一千个的小沙弥，他的行装非僧非俗，裹着几分偷生的惬意。介冈灯社是当地一座十分著名的佛寺，把佛寺称做"灯社"，听起来古怪，其实反倒是佛家的本身。灯是一种佛性。而灯火消解为尽的地方，游弋着顺治皇帝的马队。

这是一场僧寮之间的灯浴，佛陀以光的方式，对一个莫名的来访者进行通体透明的穿刺。但山人并没有把温情世界隔绝开来，他在秉烛之余，不假思索，信手换成了一种清寂。而清寂之下，一千个山人的烟霞在旋舞。当这盏灯的主人弘敏法师要传灯于他，山人有了一个新的符号——传綮，做一个深得骨髓的人，生死含混其间。

透过纸灯，山人从隐语、枯墨和藏头诗中，启动了磅礴的视觉识别系统。他到灯社来借光，一借就是 7 年。

对于一个幸福的人来说——灯便是归乡。

水浮雕

那些小小的渔舟
将萤灯系在岸上。

——日本俳句大师一英

这是一个有天井的渔台。渔翁卷着鳙鱼走了，手心沾满鱼鳞，散着浓腥。他的这条鱼是用另一条鱼换来的，虽然在他看来，那些鱼都是死的。但渔翁拿走的那条孤鱼，不用喂水，不要容器，却可以呆呆地注视你，时而用白眼翻你——"咦"的一声水响，离去的渔翁在寻一个财主。而财主回绝了这门交易。

僧 门

29cm × 35cm 2000年 层板油画

这是一座石头垒的僧寮，有一种静穆之美，来自于心灵的闭锁。

山人画走一条鳙鱼，盘中清蒸的也是一条鳙鱼，写生大师画什么就吃什么。孤悬的鱼，没有水草和产籽的石壁——空空荡荡，仿佛鱼儿成为水的结晶体，成为负载与依托之外的水浮雕。

鱼嘴开合不定，欲言又止。

午间捕捉的鱼，本来是可以卖个好价钱的。山人望着快快而去的渔夫，想起刚才他一边提着乖张的鳙鱼溜进厨房，一边趁人不备，偷偷在画上压了一印"白画"，一鱼换一鱼。300年后，渔人和他吝啬的财主不知道，有一幅孤鱼拍卖成180元万人民币——山人自有妙计。

而鱼——昨夜她们从窗前飞过，孤兀，单一，无依无靠。而你——是不是其中的一只，还在火中清蒸。这时，一首小诗趁着酒性——翻涌而出：

"夜窗宾主话，秋浦鳙鱼肥。

配饮无钱买，思将画换回。"

天问

漫漫长夜，

流水之声，

说我所思。

——日本俳句大师午竹

山人，山人，我是怎样的一个八大山人？在朱家，我是王朝中最高辈份的未亡人，甚至比崇祯皇帝还大三辈——而今，戈阳王孙已经无后，故国已经不需要看守。天地之间，四方四隅，六合八荒，唯我为大。山人——有了笔墨还需要自语吗？

对于时间的迟钝，对于皇历的麻木，对于画商的依赖，山人终日伺候着笔墨。想起昔日蒲元铸剑，淬火的时候，能够分辨出蜀江水里掺了几升涪江水，力道的微差是多么的有趣。在窑歌草堂的十余年里，山人打破儒、释、道的割据，雨打风吹，如饮三溪。而在黄竹园、芙书房、驴屋、锲堂里，他克制着的画面，有如箭弦一样绷紧，一杯春醪刚刚下肚，墨气就在纸上喧腾而起。惦念的山峦，以窗相知，他像一个还没有临完启蒙画谱的生手，对景写生，产生了一些古意和偶然性。绘画对于他来说，每一次下笔之前脑子里都是一片空白，几乎找不到出路。他如盲人一样揣测着行脚僧的夜路——几度才是可能的熟知？难道那些舍我而去的云霞会是两样——他可以是朱耷，可以是传綮，可以是道郎，可以是王孙，可以是洞主，可以是画丐，但也可以什么都不是。

"我是一个哑谜，或者是一个形式上的旁观者。"

南明的小朝廷，自相复制更替。福王先在南京建立了"弘光政权"，不到一年就内讧而散——明太祖的十世孙鲁王朱以海又在绍兴建立"监国"政权——接着明太祖的九世孙唐王朱聿键在福州称帝，建号"隆武"——桂林的靖江王朱亨嘉慌忙自称"监国"，不久被唐王的部将所杀，唐王又以王叔的身份对鲁王下诏，导致鲁王对唐王大动干戈，两败俱伤——随后两广总督丁魁楚拥立桂王朱由榔称帝，建号"永历"——唐王的大学士苏观生拥立唐王的兄弟称帝，建元"绍武"，与之争锋。

但山人没有编年史，没有画谱和细致的生平，他的出位，表明了一种

夜气袭人

20cm × 35cm 2005 年 布面油画

夜色有一种绵绵的暖意，让你藏身其间而没有恐惧。但夜晚是有代价的，它又让你沉迷其间，不得要领。

纯文人的立场。青山徒存，白水空漾，山人只好喟叹，收捡起心灵的碎瓷，顺着疑问自顾行走。

当时间充满深仇大恨，充满比喻和诛连，不安的构图，总与单腿的水鸟、受风的枯荷、浓重的芭蕉、翻白眼的鱼有关。对于山人来说，生活中的全部细节就是线描，题材的内部愿望脱离了形体之后，绘画只能是简笔运算。

——表现主义就是天问。

荷之旅

> 西山啊！
> 哪朵云霞乘了我？
> ——日本俳句大师一茶

从五月到八月，山人看落了荷花。

樵坪的旧友蕙岩已经来了7次，他托山人画的荷花，还没有画好。过几天，他就要回新昌。看见山人的墨案已经被打翻，水渍纵横，一地的废画，对零乱的杯盏说什么好呢。他只得悄悄地离开，看见山人的背影陷在河塘中央，越来越浅。

山人平视着荷田，看破了粉艳的花瓣。新藕已露，老绿才刚刚隐去。粉艳的花性脱落之后，墨色浑然不觉，沾染上了佛性。这一花一佛，对一个写生大师来说犹如露蝉：明朝的 17 尊青帝，18 座王朝，276 个清白寒暑已经过去。明朝，明朝——只是持殇的翠莲，颜色一勺一勺地减少，淡墨从焦墨的两边分别破开。他盘绕在佛国的清新之上，通过一条单眼石桥，佛给了山人一个本生。花之晰白，叶之浓重，山人的凝视成为一种写生事实。与此同时，花也在端详着花，夏天的最后几个联想——一朵也不剩。

但蕙岩并没有走远，樵坪此去 10 公里，趁着还没有消退的暑气，他睡在另一口荷塘上，他不想空手而归。去秋，他先后拜访了隐逸派的四僧。而今，苦瓜和尚石涛闲在扬州被画商追捧；弘仁削发于武夷的空山之中，不知所终；石溪在南京的牛首山里烧碳；八大山人迁出北兰寺，来到西皇门的寤歌草堂了此残生。蕙岩早已得到消息，他们之中有人参加了义军，把佛门当成了避祸之地。而董其昌的衣钵传人王烟客，王原祁，王鉴和王翚，醉心于前人的笔墨，大行摹古之风，已被清廷奉为新贵。康熙御命的《南巡图》就出自王翚之手。

八月的最后几日，夏眠的灵蛇还在后山。山人望着山峦的走向，荷塘相继枯萎。他逐步确立着自己的线条和骨法，口中念着一首长诗："河上画，一千叶，六郎买醉无休歇……"。冥想中的孟夏四丈有余，直到荷叶已经准备动身远走，山人依然是独步青莲，淹没了他的怀想和荒寒。

莲——静气的来源，水——色谱中最离乱的中介，而墨——香桌上种植着试验田。在一个沐浴之后的闷热午夜，山人沉沉睡去。一位荷花仙子撩开幕帘，领着山人去了另一间书房，他感到无比的轻快和新奇。

"先生，这是你的画。"

"我的？我的《河上花歌图》？"

山人惶惑地看着一地的画卷，犹如白龙盘绕。一席清新的荷风迎面袭来，他记不起是什么时候画过这些荷径和水岸，但上面分明又是他哭笑不得的连体合笔的署名，以及他梦寐以求的表现技巧。这一场败荷之舞的线条，由曲柔到瘦挺，自由转动，早已没有古人相随。但是，又有谁来讲述这个梦笔生花的过程？

丁未年入秋的一天，蕙岩跌跌撞撞——卷走了这幅四丈有余的惊世之作。

旷世　　　　　　　　　　　　　14cm × 25cm 2004 年 层板油画

兰竹

一扇柴门
以这只蜗牛当锁。
——日本俳句大师一茶

1699 年 4 月，浴佛节前的一天，山人在南昌藤王阁下的水码头，搭上一艘去鄱阳湖的帆船，赣水支流哦——青灰又悠长。他想起一生窘困，极少赶过这样长的水路，他的破灭的王朝可以危若累卵，但一个书画僧的世界是不容易被颠覆的。他要去找一块同样材质的孑遗植物，渴望着对上一个朝代进行共同清算。王孙的另一皇裔石涛，正好向山人发出了邀请，一来访友，二来顺便受取一些润笔。当夜，他在鄱阳湖和长江的交汇处湖口歇脚。第二天改走长江，又经左岸的彭泽、香口、安庆、贵池，再入芜湖、南京、镇江，抵至瓜州古渡，用了 3 天的水程。

石涛估算着行期，在离扬州 40 里开外的运河口，迎上了山人。一个锦衣玉食，58 岁，统字辈；一个青衫布履，74 岁，若字辈。按宗人府专门为各蕃定下的排行，石涛要晚山人四辈。当年的"国姓"已经成为一种可能惹来杀身大祸的危险符号。石涛原名朱若极，他的父亲就是在桂林起兵的靖江王朱亨嘉。少年石涛，被一个太监藏到全州清静寺，才躲过一场王室之间的自相残杀。不知他被康熙两度召见有何感想，但他恨明朝。

而今——中国文人画的不可逾越的两座山峰，在瓜州古渡口对峙和重合。他们以遗民画家的身份相认，给予对方更多的却是前朝皇裔的伤怀。一个苦竹，一个幽兰，他们在烟花扬州——这个欲罢不能的城市，合写了《兰竹图》。

到了七月，一个慕名而来的画商名叫聚升，山人为他作《花鸟书临河叙册》，润笔颇低。他在愤慨之余，不禁顺手在题跋中叹道："河水一担值三文。"借此隐晦地借用"安陵郝廉，饮马投钱"的典故，满腹酸楚地质问："一匹饮马都知道河水的恩情，何况是我的画呢？"

照说山人与石涛的画名相去不远，为何石涛常会卖得大价钱——可能跟石涛长年混迹于扬州这座欲望城市有关。江南的文化中心，画中的繁复、甜美乃至太平盛世之风，是需要考虑卖相和取悦宫廷的。山人以他强烈的表现主义气质，在渴墨、简约和大杯春醪的灌溉之中，成为了中国文人山水的先锋——而夹脚的市场已不适合行走。

九月，他溯江而上，回到了寤歌草堂。

夜雨所至

六月雨濛濛：
悄悄地一天晚上
明月透苍松。

——日本俳句大师蓼太

在这个被造访的雨夜，山人封了笔墨，立在蕉阴之下。先是几声杜鹃，再是一声鹧鸪，接着被草鸮粗略地打断。山人回望山屏之下的灯社，大殿里钟鼓起鸣，晚课就要开始了。

纵然是破损、陈旧的山水，不要设色，不要草汁颜料和矿物质颜料，不要花青和不要石绿，夜雨会无度地阐释着一切——由浓转淡，由淡转焦。

而夜雨不会自流——让一个写生大师终身服着徭役。

山人避雨山中，在指尖做着减笔游戏。山峦通体透明，依靠飞白和糙笔，他表达了山体的机理。意象作为一种笔姿——随风而起，犹如雨洗煤山，崇祯死而不僵，谁来纸上纵横，默写下朱家的阡陌。而雨水吸干了山人的水气，他在焦渴中疾走，已经分辨不出哪是山阴？哪是渴笔山水的新颖空间？一种朦胧、虚拟的非现实感，将平远的透视和怯笔剥离开来。直到雨水已将枯井倒灌，青漆世界业已形成。

禅意和机锋——是否是夜雨所赐？

山人在心中默写，眼看画到第六帧，轰然听见了关山门的声音，只好三步并着两步往回走。他在情急之下——终身其实都在为一个被捐弃的皇帝补白。在他看来古人的皴法不过是桎梏；在他看来，山雨有知——隔着一层水晶在打磨毛边世界——灵动的手有时会比心走得更快。78岁了，山人还在雨中悬腕。董其昌、黄公望和王烟客纷纷被雨水洗淡的时候，他的

对 照　　　　　　　　　　　54cm × 54cm 2004 年 层板油画

《渴笔山水册》在夜空中画毕，被欺骗的眼睛成为了视觉的最后砝码。他要赶在关山门之前奔赴南昌，去组织"东湖书画会"，也就是"江西画派"的前身，他的旧友喔——都是熬干的眼泪。几天前，一位前朝诗人苦劝山人不要与满清的文官往来而堕楼身亡——一个人的老境只在阿睹之间。

　　而夜雨自流，季节性地冲刷着山人留给空山的小诗：

　　"郭家皴法云头小，董老麻皮树上多。

　　想见时人解图画，一峰还写宋山河。"

蜾蠃的存念

雁别叫了
从今天起
我也是漂泊者啊！
　　　　　　——日本俳句大师一茶

　　这个端午节的雄黄酒下得有些重。农历五月民间也称"恶月"，天气渐渐转得湿热，人们戴香囊、插菖蒲，一番驱邪。山人几天来也许是动了俗念，便从耕香园来到奉新寺。寺里隐居着一位黄安平居士，擅长人物造像，山人思想——四大皆空之中也该为自己留一小影。

　　这一年，山人49岁，这是一个知天命的年龄。19岁国破，23岁削发，31岁主持灯社，他一直蛰伏在一些隐蔽的符号里，背脊上铭刻着一个王朝的最后版图。山人呆呆地立在禅房外，面容十分消瘦，身穿一件宽大净洁的叉襟薄袍，脚上扎着一双细麻芒鞋，头顶一轮青纱凉笠，山人双掌微微的扣合。对于一个颠沛流离的人，瘦削的肩头只是一个象征。黄平安把过去当成一张底片，他的造像只想凝固一些时间。并且，期望将来有一天——山道上一个和他相认的人，会去拼接山人的生平碎片。

　　南方文人的天然病态——用纸浆立了一轴自己的画传。

　　226年以后的一天，时逢天下大荒之年，在江西奉新县的奉先寺，一些僧侣正准备还俗。《个山小像》被慌乱中发现，题跋已达26处。可以设想，他在最后30年里背负着这帧小影——哪里是故乡，哪里就是淤塞的墨团。而今，我们在青云谱找到的只是山人一个并不存在的衣冠冢。一个忍者，一个逃遁大师，一个藏身北斗的破壁者，一个持灯游遍佛国的书画僧，最终让中国文人的感情运河出现了决堤。

　　而哑脊背是需要图说的。

卷四 · 散 风

白沙沱

打鱼捞虾，饿死全家。

——川东民谣

大河拐了一个湾的时候，巴儿正在龙塘扳罾。

罾是一种古旧的渔具，用棕绳系住两根水竹，十字交叉；再从四头撑开一张平网，两丈见方，中央略呈漏斗状，静静地沉降在水中，手起网落。川江上游手好闲的糟老头子，除了放排钩和放拦河网之外，大都有扳罾的手瘾。

"鱼啊——你到哪里去了？"

巴儿嚼着甜丝丝的毛草根，喃喃地望着河面。

龙塘本是大河的一个缺口，在洄水沱的上游，无溪，无浩，更无延绵数里的石梁。涨水的时候，不少人扛着渔网，来守龙塘这口鱼窝子。巴儿今天有些背气，一连拉了六七十竿，一点响动都没有。太阳暖烘烘的，照得人昏沉沉的。

巴儿一头油汗，下网的时间，拖得越来越长，他的耐性和竹竿儿近绷断。而春天补的网兜一般不会太密，瘦挺的鱼儿好不容易熬过去冬，半大不细地打上来，再是性急的渔夫，也会将它慨然放过。

扳罾其实是和大河赛力。

晌午的时候，巴儿拉起一条红鲤鱼，七斤来重。起网的时候，鱼子儿白黄白黄地流了一地。鱼体肥硕、柔软，一看就知道是条母鱼，她几乎没有怎么反抗，仿佛还沉浸在一种不能停顿的寻欢之中，就被巴儿手忙脚乱地塞进了竹篓。随后，一条长脊背的雄鲤鱼，发疯地在四周冲冲突突，不时刮破水面，围着渔网打旋，高高举起的鱼脊好像是在示威。巴儿透过青灰色的江水，看见雄鱼的白色精液流了出来，拖着一根银丝带，随波漂流；他的心中不禁一颤，放鱼的念头有了起落。

三月正是禁渔期，河里发着桃花水，鱼群到两岸交尾、产子，大多一雌一雄，秤不离砣。它们最爱去的地方常常是新淹的草滩和石窝。急躁的鱼群，时常把一张含而不露的渔网，当成了柔软的产床——渔人的笑总是憋在竹篓后头。

但巴儿笑不起来，这样去拆散一对鱼夫妻，隐约透出了一种不义。他想起自己也是被拆散的鸳鸯，他和那条雄鱼有着相似的遭遇。河边上的人都看见，都晓得，他和水姑从小就是城隍庙的鼓槌——一对，而今水姑嫁到了白沙沱，只能隔河相望。这条大河太宽了，凭目力是看不清对岸的人影的，他不知道哪一间厢房住着水姑？哪一天她到水边洗衣服？哪一个节气回娘家？巴儿曾经一阵一阵地埋怨过水姑，不过回头一想起自己的身世——他穷、孤苦，张罗不起婚事，即使水姑跟了他，还不是米箩兜跳到了糠箩兜。每次想到这里，巴儿的心中添堵，又怪不得水姑。

在幽咽的大河上，鱼和渔人之间，从来就没有分个胜负，从来就不知道谁可怜谁。鱼的肥美让水边的酒鬼犯了瘾子，再粗的鱼刺也卡不住他们通红的喉咙。食物短缺的年月，吞清口水的渔人，守着空空的网兜和满满的一河大水，找不到下箸的东西，只好望鱼兴叹。水养活了鱼，鱼又养活了饥肠辘辘的渔人。而鱼是捕不尽的，它们通常在没有遭人陷害的情形下，令人艳羡——它们代表了一切水的灵性，游来游往，逍遥快活。

而这一尾惹人的红鲤鱼，对于靠近春荒的人来说，可以换回一斤粗盐、三块腊肉、十斤糙米和一坛烧酒。可此时的巴儿，对公鱼的观望，似乎还夹带着一种对爱情的求证。

"鱼啊——你回吧！"

巴儿意乱情迷地，看见太阳已经偏西，他摘下草帽，切切地豁着大嘴，右手把网，腾出左手掬了一把河水，拂在油黑的脸上，一时间清凉了许多。

巴儿姓陈，在河南是一个大家族，湖广填四川的时候，家中的 7 个弟兄面临生离死别，就把一面铁锅打破，各执一块，永远纪念。巴儿的先辈逆水而上，在朝阳河择水而居。朝阳河并不是一条河，它由两部分构成：一是闻名遐迩的洄水沱，一是潲淖滩上的一条小水沟。在巴儿20岁的时候，父母相继撒手离他而去，眼看到期的婚事无人做主。一个人有一个人的命，就连桥湾的观花婆（观花婆：川东一带对算命妇人的称呼），都不敢观他的水碗（观水碗：算命的一种方式）。

孤人一个的巴儿，不敢多想。他借了一些钱，在河对岸的观音山上，为双亲买了一座合葬墓。随后索性将土地租给别人，把两间土屋也抵给别人，一头钻进了打捞队的工棚。在朝阳河，很早就驻着一支打捞队，专门打捞从大河上游冲下来的死尸。一艘停得远远的铁驳子，一只半靠在潲淖滩上的无篷小船，就是打捞队的作业工具。人来人往，洄水沱有了隐晦之处。打捞队并不潜水去捞"水打棒"（水打棒：川江上对浮尸的一种叫法），作业的时候，多用一些铁钩，绑在长长的竹竿头上，将洄水沱的浮尸拖上石滩，由雇来的帮工去清洗、料理，等待有人来认领。巴儿手脚勤快，成了唯一一个住在队里的帮工。秋冬两季则活路稀少，巴儿就蹭在打捞队的小伙食团搭伙，每一顿饭记账，用粉笔划在小黑板上，洪水来的时候，挣了工钱再逐一扣除。

就是这个时候，指腹为婚的水姑她爹，托人来退婚。捎回巴儿母亲的一枚玉簪，并带信过来，水姑已经说给了河对岸的萧三爷。

巴儿和水姑的父辈曾是盟过誓的难友，同在川江走水，生死与共，一个是领江，一个二副。打小巴儿和水姑就常一起去黑石子水码头，迎接各自的父亲归来。川江上水恶滩险，不知道哪一天跑船就收不回来了。巴儿一时没了主意，一连几个夜晚贴在水姑的大门上，哭不出声。而河对门的萧三爷，却在白沙沱打造新船，掐算着娶亲的日子。

碜石的后面　　　　　　　　　　　34cm × 34cm 2003 年 布面油画

　　那一天，鼠灰色的长云刺破了大河。水姑嫁了白沙沱的船主萧三爷。对
岸划过来9条木船，载着响器班和彩礼。一色的青头桨手，喊着号子；先
是溯水而上，抵达大佛寺再横穿河心，汇聚到沙磨石一带，排好队形后，借
着大河的冲力，收至朝阳河。巴儿听着高高低低的唢呐，揪心、茫然；跟
着涌入迎亲的队伍，被人大斥一声："晦气"，撵下船来。

　　好端端的一个人，说嫁就嫁了。

　　这是不是爱情的过场？

　　水姑嫁到白沙沱之后的第一个汛期，大河的支流传来消息，萧三爷载
着赶场的乡邻，翻了船。那只本来限乘40人的驳船，驾不住硬上了70多
人，解缆、掉头、斗滩，挤到两条支流汇合的夹马水里，避让不及。驳船
的肚皮朝天翻起，呼天喊地的一船人没有救活几个，死尸停在晒坝上密密
麻麻一片，唯独船主死不见尸。

　　巴儿硬着头皮，接了萧家的重金。驮着一船滚钩网，从李家沱到唐家
沱，从明月沱到郭家沱，从小渔沱到白沙沱，游走一百多里水路，跟着泅

红城

这一个标题是毫无由来的，但统领着一些线索、一些传说、一些不能忘怀的人。

水沱打旋旋，把这一条水路搜了个遍。大半月下来，人累得像个干猴儿，还是没把萧三爷收转来。

人在水中溺死，不能转世投胎，一直在水中游荡，有一种万劫不复的感觉。许多乌青的水鬼，整夜整夜地伏在石滩上，就是想找一个替死鬼，游魂相托，才得以转世投胎。水姑想到这些，终日幽幽的，一歇下来，就朝着水面发闷。

自从萧三爷喂了鱼，大河的味道变得越来越腥。

"鱼啊——你再不走就莫怪我哦！"

巴儿抖了抖愁肠百结的渔网，恨不得把河头的鱼一网打尽。

三月是鱼的一个劫。河里头很不太平，翻船的翻船，溺水的溺水。人们迎接着川江泛滥而来的头河水，邀邀约约，带着各种渔具沿河散开，那就是鱼汛。

巴儿在怨恨中，瞅着满山的桃红李白，越发想着守寡的水姑，几时从白沙沱回来？隔河的心思啊，提得起，却放不下。

而大河是没有盖子的。白水溺人，人死即僵。巴儿常常卷着一匹白布，将僵直的浮尸齐头齐尾地扎好，一人扛着，翻过一道蚂蟥梁，来到公路边。早有事主的汽车候着，然后运走尸体，经朝阳河、寸滩、茅溪返回观音桥。而更多的亲人从几十上百里之外抱着希望赶来，辨认着肿胀的尸体，最后黯然伤神，失望而返。人死见尸，落土为安，不管活着还是死去的人都得有个安身立命之处。

每到五月，川江发二河水的时候，大河里冲下来的"水打棒"多了起来，巴儿在水里忙坏了，几乎每天都有进账。七月发过三河水，巴儿已是丰衣足食。大河给了一个搜尸人以馈赠，虽有些隐忍，有些晦气，但巴儿从中找到了慰藉。

人们说到唐家沱搜尸，其实是指朝阳河。唐家沱是一个大乡场，每逢单日赶场。一次巴儿坐伐木站的排子去赶场，望着河湾，仿佛每一尺清晰的流水之下都有一具臃肿的浮尸。

170cm × 125cm 2006 年 布面油画

到了场上，银匠卢二拐，老远看见巴儿，踮起秧鸡脚杆嚷道：

"货呢？"

"二天吖。"

巴儿遮遮掩掩地说，像是在销赃。

打捞队有个行规，无人认领的浮尸，一般在河滩上停到 6 天以后，就要就地埋掉。巴儿赶开成群的绿苍蝇，用草席裹尸的时候，总在死者身上找到一些金银饰物。

这就是人说的浮财，一种无名浮尸的最后身价。

从唐家沱返回潴淖滩，一个长长的左舵之后，再急扳一个长长的右舵就到了。洄水沱的力量狠狠地砸向它的外圈，拉出石阵和槽口。

白沙沱水力缓解，日夜绕动的水线碾着白沙，白沙沱成为一片开阔地带，平滑的河床便于造船。自北朝南，它的枕头是母猪脊，母猪脊的枕头又是观音山。含愁对望白沙沱数百条沉船的，是潺淖滩八千个无名野冢。潺淖滩是一片约定的禁地，上学的孩子一般都要绕道而行。而对大河的无限恐惧，只有依仗嘈嘈切切的水声来覆盖。从白沙沱朝上游走五里水路便是鱼鳅石，涨水的季节最不好把舵。有一些船被打烂以后，拖到白沙沱，遗骸半埋在莹莹的沙里，便默默死去。船是有尸骨的，它们的晚年倘佯着，大都死于并不完全的土葬。

白沙沱——没有孩子耍沙的时候，它是船坞。一些沉船要上岸，一些新船要下水。

大河长流，日夜不停地洗刷着逸事。因为旷达——人们看惯了江河水。每逢月头和月中，过往的船家大都喜欢到上游的大佛寺去进香，这是一尊水上人家的保护神，风逸的摩崖造像凿于元朝，最早的用意是为了镇魔——河对面的人头山一直闹鬼，几百年都不太平。

近来，大佛寺处于崩岩的边缘，水边的大佛完全被封闭起来，迁徙的告示已经上墙，所选的新址，船家大都听说过，只是那里没有水。虽然搬迁之事是由文管所来操持，但在这一带，在民间秘密地筹建着一场架香大会，白沙沱的萧家自是这次架香大会的重角。大佛寺里被这一带的水上人家侍奉着平安佛，而今平安佛也不平安了，船家只好坐汽车去找他们的神。

早先萧三爷的祖上曾是湖北的一个船主，押来一船干货，行至梁沱的时候，眼看朝天门磨儿石已经在望，木船的右舷不慎触礁，船货俱失。这位先爷飘水而下，在10公里外的白沙沱收上来，捡了一命；苦于无法面对货主，便在白沙沱抄起了修船的营生。几代人的风雨兼程，由修船、造船，到组建船队，在川江上终于闯出了名堂。

这些年来萧三爷死不见尸，或者说是死而未埋，萧家捐的功德自然占了头份。人们在水码头的背街串连着，暗暗地填写着花名册，你几元，我几元的攒着。大佛寺年年朝拜，沉船的沉船，捞尸的捞尸，大河养着无所事事的人。越是这样的时刻，上香的船家越是多如乱麻。他们把船头插进沙里，跪在惨白的沙脊上，面朝大佛，烧上最后一炷平安香，然后才掉船离去。对于涨涨落落的大河来说，死——是一种风俗。人们多数时候只好慨然以对：下一次来朝的是不是我？我来朝的又是不是这一尊佛？

眼看枯水期就要过去，春水团团围住新船，船主已经捂不住他的赏钱。即将浮起的龙骨，顺着舒展的水岸就要滑下水去。

"鱼啊——是你的，你就拿去吧。"

巴儿揽网于怀，打开竹篓一倒，"吱"的一声，母鱼应声入水，不起一

《一双绣花鞋》的春森路　　　　　　　　24cm × 35cm　2004年 布面油画

点涟漪。对于巴儿来说，人鱼之间的一场对峙结束了；而鱼，偏着身子游得远远的，哪里才是它的欢喜水乡？

公不离婆，自古就是大河的陋习。

巴儿卷着渔网，瞅了一眼竹篓，总算还剩一些银亮闪闪的小鱼小虾。巴儿舔了舔干枯的嘴唇，估摸着这些永远长不大的万年青（万年青：一种长不大的小鱼），好歹也有一小碗。一旦下锅烙熟，焦黄、松脆，涮着寸滩街上私烤的苞谷酒——今夜又淹没在酒醋之中了。

七　月

这个夏天，内子沉浸在虚谷的瓜果之乡。她日间少
以作画，习性偏执，以狂草纵横书坛，她在上一个闷夏
的灯影下，细细展读过虚谷，汲入的东西更多还是爽气。
而我不及细想的——是七月离虚谷还有多远？

巴儿顺着收敛的日头往回走，看见河面上照着一万把闪闪金刀。

半路，邻人问：

"巴儿，整到几条？"

"空搞灯。"巴儿冷冷地说，头也不回，在乌三婆的地里，连根拔起几棵蓝油菜。跨进老屋，几把柴火一添，很快升起了炊烟。

这是春天的第七个夜晚，沿河传来冻桐花的消息。只是今年的桐花没有倒春寒，只好浇着淫淫的月华，围着月亮散开。每一朵打皱的桐花，浅白浅白的，在清落的码头悄然谢世。磷火在山腰走动的时候，巴儿喝完了一斤割喉咙的烧酒，他又想起水姑。菜稀饭煮了一大缸钵，几乎就没有动过，油煎虾米倒还只剩下几粒，粘在碗底。而炝炒的蓝油菜，不知为何一斗碗打翻在地。巴儿没有点灯，借着朦朦的月色，从窗棂中看出去，河水沉着、安适，在今夜稍作了停顿。

夜晚被制成蕉麻。春猫在野地里长长地凄唳着，吆喝着，像睡梦中惊醒的小孩。巴儿从越叠越高的酣声中滑入了梦乡，看见一条鱼摇摇摆摆地游过门坎。鱼儿张嘴说道：

"巴儿，我带你去见一个人。"

"见哪个？"

"你去了就晓得。"

"你不说，我不去。"

"这个人，你在找他，他也在找你，"

"少说——明天喊他到打捞队来！"

"我问你，是不是你在明月沱把网挂得稀烂？"

"是喽！"

"是不是你在郭家沱打翻了船？"

"是喽！"

"是不是你在白沙沱撞到了水鬼？"

"是喽——都是为了那个该死的萧三爷！"

124cm × 185cm 2007 年 布面油画

"这就对喽！就——是——他——要见你。"

"萧三爷？"巴儿望着鱼儿愣住了。

巴儿尾随在鱼的后头，直冲冲跟着走，涛声在头顶上哗哗翻卷，最后来到了一个忙碌的水码头。长长的石梯一直伸到大船的肚皮下，有一些人弃岸登舟，一些人又在舍舟登岸。萧三爷端坐在大船头的一张栗木太师椅上，老远就看见了巴儿，问道：

"巴儿，听说你找我哇？"

"嗯。"

"你叫他们不要找了。我背了几十条人命。"

"水姑她要你回呢。"

蔓延的雾季

蒙雾的一天我去公园散步，
看见游人将落叶塞进裙兜。
蒙雾天我细细思量，
是谁在花丛中藏着一件冷兵器。
音乐通过窄窄的甬道，
就像窗子那样开放。
蒙雾人，你的花房做成了心，
不管你在哪里停留，
每一扇叶子都是风暴的避难所。
我守着你，夜以继日
直到伸开的白色花萼，
握住了死亡的种子。

——摘自手稿

"哦——水姑，那就拜托你了。"

说罢，大船隐隐退去，青灰的波涛翻卷过来。有人扯开喉咙喊道："开船啰——"。

巴儿猝然惊醒，翻身下床，原来是打捞船解缆下河，要去巡江。

天空中刚刚露出了鱼肚白，巴儿扛着铁锹，在潞淖滩上造了一个空坟。这是一个合葬墓，里面放着两个人的生辰八字和姓名，一个是巴儿的，一个是水姑的。巴儿认定，他们已经不需要成亲。

在潞淖滩这一带的关山重重中，巴儿掘过上百座野冢。如果他有一天死于水，巴儿并不希望有人去那些洄水沱找他。巴儿的父亲曾是川江上的第一领水，子承父业，巴儿早已谙熟川江的回流方式和复杂水道。俗话说：人找人，找死人。他愿意被汹涌的河水，冲进幽暗的石缝中卡住，永远不得现身。他不愿自己也像那些泅水而死的人，在打捞上来的时候，释放出生前的全部丑陋。巴儿知道，河流是他的衣食，也是他逃避的最后方式。

寻常的时候，大河就像一只水怪，在河面上摊晒着皮囊，谁不高兴的时候谁都可以用来遮羞。

而巴儿是看见过水怪的，它叫鲑，几千年来，一直没有改变过习性。它们过着隐身生活，同样喜欢与浮尸为伍。只是巴儿要拼命去水中搜罗，而鲑要在水中吞噬。相传，鲑来自于柢山，生着蛇尾、羽翼和双蹼，有着牛

24cm × 35cm　2003 年 布面油画

一样的声音和牛一样的躯体，周身披挂着鱼鳞，索水巢而居，一年之中，冬死而夏生。鲢是不吉的象征，溺水者一旦遇到它，就不用找了，任凭你派出多少打捞队都没用。巴儿于天下大荒之年曾经看见它，伏在水洼里清点着浮尸。人们说：巴儿，你娃死得早！

如果有一天，巴儿真的死于水，他一定要将萧三爷换上岸来，给白沙沱一个交代。如果萧三爷肯和他对换了死帖，他将逍遥一游，去拜访那些鱼族中的子孙们，认一万个干亲。

"鱼啊！"

黄桷精

> 二月二，龙抬头；大仓满，小仓流。
>
> ——川东民谣

二月二是龙抬头的日子。

天麻麻亮的时候，后街碰响了木水桶的声音。接着大大小小的脚步声，敲在石板上，分不清哪是木水桶，哪是脚后跟。这个早晨，家家户户忙得前脚撵后脚。小孩打着灯笼，走在前面，并不是为了照明，因为地上一层薄薄的白雾，已经盖不住油亮的石板路。大人们大都走在后面，到河边担水回家，然后点灯、烧香、上供，人们把这种仪式叫做"引田龙"。这个时辰不好把握，去早了，天不亮就到河边，怕一不小心惊恼水龙；去晚了，好像又不够殷勤。

这一天以后，雨水就会渐渐稠绵、铺张起来。这一天离惊蛰很近，冬眠的龙，被前前后后的雷声打醒。妘在这一天迟迟不起，梦见一个女孩和她踢毽。一直等到墙根慢慢清冷下来，她才抽栓开门。

黄桷树上挂着一只小木桶，园内的门窗已经全部打开。照说丫环小青应该懂得，这座庭园的门窗是不能随意开合的，开一道门必关一道门，住在园子里的人，一般要用许多时间来演习。而这棵黄桷树可不是一般的遮阳树，参天大树之上驻着一个女子。这只小木桶是给黄桷精准备的。

照古礼，妘应该在天亮以后汲水，插上碧桃花和山桃花，早饭之前做完家祭。并在这一天停止一切刺绣，以免刺瞎了龙的眼睛。

小青是她的丫环，想必是很想和主人一起去河边看热闹，等得不耐烦了，才自个儿出的门。妘穿过露天花台，孤兀的呈露盘上，停放着两只红灯笼，已被露水濡湿。现在要去村外的小河担水，看来已经晚了。她移步井台，随手将小桶掷在井里，手上挽着一根棕麻绳。

"哐"的一声，手绳一紧——井枯了。

天官府　　　　　　　　　　124cm × 124cm　2006 年 布面油画

这张画参加了一个同人小展览，闹麻麻的，由先锋美术批评家邱正伦主持。虞吉教授说，画得太紧了。为此，我有难度地接受了。

妘探头一看，一股阴气袭上面门，枯井深不见底。她的脚有些发软，像要悬空而起，一头栽倒井里。她定了定神，四下张望——小青这会儿在哪里？

这是一眼敛云井，常常在子夜的时候，把一些擦身而过的碎云，吸纳入井。而井水一年四季始终保持着一个水线，不离井坎一尺，从来不枯。有一年厨子的老母来探，厨子心孝，在隆冬之夜生起了一盆木炭，后半夜着燃了棉絮，人们从井里提了一桶又一桶的水，水线却一丝不减。

妘思忖着，难道今天遇到了 24 个望娘滩？是谁又喝干了井里的水？幸好阴沟还蓄满了水，当初造园的时候，讲究四水归一，四面屋顶斜向天井，这样就将雨水集中于住宅之内，求的是肥水不流外人田。

枣子岚垭

一条路通红球坝，一条路通42中，一条路通观音岩。小时候，我住的地方与红球坝只有一墙之隔。后来听说刘家二妹的外婆那些年也住在那儿，一对时间，刚刚合得起。没准我还修过她修过的房子，当然我指的是一种游戏，而今我是"爬壁户"。现在我想祖父的时候，就在画中走，踩着20多年前祖父走过的路。祖父知道我小时候咳血，受了我父亲的传染，肺上有阴影。最后又莫名其妙地钙化了。祖父开过的方子隐含着某种暗示，他在外孙才五岁的身上，看到了心气甚高的成长的烦恼，最终会虚火攻心，功败垂成。祖父预埋了败火的方子，没有标点符号，我花了一生来为芙蓉这味单方断句和排列：

性味：味微辛，性平，无毒。花味淡，性微凉。

效能：外用消肿散结拔毒，排脓止痛。花内服清肺，根内服排脓。

用量：叶外用适量，花内服十朵，根内服五钱至一两。

禁忌：叶内服，少用。体质虚寒者勿服。

当她走过抱鼓石的时候，小青担着半桶河水，晃晃悠悠地迈进了大门。

这时，天已大晴，一只阴刻的山妖，从抱鼓石上抬起头来，有一场吐露就要降临。妘感觉到天光强大，影像错位，绣楼和天空都在逃离。

——白色刺痛了她的双目。

这个早晨，女孩的眼睛里有了异物。

从早读课开始，她对着镜子翻了翻上眼睑，又翻了翻下眼睑，一无所获。今天的课表上没有数学课，她扔给值日生一张假条："我眼睛痛，请假半天。"找了一个并不充分却有效的逃学理由，回到女生寝室。其实她的数学成绩一点也不好，每到上课的时候，她都要和坐第一排的女生换一个位子，她爱看数学小老师避开她视线的那一丝慌乱。女孩有散光，她的位子原是在倒数第二排，有一天上数学课，听着听着，女孩的眼就花了，那些方程式像蝌蚪在扭动。她揉了揉眼睛，以为是泪，却没有水。

女孩从天井走过，一粒早读课的生词还含在嘴里。

这几天，她的眼睛总是迎风落泪。

她怀疑自己看花了眼，随身拿出小圆镜子照了又照，两只眼睛像两颗吃过的龙眼核，吐在地上，空空洞洞地滚动着，没有映像和高光。

摊开的一本小书，眼睛一行也停不到上边，微微地眯着，黑眼仁少，白

44cm × 45cm　2004 年 布面油画

眼仁多，俗话说这种眼睛是看不准人的。想来她从来也不是读书的料，天
天中午放学回寝室的时候，都要换一身衣服，书包里揣着家里偷的花露水
和她母亲用了一大截的口红。为了逃避母亲的唠叨，她请中学的语文老师，
为她联系了这所女子寄宿学校，离家远远的。

　　这是一所新建的女子学校，由于校方修完教学楼后，就没有钱了，只
好把它的女生寝室临时设在毗邻的彭家大院。反正这座古宅一空就是许多
年，院主的后裔大都散落在海外。平均每一间大屋可以放上 30 多张木架子
床，放学的时候，一大群小女生像叽叽喳喳的山雀，从天而降。

　　这个早晨，春天的花絮随风荡漾，让她睁不开眼睛。她愣在井边，听
见井里有了水声。一眼枯井，忽然能照见自己的白影子。女孩慌乱地逃开，
她想去找一个人说话。

　　——没有数学课的上午空荡荡的。

　　妘背着梳头，白光绕过屋顶，渗入月窗，把她银盘般的脸庞涂黑。逆

白 山

在四姑娘山麓的一座小山下，我抬头看上去，4000多米
的高峰仅是一小撮白雪。我拍下这张照片，拿回家来照本宣
科。记得是一个冬夜，室内光有些偏暖，用了个把小时一次
画完的，当时看有些担心，不知白天的效果如何。结果第二
天一看，尚可。

光中的头发闪着丝光，跳跃着，脱落下来的时候，纠缠在一起，像是一种
失传的女书席地铺开，许久没有来往的姐妹们叫它"长脚蚊"。

待字阁中的时候，母亲传她女红、女歌、女书三样宝。她只记住了女
书，这些苦情文字，每一行7个字，不舍昼夜，用诗歌体的形式表达着隐
衷。女书来源于中国远古时代的一种部落语言，"老传小，母传女"就像游
吟的歌谣一样。在部落与部落之间，更多的是以一种书面的形式，分享着
人所不知的许多事实。

女书的阅读时间一般不会太长，在手中翻动二三十年以后，或失，或
焚，或随身入葬，或重新撰写。而经过特殊缝纫而成的布册子，由妏的娘
家作为陪嫁的贺礼随新娘到了夫家。手册里描满了韵文，记载离别的悲伤
和对女儿出嫁的祝福言语。其中许多偏旁部首，针对洞房花烛之夜，还做
了一些暗示。叙事的文字就像"长脚蚊"一样，四下招惹，又在窃窃私语。
她的家谱里，有一个章节采用了女书来记载，经过反复誊写，惶惑地记载
了一个东方土著的来由。

妏氏是古代的一个母姓，以养龙为生，她们索巢而居的时候，擅长于
呼唤云雨。有一天，她们养的龙全部死了，他们怕主人怪罪，就举家西迁，
走到了一个有泉眼的狭长山谷时，首领的一根腰带突然断了。于是，她们
决定避祸于此，分为五个子姓——锡、栏、温、熔、堰，杂糅在附近的五
个村落里，相安无事。

她属于水族，温姓，嫁到彭家之后，隐埋了驭龙的手艺，成为彭妏氏。
日间领着一个丫环和一个老厨，住着六六三十六间厢房。大门不出，二门
不迈，内外宅院，由垂花楼一隔两断。它并不是一座真正的大院，倒像一
颗印。照说，这样的一座绣楼，人烟清淡，阴气横灌，自古以来，非常忌
讳。况且房多人稀是散财的，也极不符合阳宅八门的风水观念。

但主人家并不怕人们谈论这一点，尤其是雨天。

24cm × 40cm 2005 年 布面油画

对于一个盐商来说，水多利润就多。彭家富甲一方，开了盐厂，成为官盐的供应商和驮运商。盐，结晶于水；盐，又养活着水。这座三姨太太的绣楼，取名泷园，园主为了取水，或因为避水而故意犯水。宅第由穿斗和抬梁双重木架风格相结合，取材于柏、梓、椿、榧、银杏，家具多为红木、乌木和楠木。每一年中的去冬今春，盐商总在泷园度过。数九的时候，窝在床上烤着炭火，不吃不喝，如像害了一场大病。

泷园的基脚构造，像一个双喜的房间格局。一条小水侧腰而过，后枕11座小山。山名榴莲山，山上古树参天，祖先有古训：一律不准去打柴，砍一枝必断一指。泷园的左右，各呈青龙和白虎，而正面，对着一壁山垭。前有照后有靠，这就是风水所指。

自从妘嫁了彭家，泷园就成为蕉坪一带著名的圆梦胜地。

每年寒食节之后的第九天，明月圆全之时，三三两两的旷男怨女，因为种种原因而不能鸾凤和鸣的，就不辞辛劳，带着卧具和干粮，来借住一宿。他们往往是步行至此，腾出的十几间客房早已打满地铺，下不了脚。一座大宅的里里外外，同时有几百人过夜，摆出形色各异的睡态，以求能圆一梦，梦而显真。

妘在这一天里，要烧三大木桶的老荫茶，还要到四邻去借上百床棕垫和草席，堆在门口，供人们自行拿取。

这是虚拟的重逢，乞梦的人把自己变得透明起来，通宵达旦地摇曳着，引来远远近近的乡邻，加入到这支涉梦的队列中。

相传，当初建造泷园的一个工匠，在新婚的第二天，就被彭家催来赶工，这位巧人，虽然不大情愿，但还是经不起恳请，就在新置的地基上勘辇，和道士的罗盘一起忙碌着。三年当中，匠人满怀甜蜜，在所有的透雕、平雕、砖雕、石雕、木雕上，嵌刻着一种叫鸾的鸟。鸾在古代是凤的一个姊妹，或展翅，或梳羽，或交颈，或悲鸣，或轻盈流利，或玲珑剔透，极尽其繁地传达出一种喜悦。相爱的人们，久而久之接受到了这一种神力，约定一个特别的日子，在这些吉祥物下采取能量。

每到月明星稀，沉寂之中，不管走在泷园的哪一个角落，总有人幽幽地哼着一首梦谣：

天上有女人嘛，天就会亮啦；
地上有女人嘛，地才长草啦……

这一夜，泷园敞开了所有的门户。在梦的边沿有一匹马在游荡，吃草。那是一匹孤独的夜照白，月老派遣而来的信使，一年一现。或许它是梦的唯一向导，露水为它做了一件羽纱似的缁衣。

——人们说，看见夜照白的人就能情归所属。

女孩在寻找。绕过教学大楼和空得心慌的操场，停在一排平房前。那是老师的单身寝室，从木窗顶上撑出几支篁竹竿子，稀稀松松地晾着几件衣服。她轻轻地敲了一下，没有人应。数学老师经常不在家，他爱到哪里去呢？女孩像个入道不久的新贼，心里发慌。突然，第二节课的下课铃响起，又紧，又狠，有些让人移筋错位。她怕碰见其他老师，一溜烟逃回了深宅大院。趁着课间休息的混乱，翻过一道残断的女墙，沿着榴莲山的一道小湾溜出了学校，把朗朗的读书声抛到了云霄。

远处传来炸爆米花的闷响。

春天的乡村，到处是新苗。深灰色的天空下，太阳的金銮丝带，一缕一缕的，缠绕着早开的杏花，大多数的花骨朵，小而硬。女孩采了一把山上的野花，在一泓温泉边坐下。旁边挂着一架瘦瘦的瀑布，落差有50多米，像一张银色的竖琴。人称它为洞坎，坐在下面，雨滴下得很重，劈头打在脸上，也打在杏花的玲珑花瓣上，像是雨中夹雪。

远远望去，花溪河一片水雾，女孩想着温泉、红鱼和寂寞的单桨，以及她那不知去向的数学老师。

谷堆林场

我没有去过西昌，也不知道那里有没有谷堆林场。孩子他妈说她生在西昌的谷堆林场。那是一个下雪天，她落地的时候有一个彝人站在门柱边。当地有这样一个说法，出生的时候遇到的人像什么样子，这个孩子将来就会长得像什么样子。我凭想象，在这些认识上去描述一个有某种关联的陌生地。

9cm×30cm 2003年 层板油画

她摘了一朵不知名的野花，站起身来，一边撕着花瓣，一边说："爱我——不爱我——爱我——不爱我。"撕一叶，叨一声，反复交替，剩下最后一叶花瓣的时候，看看是一个什么样的征兆。

女孩一连撕了三朵野花：有一枚花瓣显示"爱我"，有两枚"不爱我。"

在花瓣、水雾和叨念之间——情归何处？她想起自己的母亲也叫云，比那个传说中的女人少了一个女旁。她，一个漏划地主的女儿，从城市的边缘来读书。这座大院，常常围着卧蚕型的雀替一看就是半天，渐渐发现，沈园是一座喻体，无限期地寄放着女人的某个器官。有时，女孩行进在一

铁道兵的老房子

铁道兵是一个消失的庞大团队，在六七十年代，中国的铁轨大多是铁道兵铺的。我的父亲是个开蒸汽机的火车司机，他对铁道兵是一点好感都没有，他的口头禅——铁道兵真他妈的扯蛋。父亲的意思是他们修的铁路不咋的，他开起来弯道多，慢行多，区间停车多。而今铁道兵在铁路沿线留下了大量的砖房，还在供路内家属居住。我从小随父亲住过不少这样的老砖房。

段粉墙画壁之下，一个连续纹样迎面扑来，并与她撞个满怀。在一闪念里，她穿墙而过，直抵泷园之外的某一个目的。

这时，四周的泉水腾起了白雾，越下越重，山峦和树丛已经含混不清，她丢失了来路。雾是一个提示。女孩顺着一条伴河而行的荒僻小道，不知不觉来到了一座农家小院，看见一家老小正在吃着面条，炸着油糕，打着爆玉米花。

一位老者邀她入席：

"哎呀！来得早不如来得巧。"

"你们家过节啊？"

"今天叫春龙节，全家人都要挑龙头、吃龙胆。"

"什么是龙胆？"女孩饿了，吃起了油糕。

"你吃的就是龙胆。"

——女孩愕然！

"相传，武则天有一年逆天而行，当上女皇。被惹恼的玉皇大帝，传谕四海龙王，三年内不得向人间播雨。不久，司管天河的龙王听到民间的疾苦，为一些农业问题哀鸣不已，眼看大河断流，田间地头将青黄不接。龙王便违抗玉帝的旨意，私自为人间降了一场甘露。玉帝知道以后，天庭震怒，把龙王打下凡间，压在一座大山下受难。山上立碑：龙王降雨犯天规，当受人间千秋罪；要想重登灵霄阁，除非金豆开花时。安身立命的人们为了拯救龙王，四处寻找开花的金豆。"

"哪里找得到呢？"女孩问道。

"说来也巧，到了第二年的二月初二，人们在坝上翻晒玉米种子，看见阳光下的玉米金灿灿的，酷似金豆，架在火上一炒就爆开了花，莫非这就

是金豆开花吗？于是，家家户户都爆玉米花，并在院子里设案焚香，供上开了花的'金豆'。龙王抬头一看，知道百姓要救它，便大声向玉帝喊道：'金豆开花了，快放我出去！'玉帝一看人间到处在爆玉米花，只好传谕，召龙王回到天庭，继续给人间兴云布雨。从此这一天，人们就有了爆玉米花的风俗。"

这时，雾越下越大，女孩逃课大半天了，天色已暗，赶紧谢了人家，就往回走。走着走着，荒草齐腰，路就没有了。四周的白雾把她裹得紧紧的，就像掉进了缠丝洞，透不过气来。她一慌，哭啼着奔跑了起来，一脚踩空，跌下了山涧。

入夜，老师发动村民，满山遍野举着松明，把她背回了家。回到家中的时候，她看见了父亲，在外地工作的父亲正好回来探亲。父亲一年一返，靠在床头，一宵无话。

——原来回家真好。

蒙雾下半城

解放前下半城是会馆云集的富人区，得了水码头的后遗症。而今有了辽阔的江景房，弥补了解放以来几十年的消沉。每当雾散开的时候人也散开了，人们把行李扔在楼顶，双双上了好食街，去吃刚刚压榨出来的荞面。

而妘一直不敢回娘家。

蕉坪一带的父老乡亲都知道，是她害死了自己的夫君，一个旺族因为一个冒失的女人而踏上了迁徙的漫漫旅途。

说来也不能全部怪她。盐商本来就有一个隐疾，他得了恐水症，间歇性发着的时候，把水浇得满屋都是。尔后寂然失踪，几天之内又悄然而归，一个人呆呆地不思茶点，坐井观天。

有一次盐商洗澡，叫丫环准备了一大锅洗澡水，然后独自栓上门。盐商有个怪毛病，洗澡不要人伺候，连他的爱妾也不许。丫环忘记了为老爷换取干净衣服，就站在门口，又不敢敲门。

丫环听见里面哗哗的水响，出于好奇，偷偷搭了个凳子，从窗口上一探，丫环吓得魂都没了，连忙去叫女主人来看，巨大的木盆里，盘着一条大蛇。

妘当即晕倒。

不久，盐商也郁郁而终。

妘追悔莫及的，不是撞破了天机，而是被外乡人误当成了黄桷精。

当初泷园落成以后，匠人终日无精打采，仿佛耗尽了全部的喜气和激情。渐渐有人在深夜看见他瞪着一双通红的大眼睛，在野外游荡，明眼人一看就知道他害了相思之苦。常常清晨被人抬回来的时候，已是气若游丝。一个过路的方士，觉得青年人的窘况远非一般女子所为，便坐地施法，叫匠人出门朝西走，在一片芭蕉林的背后，去找一棵黄桷树。然后，在树干上用钉子钉一张符。匠人在亲人们的劝说下，一锤下去，树里涌出了殷红的血。

匠人一惊，病就好了。

有人说黄桷精遗害千年，罪不当赦。也有人说，这个方士有感于黄桷精的痴心，手下留情，让她走得远远的。

但黄桷精并没有走远，她负痛飞越泷园的天际线，停在天井的月梁上，

34cm × 35cm 2002年 布面油画

用手抚摸着上面的鸾，念记着春天的钤印：玉兰、碧桃、丁香和迎春。她爱不释手，一番徘徊之后，飞上西厢房的黄桷树，阴沉沉地，一住好多年。

人们闹不清黄桷精的由来，混淆了树和人的来历。而对于妁来说，黄桷精不是精，它是一团婆娑的绿意。每到二月的一天，她在安排停当之余，也成为月圆之夜的一个乞梦者。而这一夜，她的风情和温良同时释放出来，尽着地主之谊。人们睡在宽大的屋檐下，猜想着她家的黄桷精住在哪一株黄桷树上？浓密的黄桷树呀，什么时候栽就什么时候落叶——妁有难言之隐。

人们秘而不宣，一再奉信每一年春天的第二个月圆之夜，痴情的黄桷精会装扮成情人，从月梁上投梦下来，告诉你一个事实：阴阳隔如一纸。

族人在风水的犯冲之处，设置镇邪之物——石敢当。又请人拿着罗盘，照见两山相狭的水口，修葺了一座九米长的拱形青石桥；在桥中央垒一凉亭，用四根石头撑住亭盖，曰之回龙桥，平日可歇脚、观雨。泷园的脉气汇聚着溪水，在储备和蕴藏之中，有暗香浮动。自从黄桷精入驻西厢房，妘时有一种不确定的感觉，她在准备一场出走。她和姐妹们秘密联络的女书已经焚毁。而今走到人死书亡的地步，晓白的文字送来盐商的祭幛。

——女书，女书，你要流失到哪里？

女孩拆石膏的那一天，父亲走了，回到他的莽莽雪域，那里，也是她的出生地。在那一个初秋，女孩落地的时候，门口站着一个彝人。屋檐下立着长长的冰柱，跟栅栏一样。她这次想再去看看一个叫谷堆的林场，只是父亲摇了摇头。

女孩想起学校还有一小片阴霾，假如有一千片阴霾，谁又在乎呢？她趁母亲买菜的时候把绷带扔了。走到门口，翻看了一下日历，又是一个星期天，女孩坐上了发往学校的班车。

学校有一条1.5公里长的田坎连接公路，灰白的石板镶嵌在红土上。女子学校一派清静，麻雀在学生食堂里飞上飞下。有一种收敛的春光，照在女孩的帆布小书包上，里面塞了3个罐头玻璃瓶子，满满地装着肉渣蒜苗炒的酸咸菜。

女孩推开一扇虚掩的门，数学老师正在隔壁下象棋，她把咸菜放了两瓶在桌上，几经犹豫，又将最后一瓶取出。她想悄悄地离开，却坐在了雪白的床上，挪不开步子。环顾四周，一眼独窗，一架牙床，一双竹筷，一只煤油炉，一张三抽屉的木桌，以及一些零乱的什物。

因为害羞，她在制造一次惊奇。隔壁的过河卒子已经将王逼死了两次，他还没有悔意。女孩等呀，等呀，渐渐地困了，手拿一本书。一头倒在老师床上睡着了。光线像真丝一样，在她的脸上一缕缕地抽去，夜已经来临。棋手回来的时候，发现床上曲着一团东西，像雨棚下的谷堆。老师为她盖了一件大衣，蜷在藤椅上变换睡姿，把藤椅的骨节压得叽叽乱响。他没有开灯，坐在暗中，麻栗色的光线从打开的书本上，徐徐升起。

春夜无眠，月亮从下半夜的帷幕中出来，开繁的白玉兰像一座惨白的小丘，中部夹着一株紫血玉兰花，黯淡一片，就像一棵高树的投影，同时朝天撑开的华盖——顶住了新月。

乞梦的部落已经远去，遗弃的彭家大院像一枚破茧而出的空壳。教工单身寝室是一个临时建筑，搭建在泷园西门高耸的风火墙下，显得简陋、萎顿。西门朝河，门上的门罩，没有匾额，只有繁复的砖雕。不过，也许这就够了。

夜未央，正好可以让月亮小歇一会儿。

依 云   65cm × 65cm 2002 年 层板油画

　　女孩做着梦，梦见自己在水中潜泳，许多游鱼追着她，吮吸着她的双目，眼睛又痒又痛。女孩迷迷糊糊地睁开眼睛，渗漏下来的月光正好照在脸上，他们合衣而眠，盖着薄薄的绵被。只是他的手还牵着女孩的手，轻轻的，柔湿的，就像一句话说到一半。而窗外，每一瓣玉兰花都像一钩小月牙。

　　他比女孩大一些，刚刚从师范学校分来，有一些不安心。想起许多同学都比他分配得好，还有一些失落。他不是读不懂女孩的眼睛，慑于校方有严格的规定，老师绝对不能与女生谈恋爱，一经发现是要开除的。这是一场被禁止的游戏。

　　后来女孩去数学老师的单身寝室的次数，越来越少。这样做太危险，他怕他们一觉醒来，不再是合衣而眠。那就等到毕业再说吧。女子学校的幼师专业有两个班，一个是从农村来的，一个是从城市来的，不少城市来的下岗家庭的女孩子，出于好耍或无奈，纷纷在夜总会坐台。在一个下午，女孩被一个姓陈的女孩约走，在昏暗的舞厅里木呆呆地，跳个舞也隔得多远，惹得客人很不高兴。两天后，她一人回来，正在上数学课。

15岁是一个年龄，无端忧郁。班上46个女生有一种集体的性幻觉，中学时代的灰色小尾巴，沾着记忆末梢。她们一起涌出的月经，代表着水性和焦躁。这些不能确认的单恋，在数学课的45分钟里，重新矫正着父辈的印象，并在等腰三角形的挑衅中，借助一些推力，保存着对青春的初次认定和对父爱的重新寻找。

——单恋是一所学校。

妘从春天的深睡中返回，更像是一次省亲。泷园每一年都在虚掷，她不定期地回归，不为别的，只是出于习惯。

她经过敛云井的时候，看见了盈盈的一泓井水映着云天。而今水来云散，泛起的激潋就像24个望娘滩。在她看来，河滩蛰伏着一个固执的高祖，他依照一个孝子为原型，在一场春荒里割腰饲母。开始的时候，孝子觉得有些口渴，几大口喝干了瓮里的水，又趴在井台，喝干了井水。然后，他转过身来说："娘！我走了哦。"说罢投江而去，在翻云吐雾之中，回望了娘亲24次，从而形成了24个滩涂。

在楼廊的一边，向外挑出鹅颈状的靠栏，叫美人靠。妘看见女孩坐在脱落的漆上，打开的书页放得远远的，暖风懒懒地翻动着。而东厢房晨读的女中学生，传来朗朗的书声，应在回廊，生硬又灿烂。妘拖着一副习以为常的样子，在一排排女生寝室之间穿过，金桂的叶子碰落了银桂的叶子。女孩堵在门坎，一些门打开就是为了一些门关上。她幻想着一夜间老死——谁来告诉她结婚与生子？谁来告诉她失恋与丧痛？每当女孩采青的时候，妘只是镜子；而女孩是镜子的时候，妘就是一种惊愕。人的一生犹如长梦，妘和女孩在合并、对照，互为临摹。而泷园藏在最后——没有什么怀想比梦更加淋漓。

妘捧着惨白的碧桃花，倚在走马楼的尽头，一时找不到花瓶，忙问小青：

"我们的寒食节呢？"

"这样多的斑鸠都来占了鹊巢。"

"那碧桃和山桃还祭吗？"

"主人，时令已经过去。"

——说话的时候，她们都是早晨的空气做的。

时滞

时间沿着事物消失的方向前进。
——圣琼·佩斯

1

春分的这一天，时滞吃着外婆煮的鸡蛋，蛋皮像一层半透明的膜，好像是蒙住了谁的眼珠。

那时，时滞还不是我，他要隐忍得多。我每天坐火车去上学，从轨道上滑过，只是时滞住在圭城的张望部分。握着冰凉的鸡蛋，时滞并不想一口吞掉，他站在空旷的编组小站上，痴痴地看着横贯而过的火车，把月台两边的夹竹桃，抽得哆哆嗦嗦的。中午放学的时

村 口　　21cm × 25cm 1999年 纸板油画

候，时滞赶脱了12点零5分的火车，一个人在四面透风的候车室穿行，看见几个人东倒西歪的，坐在木椅上，磨蹭着时间。他如果在候车室等待漫长的一个下午，完全可以坐5点15分从安边方向开来的火车。

但时滞几经犹豫，还是一脚踏上了道心，不知不觉数起了枕木来。朝向圭城的铁路，自由地带他回家。

2

时滞这个古意的名字，代表了我的成长和苦恼。就像戛然而止的刹车，在火车的走行部分滞留、荡漾，磨练出时间的胎迹。多年以后，当我谢顶、持重，大腹便便，才发觉自己用了一生的经验，来识别那次远足，来认领时滞——我早年那个偏执的小名。一个人的名字必须承载它的阻力，回头看来，在时间熔炉里，一些事件被提炼而出，在缓冲的时刻反复擦拭，闪烁着光芒。

那时坐火车不要钱。时滞是火车司机的儿子，书包里叠着一张"通勤证"，每天一大早就从圭城坐火车去读书，走完长长的一坡梯坎，就到了火

车站。站在陡坡上俯看下来，车站就像一座废弃的飞机库。时滞在多数时候，总能听见一个军乐团的准号手，靠在自家阳台的阴影里练习圆号，顺着音阶左冲右突。久而久之，给时滞留下一种印象，他的清晨总在出发，他的清晨充满古铜色。

从小学三年级到初中三年级，时滞每天坐早上7点15分这一班火车上学，依偎着车厢里的高靠背，或者抓着车门的扶手，啃着烧饼恬然入睡。在迷蒙之中，梦口水流下衣襟，一滴打在另一滴上。列车运行32分钟之后，便在前方的第一个编组站停车5分钟。时滞下车，再到山坡上的铁路小学上课。他一直都不愿提及小站的名字，他憎恨它，因为时滞经常睡过了站，被一下子拖到80里外的铜罐驿，旷课大半天。

坐火车无疑缩短了很大一截旅途，从出站的那一瞬间开始，就把一个少年的遐想拽得远远的。

朝来昔返的铁路，时滞看惯了窗外的景物，早已翻不出新意。一条大河从左窗拐进来，像个顽童把延绵的山丘蛰伏在窗下；一些山丘又伸长脖子，封堵住车窗。山在一边，水在一边，列车在工字钢上摩擦、打滑，雷声轰鸣。偶尔，一只飞鸟滑过七八个窗口，与火车保持一段飞行距离，再扭头而去。

那些移动的景物被一扇扇的车窗分解开来，汇同火车厕所里的污秽物，沿途倾倒而下。时滞不能满足一晃而过的景物，它们并不比平时我们看见的物体多了点什么。但只要遇到站外临时停车，他就特别兴奋，把脑壳伸出去，一看就没个完。

这一次，时滞弃车而行，他要完成的旅途从来没有这样轻快，他移动的每一个视点，都像是区间停车。

而我远远地跟在后面，牵挂着笨重的记忆。

沿着铁路回家，途经滩子口、建设厂、九龙庙、铁索桥、黄沙溪、七孔桥，中间再穿下马嘴、回龙寺、兜子背三条隧道，才能抵达圭城。原本小睡一会儿的车程，他要消磨掉大半天时间。如果他什么也不做，躺在候车室里睡觉，一个下午会很快过去。

回圭城的路另外还有两条。天热的时候，可从九渡口放滩而下，顶着书包，经马尾沱、小渔沱、玛瑙溪、响石沱，再从黄沙溪收上来，爬过江边的火柴厂和车站的零担房回家，这是水路。如果乘汽车经杨家坪、谢家湾、两路口再到观音岩，转车3次，乘汽车也要小半天。每条路都可以走到黑，每条路都可以回家，对于走铁路的时滞来说，回家最短的路却不是直线。即使一个少年千辛万苦赶回圭城——这个存在着隐形成员的家庭，依然是父母旷日持久吵架的地方。他们几乎没有想过，在二楼蒸笼一样的阁楼上，一个沉默的少年怎样容身？

连体城　　　　　　　　　　　　　44cm × 65cm　2001年 布面油画

有时候我发现这座城市是一座连体城，尤其是从下半城朝上半城望去。

白日里，学校在几十公里之外，却是时滞的避难所。

我庆幸自己每天都把时滞捆绑在火车的短途之中，坐火车上学是一件不寻常的事情。经常看见圭城里放学的孩子，他们没有遥远的学校。日久天长，坐火车的单调少年多了一种奢侈的感觉。

然而，记忆为我和时滞途经的区间作了假证，然后，用一个词把它形容出来，曰之为地名。如果这些地名名不副实，那么这一片名不副实的地基早迟要塌陷或迁徙。比如圭城，筑于山顶，四周沟壑纵横，与古代玛雅人的城邦近似。圭是玛雅语单词 kin 的音译，代表太阳、白日和时间本身。在古代中国，圭只当成一个时间装置。据说，火盆一样的圭城始建于尧帝时期，后来周代史官根据传闻加以描述，经春秋战国时的儒家依墙修补，圭

上中学时的一条路

中学时代是忧郁的，其中我每天要穿过两栋四五层
楼高的宿舍。那时，我的书包里还装着《文学评论》和
《古文观止》，装点门面。隔壁班上的语文老师有次借了
《古文观止》，老不还，我妈是书的真正主人，天天催我，
要命。

城遂成为中国古代宇宙学的发祥之地。

而圭城是时滞的终点站。

只有时滞熟悉圭城里的每一个片刻，每一只沙漏，他早已把自己当成了城市里的常住居民。时滞那次回家，无端使用了许多时间来慢放一段车程，他要洞悉沿途的每一个细节，有着区别于他人可以认领的意义。时滞看到了在缓慢移动的时间里，有一些东西在快速逃逸，比如远山、时间和一根掉尾巴的四脚蛇。

"每个恰当地看见的物体，都开启了心灵的最新奇的官能"。见过蒸汽机车的诗人柯勒律治这样说。

时滞数着道心里的枕木，四下里慌乱张望，这是他第一次沿着铁轨，模仿别人做一次徒步旅行。平常看厌烦了的山体、树丛以及平放的青石，静静地凝固到眼前，大可以玩味。人在两排行道树的中央，通过一根平缓移动的轨道，制造出带脚架的视点和一种被颠倒的感觉——一个人看出去的成像本来就应该是颠倒的。但时滞不能过度分散自己的视线，稍不留神，随时都有跌倒的危险。

行走是寂寞的。

为了减少机械运动的枯燥，或许为给自己助兴，时滞从数字上移开了一根一根的枕木。一只田鼠或一页山石又总是分散他的注意力，他只好一遍一遍重新数起。许多数字时不时相互干扰，纠缠在一起。突然，时滞大声地吼出来，把数字变成声音，在道心之外几经碰撞，最后碰落地下——那些好不容易累积起来的大数字，和时滞较着蛮劲。而清晰的数字从来就有它自己的运行方式，是吼不垮的。一根、两根……在车站的边缘地带，许多道岔在纷纷交汇，就像把许多根细麻绳搓拧为一股。冷不丁，铁道的尽头垒起一座坟包，用石头码得像埃及的金字塔。人一走近，顶上那盏长明灯，光芒模糊，四下飘散。

一条路就这样戛然而止了。

12cm × 12cm 2004年 层板油画

时滞并不像在赶路，倒像是在练习一种被严格规定的步幅。渐渐地，他发现自己并不是一个孤单的行者，在后面一千米以外，有一个人有别于路人——那就是我——一位业余的时间爱好者远远地尾随而来。

从学校走铁路回家，每根枕木的间距50厘米，大概数到60000根枕木的时候，就能遥遥地看见圭城的登葆山了。时滞家的小屋就筑在山上。我和时滞保持着队形，寂然受到时间的蛊惑——每一根时滞踏过的枕木都在读秒。我和时滞首尾相连，这中间存在着三个时间。这三个时间都是互为弥补的现在时，它们分别在当前的现在、过去的现在和未来的现在中存活。

——最不可捉摸的是圭城的现在。我们的每个步伐都是一个静止的发端，面对蜗牛和脱兔的方式——观而不语。

不朽的暗示为什么总是来自童年？

3

坐地日行。时滞停下来立在道心，手里攥着一大把数字，感到铁道之外天旋地转的。

铁路坡

那时坐火车不要钱。我是火车司机的儿子，书包里迭叠放着一张"通勤证"。每天一大早就从城里坐火车去读书，走完长长的一坡梯坎，就到了火车站。从小学三年级到初中三年级，时滞每天坐早上7点15分这一班火车上学，依偎着车厢的高靠背，啃着烧饼恬然入睡。列车运行32分钟之后，便在前方的第一个编组站停车5分钟。时滞下车，再到山坡上的铁路小学上课。

春分的这一天，天地间昼夜对等。时滞的外婆陈氏早早起身，将鸡蛋倒立在桌上，口里喃喃念着："幺幺快回来，嬷嬷快回来……"

这天是时间的一个祭日。外婆在50里之外画符，一根鞭子冷冷地抽过来，打在我刀锋般的肩头上。我几乎站立不稳，死死盯着铺满砾石的道基，就像站在时间的中心，皮开肉绽。

外婆并不理会我对时间的追溯，把陈腐的供品清理干净，然后坐在高高的八仙桌上危如累卵。许多亲戚在走过场，在分家，拿着零零碎碎的什物。那些发黄的像片、檀香木的花瓶底座和死亡的磨刀石，从来就没有属于我。

春分，香案上摆着沙盘，时间从四周逶迤而来。

春分的圭城，许多死者和外婆的姻亲一样，并不知道自己已经死亡。他们的死，分散着尚未使用完的时间；他们绝别的死，只死在时间的某个节点上。人在死亡的瞬间云集了巨大孤独，生离死别只是时间区间的自然开合。外婆在我们家一住就是7年，她业已形成的时间概念，在春分的这一天如此充盈和对称。她产生了一个端口，当时不曾觉得——时间的秩序被一种无形的力量所控制、胁迫，继而妖冶地断断续续。

在这一块沙盘里，外婆读着，自己在72岁那年会有一死。她选择春分这一天给时滞煮蛋，完全是为了暗示：她还会在某一天下乡，守着两架豆棚，繁衍着豆公豆婆。如果她是在死亡的第七个七天撒手而去，离开空荡荡的房子，化为瓦缝里的雨滴，她的时间才消耗殆尽，不留痕迹。

而春分，以圭城的铁路为界，把时间一劈两半。

时滞处在时间的裂口，沿着铁路回家，从一个弯道拐到另一个弯道。对于一个时间的慨叹者来说，时滞是我的一支飞箭，一支埋头飞驰的箭。在这种箭形的时间理念中，一个一个的点落在枕木上，排布着时间的"射程"。

自从射手座里的天神被发现以来，时间拔出了一支响箭。但是箭总有落地的那一天，因此箭形的时间理念只是暂时存在的理念，如同对佛祖、上帝、真主的崇拜，人们暂时把他们从自然的崇拜中分离出来，组建了信仰的最高台阶。

"让我们从时间开始吧！"在春分，我对时滞一边说，一边做着运算——将时间和箭进行一对一的置换。而时间用月相来暗示它的破绽，像外婆的蛋缝一样，给了我们五种月相的渲染力——朔、望、晦、电、朏。并且说明时间在记忆深处，无限期地代表了月亮某一个夜晚的表情。而一个夜晚暗示着一个人的仰望秘密。

今夕又是何夕？

4

每一根铁轨的接头处，都有一条缝隙在灌制着密纹唱片。列车闻风而动，它的巡回演出采用了重金属乐队的节奏型。

时滞每每数到又一个1000的时候，就把耳朵贴着冰凉的铁轨，听一下，火车是否来临。火车这个飞驰而来的庞然大物，是死亡的便携者。对于一个火车司机的儿子来说，走一条长长的铁路回家，是被严令禁止的。凡在公路和铁路的平交道的两边，都竖着一个铁牌："一站，二看，三通过。"父亲多次说过，千万不要坐在铁轨上歇气，一坐下来就容易走神，走神就完了。父亲还说，更不要背着火车自顾而行，那样往往会对嘶鸣而来的汽笛声置若罔闻。

我在后来的日子里，多次坐火车长途旅行，身边总带着一部侧重于线性思考方式的巨著：《比时间稍长的历史》。结合这部形而上论者的教材，一路上反复衡量时滞那次回家的意义。

时间像伸张的铁轨，它呜咽、偏执，死而不僵。它能否在一根支线上走出去，沿着环状的一个内侧，在某一个时刻回到中途经过的某一个车站？火车是不能蓦然回首的，当然，这要看时滞是否有足够的想象力。从过去走向未来并不是主线与支线的关系，正如我从后面追溯而来，成为另一条虚线，与时滞的铁轨一起随风摆动。

时滞的固步自封，锻造着物理意义上的铁路，在前面披荆斩棘，具有时间属性。而时间像古老的赞歌，又把我们所有的梦想一卷而空，付之东流。

只是时滞不是时间的旅行家，他在两根抛物线的中心行走，其实更像是围绕着旋转木马运动。越远的事物就像越远的星体，它们在自转中失去了眩晕的知觉。而宇宙的消失也有速度，它离我们越远，消失的速度就越快。所以，人类迟迟没有描绘出宇宙的真实图像。

在中国古代，关于宇宙有三种学说，我遥远的一个高祖张衡，发明了其间的浑天说。当年在河南的蒲山，有一种怪兽，名叫骇神，头像人，身子像河豚，样子非常狰狞，连鬼见了都害怕。这种怪兽常常爬到水边石头上玩耍。张衡听说以后，就带着纸笔来到水潭边，想把这种怪兽的样子画下来。但是，每次动笔的时候，怪兽就一头扎进水里。后来，张衡空着双手又一次来到水边，正赶上怪兽出水，张衡用脚趾在沙地上暗暗地画下了这个怪兽。

有人说：那只骇神透视出了宇宙图像，张衡由此制造出了土圭这个时空计算器。而他最大的发明，是对未知世界的敬畏。

圭城之路，时滞按照我的阅读习惯，取道父亲的铁路，并没有坐在铁轨上歇脚，也没有把我们和我们的归途设置为零。他让我们的铁轨义无反顾，一往无前。而道在其中——道的有形运动和道的无形运动派生出主体和喻体，就像我和时滞。而空间成为时间的混沌过程，在开天劈地之前就已经形成自己运行法则：一生二，二生三，三生万物。

时滞脚下的枕木，它代表了循环中的无穷。如果时间是可循环的，那

机务段   24cm × 35cm 2004 年 布面油画

么其中重复的片段都可以命名——年月日是这样产生的。我们尊称的太一，是道，是对时间猜忌者的一一化解。

而道本身却不能被命名。

5

时滞过了滩子口之后，铁路两边的堡坎越垒越高，渐渐地，道心就像一条过山风的垭口。

时滞在一把瓦蓝的弯梳子上行走。直到头顶上的青空越来越窄，形成一渠天河，一眼黑洞已经抵在了时滞的胸膛——下马嘴、回龙寺隧道到了。

这是两个并在一起的隧道，原为一个连贯的长长的隧道，一场大雨，造成了隧道中部大面积的塌方，就像黑洞的塌陷，屹然成为连璧的双子星座。山顶上多沈丁香，大多烂在土中，年深日久，树皮自行脱离，香气弥加袭人，有些沉于水中的木料，曰之沈香木，退水的时候，偶尔还能在附近的江边觅到。洞前 50 米处，有一个圆形路标，上写孤兀的"鸣"字。火车在进洞之前，必须鸣笛，用来警示那些穿洞而过的人。时滞驻足不前，深深地望了进去，里面有一股吸力。

从另一个角度望去，双子星洞作为一个象征和指向，又黑又矮，吞进去的铁路呈之字形绕动，不知道一列雷声滚动的火车怎样钻得进去？我把前面的下马嘴隧道命名为《徊》——低徊而忧心忡忡；把回龙寺隧道命名为《洞》——清晰而回旋有序。我想告诉时滞这些发现，是为了尽早要他模仿成我的小弟，单刀出击。

时滞顺着磁流，缓慢地走进涵洞。铁轨像唇上两条细长的人中，直抵鼻孔。光线越来越暗，两边的岩石越退越远，暝色四合。一团白光从身后打来，并不刺眼，犹如强弩之末，只有脚下的枕木精确地排列着，让人还有些安全感。这时，一列火车横贯进洞，时滞丝毫就没听见汽笛声，车轮碾过钢轨的接头处，生冷的压榨声传来时，笨重庞大的怪物已经抵拢。这列火车进洞是猛然拐进来的，它在门洞外吹了一个呼哨，有点趁人不备的味道。时滞倒伏在道基下，看见驾驶室伸出一个戴着帽子的脑壳，一束顶灯"刷"地打在时滞脸上。剧烈的轰鸣声里，捎带出一个含混的声音在喊："时滞喂！"

父亲！火车轰然减速，铁铸的闸瓦死死抱住火车钢轮，一阵鬼哭狼号，黑暗中火星飞溅，隧道里放满了焰火，望不到头。但列车并没有完全紧急刹车，父亲只轻轻地甩了一闸。他们完全没有想到，父子俩会在隧道里愀然相遇。

闸瓦很快就松开了，火车剧烈地咳嗽着，重新提速。

隆隆而去的火车，就像穿刺在他身体的每一个部位。他在一刹那之间，感到时间的凝固和迷失。明明灭灭之中，时间的隔阂变成了与父亲的隔阂。而先行到家的父亲，他会说些什么呢？

我从小跟着父亲去上学，却一直缺乏沟通，我对时滞寄予厚望，托他写一封家书给父亲，为了澄清一些问题，信中要充满沟通的所有细节。我知道时滞的文字是有表情的，而今长长的铁轨分散了行者的想象力，本体和喻体之间的关系正如我和时滞——有一条需要用言词来填充的鸿沟，被排斥在时间之外。

我在时滞的后面设想着，时间列车如果在一枚黑暗的果壳中旅行，它的线型语言就不是一个整齐的字丁方队，而是用汽笛的极简主义手法，汲取各种不同长度和不同方位的共鸣。时滞的信，也许只是一个传输过程：枕木代表的量词意义最终会形成一个连续谱。

时滞在黑暗中寻找语言，正如他在黑暗中寻找蝙蝠。而信札语言也是语言的一种语体，任何行之有效的语法都必须顺应写作的自然生长。我作为一个恋父者，缤纷呈现的言词必须经得起语法的推敲。我习惯的修辞用法也不是突然产生的，通过恋父情结——依附某种缺失引发而来。洞穴有它的引人入胜之处，它苦寂地说明——箴言里面有时间。

只是我和时滞的交谈不是鱼鸿传书，我们采摘了长短各一的汽笛——

皇 城　　　　　　　　　　　54cm×55cm　2004年 层板油画

大夏皇帝明玉珍的又一个陵墓在重庆嘉陵江的左岸被发现。据史料记载，皇坟即为永昌陵，是大夏皇帝明玉珍的陵墓。而今埋在一大排杂院下。明玉珍是元末农民起义军领袖，元末大夏政权的创建者，1363年，在重庆称帝。从此，下里巴人也可以寻找天子脚下的味道。

父亲炫耀的口技，在那些崇山峻岭当中，走一程温习一程，写作的力量被裹胁、追溯，如负重荷。

时滞在黑暗中陷得太深，一步一步，从平和堕入紧张、恐惧、无助、绝望。黑暗仿佛代表了一切，让他迈不开双脚。

后来，时滞钻出山洞很久了，已经走过黄沙溪了，看见那里山势平缓，水流无波，他还没有平缓下来，依然有一种在洞中度日如年的感觉。他感到他在涵洞里一度失去了方位，不能承受的时间被重新编队，自行朝着两边溃退。正像一次蜕变——相向的反方向是无法同时抵达的。

而我在写作中慢跑，与时滞隔着30年的距离。进洞和出洞——只是对时间进行双重的复写。

罗汉寺背后

《疯狂的石头》里的镜头，大都是在罗汉寺的背后拍的，这要归功于导演李一凡，因为这是他的主意。导演宁浩说，《疯狂的石头》的主创人员就多达五六个人，剧组中大部分演员都提供了点子和笑料。"我的制作团队都是20来岁的年轻人，我们住一起，吃一起，住不下就集体打地铺，因为钱并不多，我们住不起大宾馆，编剧和主要演员都住一起，每一场戏都有人提出一个桥段，这让观众看起电影，感觉上笑料特别多。"诸如"我顶你个肺"这样的经典台词都来自演员的建议。

每当我把写作当成一道礼信，就再也隐藏不了——对诗行运动的悲剧性激赏。

6

时滞的父亲是一个老派的火车司机，铁路是他的衣食和线索。通常他不是一个人在路上，司炉小丁和副司机小党是他喜欢的搭档。他们使时间标准化，在某一个区间要做上千次的循环。在同样的时间，在同样的地点，牵引着同样的列车，分秒不误——时间克制了一切。我们乘火车时，在转弯处的铁路旁边经常能够看到标有转弯半径的标记，列车的设计时速越高，所要求的最小转弯半径就越大。

搭档们都知道，父亲在大山里面还有一个家，时滞还有一个模模糊糊的哥哥，和我同父异母。每一年冬月，哥哥要送血豆腐下山，走很长的路。这种血豆腐让父亲得了怀乡病，每当下雪的时候，他就要长一句短一句地叨念："好久没有吃血豆腐了。"我们知道，他其实是在想山里的儿子。血豆腐是一道礼信，它用猪血、肉渣、豆腐和雪花搓揉成团。父亲嗅着煨在余烬下的血豆腐，真香！每次父亲叫时滞送哥哥走，都要嘱他多送一程。无语的哥俩，一个在前面闷着走，一个背着竹篓跟在后头，时滞老是送不拢车站就转来了。父亲默认，他的两个儿子是分出去的两条支线。在两股道上跑车，有自己的转弯半径。

父亲从来都是时间的严格遵循者，同时也是一个涣散者。他常常磨磨蹭蹭交班之后，就到公共澡堂里搓背，理发，又去舞厅逛上一大圈才回家。有一次母亲忍不住问他，是不是今天的列车又晚点了。父亲耸了耸肩说：

"今天只晚点了1分零7秒。"

24cm × 35cm 2004年 布面油画

"为什么现在才回家？"

"唉呀——时间一晃就过了！"

"父亲，时间是什么？"被窝里的时滞问。

"时间就是开着火车——走啊走啊。"

"时间是不是没有个头？"

"不！时间就像火车头。"

"那么它就像一部时间机器咯？"

"呜——！"

"时间要烧煤咯？"

"呜——呜！"

"这是时间的声音咯？"

"呜！"

父亲用了一短二长的鸣笛，打断了时滞的纠缠。不过，时间究竟是个什么东西，谁也没有人来说过，父亲敷衍着时滞，只是出于开火车的惯性。他并不知道，最卓越的神学家圣·奥古斯丁，在1500年前就发出了一声长叹："我的灵魂在燃烧，是因为我很想知道时间是什么。"

在遥远的古印度，由于没有文字记载他们的历史，印度人创立了形而上教派。我一直在寻找这个教派的诡辩巨著《时间传》，用了一生的许多时间来查对这本书的有关记载。每当我在长途旅行最为昏昏欲睡的时候，就渴望《时间传》能和《比时间稍长的历史》对照着阅读。后来，由于《时间传》始终没有找到，对它的教义的认识就产生了双重的歧义：一方面，时滞回家是沿着时间的线性方向运动的；另一方面时滞在一路辩白，我的查找是徒劳的，这个世界根本就没有建立这本书的书库。一部书也是一条路，所以我替代时滞是不可能的。当父亲在家里同时接纳我们的时候，我们才亲如兄弟。时滞比我提前8分钟看到太阳的情景，太阳的火焰走了144000000公里，才能打在我的脸上。时滞走在前面，有一个被忽略的提前量。

不过，时滞用步行的方式力图修订了《时间传》的可视部分。这个部分像图文相袭的一座记忆容器，它注释了许多时间的链接过程，提出了一种簇新的空的概念，解释了我和时滞的对应关系。最终，它通过一个不完整的寓言，对时间充满别解："水果掉下来的时刻是不存在的，要么在树上，要么已落在树下，没有掉下的时刻。"

7

这里有一座七孔桥，窄窄的，高高的，由7个大小不同的桥孔排列而成，高跨一条涓涓溪流，它从头到尾几乎就是一座旱桥。时滞走在桥上，两侧没有铁栏杆，双脚发软、摇晃不定，他有一种悬浮而起的感觉。

对于一个自顾行走的人来说，时间像一大堆虚数。

这座七孔桥的旁边矗立着另一座桥：爱因斯坦——罗森桥。它的两头并没有线路和引桥，孤兀地立在那里，仿佛存在着某种寓意。它对照看来，时滞走过的并不完全是一座铁桥，他只是借用了桥的概念，把真正的连接点形容为虫洞。我从往昔中脱身，感到时间的流失，又感到时间的停顿。时滞站在桥上，他的宇宙也是沿熵增大的方向来演化的，这样演算正是时间

黄桷坪江边   36cm × 28cm 2005年 布面油画

在城乡的结合部，有一种即将消逝的落寞。

的本质。

铁桥向前作着伪证，它自己通过宇宙的奇点，是虹的另一种形式。而时滞回家，正如父亲的火车——可以返回，呼啸，迎面而来。

道，是两条钢轨的永远并行——无形与有形的同一运动。它们拒绝交叉，也许对应着时间与空间——物质与精神的伴生过程。

在时滞眼里，道是对应，是万象，是物理世界，是主观的认识，是具有数据处理系统的脑力记录。对于生活在圭城的麻木者来说，重要的是在地球上依据"物理的原理"活着。人类——干脆地说就是我们自己——能否飞向未来或者回到过去，并不是最为重要的。

第一次把时间旅行写进小说的是英国作家赫伯特·乔治·威尔斯，他自问：为什么在空间里可以前后左右自由地移动，而在时间里却是禁令？作为小说主人公的发明家解开了这个谜，发明了能穿越的机器，开始了前

青柿子

你在雨中布景，
水中的倒影生烟而去。
没有人没有孤独的地方，
没有念记和伤心。
你的四肢从冷绿中蜷曲，
头顶着沉寂世界的灰色部分。
几度覆盖的蔓藤，
诚实而亲近，
和一些鸟子庄重地失事。
痛惜的形式，
侵透火舌流连的信札，
难以下笔的地方，
念记和伤心幽然滋长。

——摘自手稿

往未来世界的旅行。这就是威尔斯的《时间机器》一书。

我们在一些书里经常见到蛀洞的示意图，虫洞像管子一样将一个个球状的宇宙连接起来（虫洞的形态很象连结物体的把手）。然而在这类图中，我们看不出它的各部分所表示的究竟是时间还是空间？如果全都是空间，通过虫洞就能在瞬间移动到其他地点；如果虫洞的方向就是时间轴，那就意味着它的入口与出口的时刻是不一样的。从现在的一头进去，我们可能会在乡间偶遇外婆的外婆；如果另一头通向未来，时滞就可以作为一个信使，赶上父亲的火车，而不再沿着铁路写信。

在古人心目中，天地是两个不同的世界，天上住着神仙，地下满是凡人，天地交通，天人合一，肯定存在一种方式，与不同的时空概念巧遇。

上帝之手在远方掌控着时间，掌控着信号和灯语，和父亲的瞭望结果不禁暗合：黄色——缓行，可以像冰川一样慢；红色——禁止，暗示着一个人走到了现存世界的尽头；绿色——通过，生命一望无际；而白色：一种专用的调车信号，表达出时间的某种暧昧。时间不再像一条单向流淌的大河那样难以阻挡，而似乎万向通行，不着边际。

我像电影迷那样坐在时间的苍穹下，每秒翻动24帧图片，看见时滞从桥上梦游而去，由近到远，成为一个模糊的黑点。我踏在七孔桥上，一点一点感到消失也有速度。如果《旧约》指出撒旦真的用物质和欲望蒙蔽了人类的眼睛——那么一个人走到宇宙的边缘会是怎样？

天上一日，地下千年，古人通过了爱因斯坦——罗森桥。

74cm × 105cm 2004 年 布面油画

8

时滞像一个数枕木的机器，许多时间过去了，他终于数到 60000，抬头望去，还没有看见圭城，耳贴铁轨，并没有车来。他把这些起伏不定的数字，精心呵护在手上，缠在柔指之间。如果他把这个数字弄丢了，就走不回家了。这一路念念有词，像一个魔法师在为时间念着咒语。脚下的枕木越垫越高，繁重的数字越来越多。时滞决定停在 60000 这个数字上，打一个结，不再往下数。他选择了另一种记录游戏，从 10000 倒着数回来。当

碎 瓷

"碎瓷"曾是个乐队。我一直在寻找绘画的音乐性。色
阶就是音阶，对比色就是共鸣，乐章就是构成。

他从 1000 滑落到 900 的时候，兜子背隧道一晃就过了，它太短促太逼仄，几乎可以忽略不计。

而在洞天之外，一眼望见宽膀子的圭城，它有两条湍急的河水绕城而过，形成天然的护城河。这一条铁路抵达圭城便戛然而止，但它并不是最终意义上的终结点。每一列火车都将折返回来，以尾为首。

记得有一次，时滞的父亲开车进站，因为打瞌睡，眼看就要冲上月台，他猛然惊醒，撅了一个大闸，刹车不及，还是把火车开上了候车室，撞得栏杆朽落，长椅飞舞，幸好是凌晨两点。

时滞的车站是人们作别时间的地方，一切如白驹过隙。时滞进站，许多道岔在他的两边纷纷展开，这样多的轨道让他眼花缭乱。时间仿佛到了终点站，时滞有一种大限将至的感觉。时滞走上月台的时候，是十字，是逃逸，是想象；是桎梏、是深渊，是法统、极端，是漏斗、赤露，是我的递归之旅。时滞的本来面目，被分散在语言的每一根道基上，利用人的吸盘和联想，揣度着时间——这个点点滴滴的心理过程。

我从时滞的眼里，看见车站顶着高高的天棚，像一座宇宙模型。

而从皈依的角度来说，更像是一座教堂。

上帝现在被设想为人类外部的某种事物，它处在蜡像、十字架和黏合在一起的双手里，成为人的手工制品。我的圆规划过上帝，我的外婆、父亲并不需要站在高高的教堂顶上，夹着两只翅膀。而在上帝创造一切之前，一切都不存在——包括时间和与时间紧紧相连的车站。无论是过去、现在、将来，对神来说都是时滞在前，沿着时间的滑轨永不停留。400 年前，天文学家布鲁诺曾勇敢地说："上帝对于不想念他的人来说，是不可能，是无。"

上帝为了说明他的存在就是时间在起作用，特意在大爆炸的瞬间或晚一些时候创造了宇宙。

我和时滞在车站无法融会在一起，因为时间贡献了千千万万的告别仪式。我追赶着时滞，在无意识状态中，就像火车自动沿着架设的轨道运行。列车在途经的车站，设置一些不明信号，把圭城的观象者引入时间的混乱

80cm × 65cm 2003 年 布面油画

中。圣·奥古斯丁在我们的圭城并不是一个隐士，他站在笛声消失的云端，俯看着伸向远方的线条：江河、铁路、街道和绵延的山廓。他是形式上的智者，用了太多的时间来纠缠时间。他像一个偏远的访问学者那样嘟囔："时间是什么？你们不问我，我是知道的；如果你们问我，我就不知道了。"

对于时滞来说，车站就是时间的一个节点，就是时滞最近的家。

9

在春分这一天，时滞剥开了两枚鸡蛋。他用整整一个下午，终于走出车站的检票口。这时，从安边方向开来的列车也跟着进站了。

不管怎样选择，时滞的回家时间只有一个。而明天一早，他又将返回

路遇虚谷

虚谷是晚清最具当代性的伟大画家，这张画是我完全用油画的材质和表现主义手法来临摹他的一张国画。这帧小品没有标题，画上只有题诗："故人笑比林中叶，一日秋风一日瘦。"

很久以来，我对七月的想念，完全是为了虚谷的到来。我曾经用了许多时日来盘算——在盛夏的某一个酷暑难熬的长夜，让我读虚谷，读一个老人的丹青，读他的昂扬，他的活泛。我这样温习，如一声清磬，冷冷地几声，幽远、清越。他的那些清虚冷隽的山林，可以败火。虚谷实是一副凉药——对于烦躁、胸闷，需要清肺的人来说。但我并不想刻意充当一个消暑人，站在水泥钢筋的中央，执意要与一个驾鹤西去的老人，合力破解中国水墨世界的灵性部分。这样的日子，一直也就未曾相遇。《路遇虚谷》仅仅是个姿态，纪录片导演李一凡至少是这样看。

这个铁路内部人员的专用通道。时滞上学，被固定在时间的刻读盘上。他在重复我的身份，又在消解我的时间。我们上学的时间与父亲的当班时间轮不到一块，平时很难同坐一列火车。父亲的工作排着不能更改的班次，他的口头禅就是"打日勤"。调度室张贴着几百个小木牌子，像一群齐头并进的鬼头蚂蚱，从墙角涌到墙顶，然后又掉下来，从头排起。我知道，有一块牌子刻着父亲的大名。我看到了我们各自遵守的心理时间，由于有上课铃、火车时刻表和调度室的倒班而形成了落差。

我，一个时间的追忆者。

时滞，一连串我昔日的耗散符号。

父亲，一座站在我与未来的交叉处的信号台。

这三者之间，同时存在着时间壁垒。也就是说，时间从开始就有无穷多个平行世界，它并不需要我们沿着铁路表明身份。

宇宙可以自己留下匆匆忙忙的描述，但它不能走得太远。正如时滞，在一个下午只能走完 60000 根枕木，他代表了我的另一些执着和另一些空。如果在火车上原地踏步，圭城就会迎面走来，与我相遇。一个时间诡辩家说："一支飞箭在一定时间内经过许多点，但在每一个点上是不动。所以，运动是不可能的，因为静止不动的总和不可能形成运动。"

而时间九九归一，我们对它来说，只是次第开放的道基下的山花。

54cm × 65cm　2004 年 布面油画

　　从时滞回家的线路中看到，时间建立了物质存在的基本形式，它的不变性、无储贮性和无替代性，让我们莫衷一是。罗素说："过去存在吗？不存在。将来存在吗？不存在。那么只有现在存在吗？对，只有现在存在。但是在现在范围内没有时间的延续吗？哎呀——我希望你不要唠叨个没完。"

　　时间的形态和方向给我们制造了一座迷宫，它把时间和空间非常复杂地相互缠绕在一起。人们不能单独使空间弯曲而不涉及时间，这样的时间就有这样的株连。然而，它只能往一个方向前进，像一望无尽的列车，像时滞后面的我。如果一个人有非常好的视力，向天空凝望足够长的时间，他就看见了自己的后脑勺。时滞在我的前面，走着走着，他已经给了我一种错觉，仿佛他不是在回家，而在准备一场宇宙旅行，随时弹射而出，成为一个飞天。而他按部就班，回到了圭城。我害怕他猛然回头，揭露我这个逆子，对父亲的想念——只是出于对虚妄的想念。

　　我现在已经记不起父亲死于何日，生于何日，我也没有参加他的葬礼，

发电厂之夜

> 像这样透明的雨夜在乡野是常见的，而在硕大的厂区一角却常常难以捕捉。一旦被表现出来，就有着诗一般的感染力。

他偏离我们的轨道已有 11 年了。

记得那一年的夏天，我在南方谋生。当我闻悉噩耗赶回来的时候，只见到了父亲的骨灰盒。父亲是在一个瞬间骤然死去的，直到进了火葬场，他的一张大嘴都没有合拢。他的一生严格按照时间的秩序生活，死亡却让他猝不及防，说不出口。

时滞回家，我更愿意把他看成是沿着铁路，去找寻播撒在铁道两边的父爱——父亲的行道树上的每一张树叶都与我完全相似。在我和父亲之间，我要依靠时滞来消除少年时代形成的隔阂，只是时滞过于懒散，至今没有为我发出那一封忏悔的信。他只把幽深的涵洞伸给我，作为我的时空隧道。

我夜以继日留恋这些山体下的隧道，一直困惑不解，我们是用哪种器官在感受这个世界的温存？

74cm × 35cm　2004年　布面油画

　　父亲在猝死之前，曾给我写了一封短信，不知何故，信封上的地址已经工工整整地填好了，却没有贴上邮票。后来我终于明白，其实这是一封提前写好的回信，在我托时滞写信之前，就先我而起，提前交代了另一个冥想世界的最后线索。

　　时滞作为我身体的派出机构，沿着我封闭的一段少年记忆行走。我把时间当成一个结，为的是要和父亲杯盏相交，故地重游。多年以前，外婆曾对我说："你父亲在开地下火车。"她之所以在春分回来，倒立一枚鸡蛋，是要预言我对时滞的派遣——通过了另一条更为隐形的路。这条歧路，完全不同于我们现行的系统，它塌缩、波动，有深切的隐衷。

　　只有我越过时滞的时候，我才成为一个守时的孩子，坐中午12点零5分的火车回家。

自度曲

1

我的前生是姜夔姻亲家的一个书生，姓萧字玉尘。——作为词的门人，我将前生中的唯一男身，乔迁在宋词的写作时间里，自始至终，与姜夔保持着10公里的水路。在他游历过的地方，是通过词人的体香来侦测他们的距离。而金桂与芍药花会来描述这种体香，每当这种香气穿透屏风，词人已在远去。玉尘在诗人萧德藻家磨墨、铺纸，为江西诗派的许多代表人物抄写过诗章，终于有一天，从洞庭、吴淞、巢湖、鉴湖、鄱阳湖起身，随着白石道人的歌路，或弹瑟、或浩歌、或自酌、或援笔搜句，一时写下愁肠百结的自度曲。

南宋在褪下北国的雪衣之后，生成了词的温润故乡。从某种意义上说，也是词的最后的避难所——词的秘密嫡传。他们隔着10公里被禁锢的曲牌应声而颂，词的更多的旁系门人，沦丧的是皇帝的北国，却无端统辖了江南丰饶的诗歌领地。

——南迁，南迁，靠近成熟的地带。宋词屯积了淮河以北所有的愁离，在南迁的途中寻找到了诗意。但是水，让商女之夜全部化为曲目，甚至比上一个朝代的诗歌巅峰更浓密，更涓细，更沉痛。

玉尘作为一名表像的男子，和宋词的词性一样，是在南渡的木舟上成熟的。而成熟意味着衰亡，故国已经远去，30年无战事，偏安之中的夜晚，最多投去怅惘的一瞥。他转脸向隅，失去的只是皇帝，却索得了最工整艳丽的花韵。

姜夔从嘉兴、平望、吴江的运河出发，蘸着淫淫的水声，沿河标注下十七首工尺谱，仿佛是有意让一个书生去校对这些疏散的自度曲。在一个

破碎的自画像　　　　　　24cm × 24cm　2003 年 布面油画

四月四日，阴。儿子回到单恋的天数里，造弓、闷饭。
山外稀薄的暑气传来，明日清明。

停火的人家，投身到饥饿中。遮遮掩掩地打开祠堂，
昨夜东街闹鬼，那个弱冠的采青人不思，茶点，一心期盼，明日清明。

张家的一门孤子，父亲放我江中，升起大火，再一阵抽弓怒射。
那些放排为生的朋友，都念记、都明白，我是张家的一挂伤心的弓。
眉清目秀的石头，与我遭遇相似。只有你前来搭救的贵人，
在一面清愁的脸上预言，明日清明。

河面上，雪夜淡然无光。儿子在一枝火焰里，洗藕、单恋，寻找家园。
乞食的人从四方隐隐走近，天地间赤脚成河，
——只有我身轻如水，明日清明。

——摘自手稿

水巷子

> 76岁的吴成璧住在千厮门的水巷子，从1955年和男人搬到重庆后，她就没离开过这个地方，一直从木板房住到楼房。这是一个繁华与破旧混杂的片区，与朝天门广场近在咫尺，沿着马路上行是家乐福超市，再走几百米就是解放碑步行街，而水巷子里的建筑仍是30多年前的楼房，时光在某种意义上似乎是停滞的。水巷子得名于挑夫卖水，从江边途经这条巷子。

午夜，客船把玉尘挪到杭州，一座用优雅的韵脚砌为基石的城市；它从歌妓向外翻开的霓裳中绕城而行，一路被不谐和的词组所羁绊。但词人并没有被语言所俘获，而是由一些吟断的声调所载。这是一座和声之都，收留了被捐弃的一个朝代和她的慨然寓居的词人。而玉尘看见的六合塔、断桥和虎丘，依附在一只美丽的蝉的躯壳上。

——词人，你排遣了城市的清泪和礼赞，从相邻的水道里审定了旧谱，并通过家姬向另一条水巷传颂。谁忘记了丧国之痛，谁的苟安之气就会稍稍发作。你在听的流行歌曲，仍然是悲欢离合，行役羁旅，设题咏物，翻不出新意。——只剩下雕琢，直到词都的疆域被音律死守。

从自度曲到别人的自度曲，在发声与词意的自度结盟中，一味地惆怅、惆怅，堆砌一座惆怅的城市天堂。每当顺道而来的民间歌手在这座城市的边缘部分驻足不前，他们像是早期的民歌手，在夜航船的无期之夜中忘记了乡土小曲。回想中的故都乡间，宁种雷茶而不生五谷。已经没有人去深究——泛滥的浓词是不是西湖的清明时节的谣；也没有人，试着用龙井新茶去化开西湖的激滟。我身边捉衣而过的词人大都环绕着另外的歌者张炎，力图挽救这一场宋词的灾害，他们穷尽了工力。

嘉定十四年，姜夔67岁死于西湖，一贫如洗，靠朋友入殓。至此他结束了对皖北青楼女子长达20年的不适相思，从幻觉上剥离了一次"人面桃花式的"邂逅。他不用再去浙江吴兴"白石洞天"观看他的"白石道人"，无需关注宋词的朽落，他只需做个冥府的自由吟神，回到他的洞庭，瑟曲《旧雁操》会在水面上来接应。他反复在告别淮河，告别水注的词巷，告别豪放派和婉约派的划江而治，在词人最后清峻的原生地，他还要去抚育词的耗损的女儿。那里没有僵死的曲牌，没有工尺谱，没有泛声，没有花韵，词的门人清气盘空，坐忘于水国之上的群峰——他们才是词的寄居者。正如门人的词，造访着稻花，深贴着江西北部的云气潜行。载不动的运河被离乱所淤塞，南迁的人们，常常通过一部歌阕的序曲部分，做了一次充分的游吟。

24cm × 35cm 2007年 布面油画

　　玉尘从葬礼第四个七天里回到了淮河，一路上置疑着词的可歌性，试着下字用语——思忖着：从诗过渡到词，是不是诗的长短和格律的错动？也许这不是根本的办法——他躲着客船楫尾上，感受到宋词已在且行且远，歌唱性的节奏要求了音乐的适应性，从而解散了诗的格律和整齐的框架。

　　巢湖，合肥以南30公里，那是一个叫濡须的古代水口——运漕河的前身。

　　在丁未正月的第二天，姜夔从南京开始还魂。久别的情人躲在杏树后面，只有妻儿还在放着河灯。他问遍小舟，顺手写下的《杏花天影》要将他载到哪里？

2

当我坐在闷夏的时候，我已经以一个女儿的姿态倚着蒲葵，黄桷坪的十姐妹叫她雁儿操。尽管我还是我，秃头，近视，大腹便便，嗓音不足，极力冲抵内心的怀春与柔致，依然热衷于现代艺术的激变和缤纷的表现主义油画。她遥想着我，书童似的男身还在追随着姜夔。哦——"数峰清苦，商略黄昏雨"。而她快乐着，她画画，18年前搁笔，而今勃然绽放。

其实雁儿操把一家昏暗酒吧的廊柱当成蒲葵。选择56×56这样的画框尺寸，画画的日子一天天被歼灭，被取代，又被遗忘。她经常顺从于圈子艺术家的暗示，当她的油画被阅读，她就有了一种性的亢奋。就像一次蒙羞的外遇，她用黑线表示基座和图形的区别，匡算了所有版画技法中业已形成的阴影层次。而电脑写作，摧毁了线条天然的趣味和灵动的方块字的用意。写作，把堆积的代码颠来倒去，正如一个抄文公的天空是不存在的。心灵从感受中接收了微弱的回忆端绪之后，无限地延展下去，把应该回忆的内容全部统计出来——她站在了心灵的端口。写作之蛇在蜕皮、戏谑，甚而精疲力尽。

姜夔是需要回忆的。但是他的画意漆黑一片，大都不能行吟。而写作给了他们最初的错觉和最后的确认。正如绘画是心灵之事，也是不可更改的伟大心理学。当寓意和物像叠加在一起时，那就产生了艰深的图像学。有时，那些简单的感觉印象，看来纯属是一些供心灵操作使用的原材料，实际上也是一种心理事实。

写作的脆弱足以致幻，足以使姜夔长达20年去怀念一个青楼女人。而绘画只是糜烂作祟，沉溺于自慰。

雁儿操刚刚举办了一个油画个展《为了告别的纪念》。写作之事在这一年中被油画刀所覆盖，隐身在《长亭怨慢》的韵脚中，几乎支撑住了画布——这张百态丛生的皮。从光线到颜色是一次蜕变，色彩的张力和对应，物像的微差与色阶，成为画展结构符号中的清晰反射。"绘画是最叫人吃惊的女巫"——她引用了康拉德·菲德勒的话。正如"我的野蛮女友"，扑伏在架上绘画，在一种闭锁的空间或者说是一个闭锁不住的画面里端，转而成为陶醉者和嬉戏者。心灵的痕迹只需要在画面上逗留、转辗，延绵起伏。

现代艺术之父塞尚有一张名为《玩扑克牌的男子》的画，被公认为预示了一个开始。绘画从此成为一种被严格规定的游戏，正如漫长的牌局被人们确立和玩味，定向中做机械运动，直到有一天，某一个玩家在洗牌的时候气绝身亡。

这就是焦虑的极度警觉所在。雁儿操的画笔疾走，正如旅人的眼光在废墟上寻找美丽的瓷片，享受的过程正如洗牌。而今，雁儿操舒展的笔触舞动的是蛇行的文字，而不是字丁的合欢群舞。从网下到架上，转换着抽

栀子花是穷人的香　　　　　　124cm × 185cm 2007 年 布面油画

寒鸦已远

　　1901年，我的善写丹青的外祖父才来到世上，他亲历了清王朝的退席和皇家审美体系的解体，一生并没有留下什么作品，且多毁于"文革"。他对一大批"海上画派"画家的崇敬，应该是他留给我的最大遗产。100多年了，这些小品不管是馆藏还是私玩，色泽还是那样肥腴，那样端丽，那样玲珑，微微渗着寒意，就像远去的夏山——一再给了我们苍翠欲滴的感觉。

　　这幅大画是不应该说什么的。因为我的低劣的翻拍画的技术，加上印刷术的复制硬伤，使得读画人从画者身上所得不多。

烟的姿式。她会用最明显的虚伪，让我们犹豫不决。

　　我放浪了我的男身，孤身在宋词里游历，丰逸而惆怅，直到真身趋近了图像。而我的游戏女子雁儿操现身于读图时代，虚拟而急躁，图像趋近于真身。当游吟和架上绘画再度对称并行，产生了意义的消解，产生了批评的失语和遮蔽的真实。我的兄弟姐妹过早地沉溺于表现中国后现代艺术状态的荒谬处境，不惜套用西方前卫艺术家的稀薄观念，导致当今文化变成一种由幻象符号所宰制的视觉文化：摄影、巨幅广告、体育狂欢、游戏网络、虚拟影像。文字阅读已经不再是一种主要的接受方式了，电子文化颠覆了汉字之美，难堪的文字沦为视觉印象的附庸，以及幻象符号的无端囚徒。生活在"媒介"之中的人们处于多重限制，分离中的符号与现实日益割裂。这就是人与自然双重折磨。

　　正如费尔巴哈骇论："对于影像胜过实物，副本胜过原本，表象胜过现实，外貌胜过本质的现在这个时代，……只有幻象才是神圣的。"

3

　　我们怀念宋词，怀念她的体积感和她的纯静。长调咏物，短调咏情，怀念一个自相复制的前身，在《长亭怨慢》中的惘然迷失。雁儿操揣摸着玉尘的笔调，在五月的一个思睡的日子里，这样写道：

　　我一直在阅读昆虫的红内翅，从起飞到振羽，直看得目眩神迷，沉沉睡去……。午间过后，我侧身趴在栀子花坛上，给一个病中的女子写信，而写作如同赶路，有着相像的劳顿和目的。写到情意悠长之处，我的肉身脱

124cm × 185cm 2007 年 布面油画

壳而去，轻身起来试穿一件白色的丝绸衬衫。这些天冷暖不定，我知道自己将赶往一个荒僻的地方，少年时代的顽主还在那里守望着我，举起清澈双眸，看我起步、登高、飞越栏栅，几乎跌倒。我用写作的方式自省，不用迟疑，不要回忆。正如一个梦游者追赶着梦，无意回到无助跑的飞行区间。

我逡巡在自己的精神疆界，围绕着环形山谷低飞，像个滑翔大师，小心地照看着自己的双翼不被情所困，或者不被爱情点燃。而不慎滑落的一枚短尾羽毛，就像是一个蹀步者久盼的信札。只是山谷里的幽闭者，一点点地引开了我的视线。

五月，给了我和她昼伏夜出的理由，谁拥有栏栅，谁就获得了一种桔梗的快活。

所以栏栅——如果成为一块独语者的福地，每一粒新词就是子夜的流萤，一种寻觅危如累卵，脆弱的精神蛋壳激发我，将她黏合在爱情的幽闭草堂里。

天色微明的时候，我坐陷于谷底，看见黄昏生涩而柔湿，一再地模仿了黎明时分的情境，一场零星小雨又将他们弄得含混不清。雨啊！你冲刷着灯火阑珊之中的花圃，默默洗去了一部侠书中的情花剧毒。

这座小山有上百年的花卉种植史，名叫光明园，取百花争妍之意。四

水　口

我在教书的那几年，有些十多里外的学生会来上
课。他们说，他们那里有条石马河，河水又清又蓝，呆
呆的看得想下跪。中午放学的时候，许多学生是不吃饭
的，也没有干粮。这一点在当时，对于一个不安心教书
的人来说，被忽视了。但那几年，我的收获是就着马灯
读了不少夜书。

面环山，二口小井，数亩堰塘，一泓山溪。每一块湿地和向阳坡地都按照
不同的花性来栽培。我推开一扇百年老屋的小窗，密密剪贴的腊梅树向我
涌来，穿刺我，要将我深锁在还不存在的隆冬——谁会相信只有浓重叶子
的树和只剩下腊梅花的树会是两样？而树冠渗漏下的依稀星空与雨滴，相
互拥塞，从一片叶子传递到另一片叶子上。一只锈眼，夜投腊梅树丛，一
晃就不见了。偶而，丛中传出响板平稳的敲击声，想必是她带来了两张薄
薄的篁竹片，一个人为一个人的今宵打更。

晚风啜泣。每一支灯火都在围绕这座环形山谷混声歌唱，白玉兰花乘
着一簇簇香船，栏栅之中已经没有泊位。浓稠的夜，化不开的水，花灯斑
驳相映。

如果我是玉尘，我会看见一别多年的王国维，探访着自己的无为道场。
一部困顿的灯火演义史，镂刻在栏栅背后，不需"独上高楼"，不需"衣带
渐宽"，更不需"众里寻他"，哦，你的殉道紧迫而乏术，惊不起微澜。

我们飞越语言的屏障，诉求的影子透迤垂地，每一个追思都凝结成一
盏灯，而灯盏背后是一只空巢。也许它还是一只白头翁废弃的巢，流落在
外，不避风雨。尽管它织在凤尾竹的腰间，像绣球一般大小，外面用棕榈
和竹叶层层包裹，而内瓤子却铺就薄薄的一层纹竹，这样的雅舍却没有使
我的青春小鸟回来。

而写作游离于消沉中的栏栅之中，犹如浮冰下的絮语，适合于爱情，适
合于花坛下走过的小家碧玉。一个旁白者的惯性在问：泪泉为谁而飞？

夜深沉。

白菊花从暗部幽灵似地浮涌而出，面目可憎的山桃与清秀的皂角和衣

32cm × 35cm 2004 年 布面油画

而眠；而艳红的七姊妹花偷生在她们四季不败的温情之乡，致使阴湿的马蹄莲、张扬的鹅顶红、谦卑的天竹葵，还有花气袭人的夜来香，她们都还在栏栅之中深情相拥。

而明朝，这座精心培育的百年光明园——酷似绝情谷的花仙子的墓陵——王国维最早的放逐之地，因为一场写作而毁于一旦。——我握笔的时候我已不是自己。

4

但我已经在网下潜泳很久了，对一张白净而灵动的画面，你的凝视是一扇视窗的凝视，由内框和外框构成元素，如岩页受力。网上的鬼魅在于虚拟的确认，或者是确认的虚拟。回帖的人如汹涌波涛，溺水三千，舍我一瓢？当我关闭视窗的时候，我的白色画面已在期待，有一匹纠缠不清的狂马在迎面而驰。这是雄劲和理想之光，通过每一缕绵质经纬网在织一位迷雾中的向导。也许他的行进中的过程伟大而壮烈，但你要去分解他的猎奇步骤就会惹怒他，让他无所适从。

网络是一种被憧憬过度的语言连线，一再招鸟，一再撞网。

我的IBM手提电脑送给了一个远亲大学生，他的专业正好是计算机编程，不知道他会不会将一个举手投足的世界转置一个遥不可及的世界，也许这就是地理。电脑作为亚籍天才程序员预埋的天井，我会在其小小的碎片中选取一角，赋予它悲喜，这就是一个画家想要的东西。尽管，我们把物像读解为线描或黑白照片的这种能力，很大程度上是先天的，当描述性的语言有无限的可能，视窗的象征性就仅仅是一种程式，复述了你的某个瞬间。

东方的视觉语言，跟书法是眷属。闪亮的绢素上的空白跟笔触一样，也是物像的一部分。只是伟大的中国绘画传统并非一直以逼真为鹄的。形状与标记能神秘地代表和暗示其自身以外的空间。正如弄词的仙人找寻着词眼。

而夜晚自顾行走，不能入眠，网虫们着重于一个过程，困顿而欲火中烧。我没有敌杀死，艳羡着帖子与帖子的对攻，艳羡着一种黑杀之后的反作用。而晓白的秋天是商业的秋天，或者说是商业体系之中的秋天。而词人珍视着的柔性秋天已经脱落。

当我像秋叶一样飘落到一家著名的杂志社，由一位激变中的新锐诗人代笔，向网上的朋友久而不露地发出召唤，正如一只长时间沉默的老蛙，憋不住破口而出，顺便清了一口浓痰。但这并没有完，瞬间的五花八门的回帖——要你说，正如一种懒洋洋的临刑逼供。这位仁兄又代我在网上无奈地说明："本人系网下作家，（架上绘画画家）未能及时给朋友们回帖子，请原谅，谢谢！"

我开始是一个没有网址的人，很不时尚，继而在界限诗歌网站建了个用户。过去我的前身只是依照驿馆家姬和传唱的词牌来小歇。而不擅家居的老男人，对于媚眼和文字的脆弱，稍作了选择，上网与画画，都是由于张望所引起的。网祸的横流，冲断了嘉兴城里的旧堤，这对于颠沛流离的写作生涯来说，算不了什么。只是平白无奇的需要，左右了我们，并顺着由此而起的惯性去肢解着生活。

这就是传达的困惑所在，发出了对传达的喷张欲念。我从鳞次栉比的网吧中走过，而我的蜗牛一样的录入速度加上没完没了的回帖累赘，将我隔离在这个极乐世界之外。在网络与网虫的夹击之下，田野的清静和时间的误导，会让我张网以待。我选择了架上绘画这一面视窗，开始以一种虚拟生活态度对虚拟本身进行嘲讽，只是这个过程又由真实所构成的。我庆幸我的男身重拾了他的域名，为清醒者制造了一次人工梦游。正如野兽派的代表人物马蒂斯说："我画我看见的东西。"

堰　口　　　　　　　　　　　124cm × 185cm 2007 年 布面油画

大坳田并不是有多大的冬水田，充其量只有几根田坎。我的同母异父的哥哥生长在这个公社，四下里咕咕地滚着水车。那年我七岁半，寄养在外婆家，跟着妈妈去过一次。从隆昌县城去大坳田，要走大半天。后来听说我的哥哥溺水而亡，从此水车的声音里有了异样。

5

在一个星期日，当玉尘吟颂姜夔的《踏莎行·自沔东来，丁末元日至金陵，江上感多而作》的"淮南皓月冷千山，冥冥旧去无人管"句子时，我从滞留的词中起身，回返到当代书生的落魄状态，我盛装着南宋的慰藉——一个单身男子的全部清朗。

这是一个阴郁的星期日，我突然想起一位江西诗派淡忘的旧友来，仿佛我们刚刚挤在一起，亲密地交谈，道了"离别"的情侣。这时候窗外的槐树开花，没有落叶，地面白净。那些可爱的树，一直延伸到拐弯的街角，离这儿只有几分钟的路。我在这条路上漫游，渐渐被人遗忘，我想——是丛中的慰藉在同我相许以心。

闷雷下来的时候，墙上的筌箷嗡嗡作响，听上去总是不甚真切。灰暗的室内温和而孤立，充满一种难以触摸的快悦。仿佛刚刚经受了一次握别的折腾，离异的人又突然想说什么，转身朝我走近。这也是未雨绸缪所在，一点点袭来，不分先后。我的心里有一种奢侈的感觉，雨水顺着脸颊流过的感觉，雨的感觉。

慰藉，是鞭子和最不合时宜的怜惜。当你同它亲密起来以后，就会发现有人已在为你的爱情掘墓，满地都是情书。无论你走到哪里，采下什么样的果子，你的心都是空荡荡的。

据说信天翁这种候鸟，能够追随远洋船很长很长的水路。围着船尾翻飞，寻找骤然浮起的食物，有时他们也会停在高高的船桅上小歇。一旦大船接近了某一个纬度，信天翁便慨然离去——回归。

一个漫游者，不论是秋夜秉烛，还是早春踏青，容易轻率地变成一个疲倦的人物，生活在一卷脱轴的古画中。信天翁引路，有一些婉拒，她们的慰藉都如同节日，是一种无从期待的东西。

每一次获得都会是一次失去。

不知道我心目中的星期日怎样持续？依赖回忆度日，抑或是饮鸩止渴。日子如绳，而抓住的却是一种类似于鱼鳍的细滑触角。那些恼人的蟋蟀——洼地上的小小寂寞，在亲知和初衷面前纠缠不清。我和我那些天真的慰藉者，被告之——自己永远是清纯故事的殉葬品，惧怕每一个单一的发掘人。

当一个单身男子发现今天依然是星期日时，他的四周立刻就拥有了一种焦虑，而这种焦虑的真实标记无疑是爱情。一次损伤也是一次获得。在古代的一个生僻的成语故事里，讲述了一只麝，被猎人死死追逼到悬岩边，无路可逃，情急之下，它抛下了麝香，再纵崖而去。

而慰藉者不同于回归的信天翁或坠崖之麝，如果雨过巢空，情人们赶到恋爱的竞技场，我怎样说服你，让你相信，所有的清纯故事都是欲望的过错。我念记山丘和乡间恬静的日子，没有暖房和米兰，唯一能够释然的是自己享用不尽的孤独。

——想想吧。慰藉的天空有多窄。

6

我用了极宽容的时间来等待一次邂逅，等待我的玉尘和雁儿操的不期遭遇，当他们并行在一起的时候，他们就不再来自于舒展的宋词和急躁的画室。他们会去看雨中的萤火虫，看一次乡下流萤的飞行短剧。

黄昏的磨滩河边，天色半明半暗，半晴半雨，我坐在农家的堂屋外，喝着刚挤下的羊奶。晶莹透体的小雨珠，斜斜地飞过豆荚棚子，汇聚成大滴大滴的叶上水珠，蜷曲着翻身下土。

雨的黄昏，有星星点点的亮光，在深色的菜畦和楠竹林的上空旋舞，不大真切，但足以致幻——他们还没有来。

待我把一大盅羊奶喝下去后，天空已无法为乡间的小石桥照明，小山与农舍轮廓依稀。雨还是那样专注，作声在山地四周。但是冥雨空落，无人细数，有一些雨粒般的萤火虫，夹在雨中越来越亮，开始疑是雨珠的反光，后来流萤照亮了倾斜的雨，很快他们剥离出来，投入到黑暗当中；从我耳边齐齐飞过，犹如穿过一座小小的星河。不知道是过山的晚风将他们吹来，还是她们冒雨要去晚间赶一场河岸上的集会。

一些雨水濡湿了萤火虫沉重的翅膀，它们肥硕的身体一头栽到了樱桃树下，尾部的闪亮如汽车的应急灯。——谁来救援？萤火虫持续不断地发出灯语，它们中有的再也不能去参加灯火晚会了；也许，它们面对这个世界的最后一声呼唤哽在了喉结。

但我的玉尘和雁儿操并没有爽约，他们贴着水面飞行，像蜻蜓交媾，再双双落在小雨中的另一口荷塘，沿着藕茎下潜，下潜。在水下的迷幻中体验了一种混沌，他们在偷欢之余，更愿意去衡量和辨识朦胧的生态含义，演示了一些零散的命题和命名语。

——朦胧至此，她们深卧在孩提时代的一种游戏残骸里，不能便携，不能装置，更不能将它处处挂记，它在若隐若现。当你触及它，从遥不可及的地方将他唤醒，破门而来，成为意识的终端，成为一种最富有阅读魅力的表达。

我的前世通过了蜻蜓的现身甬道，演示了一个过程。正如语法家在诞生之前，不假思索，他的语言中就包含了语法。朦胧是产生了朦胧性，并像章鱼的吸盘一样紧贴叙事的线性航向，只是朦胧者中的善于内省的人会将意态与言词削平。大多数孩子都会玩掷球游戏，但鲜有孩子精通力学。——人越老，童年越丰富。

当蜻蜓迎向我的来世的时候，朦胧是泪的一面屏风，是失忆症的对白，是孩提时代就悄悄爬上额头的蔓藤。渗透下的月光成为朦胧的供养人，没有铿锵，没有疆域，也没有刻度。它为我们的认定作了一些暗示，语言的毒素正如瘴气——谁杀了轻盈？

你——鹅毛笔。

从昏晨出走，像群鸟那样散开，一再开始，一再结束。书写的快乐中还有——孩子的发蒙，晚来的弥留。是谁为生命的轻盈瞬间赋予了朦胧之美？是谁依靠抽丝剥茧来吐露内心的七层朦胧？朦胧的布境大师是光——这个大气的缔造者和伪装者，它远远地打给我一个模糊的手势，指看那些扶桑、小蜜蜂、水码头，马灯以及晨间的勃起，只是遗漏的白蝴蝶、红拂、扇子骨——为南方的盐平添着不确定性。晦涩而稀薄，迷离而苍老，困扰而含混——联系着梦的派生物，遮蔽了现场的刀斧痕迹。当一件事物像另一件事物的时候，它就隐身其间，欲辩忘言。

我的表象的玉尘和率真的雁儿操做着一场暗喻的关联戏，与清风和雪霁无关，与羞涩的月色无关，与正午相镶的红木老相片无关，与生烟的暖玉无关，与道别和追忆无关。因为她们都是玩偶，沾附在文字上面，灌制了缥缈的和声——朦胧诗。伟大的诗歌在描写事物时总是表达出一种普通的情感，总是吸引人们去探索人类经验的奥妙，这种奥妙越不可名状，其存在便越不可否认。而将朦胧的证据潜藏在肤浅的言词之下，这种东西就是表象，有时也可以打破内核的壳，像丝网织物般地相互纠缠。每当一首诗的读者为一行貌似简单的诗深深打动时，打动他的便是他自己过去的经验——他的判断方式。遗憾的是，朦胧并不只是在阅读中存活，许多人在发自内心的状态下，隐现出一种永远不能被分解出来的活性形式。正如荷塘做了产床，人们对着蜻蜓守望，需要做一次短促的顿悟。

在这个朦胧之夜——依靠萤火虫的暗示力和指向性，我完成了玉尘和操雁儿之间的合卺成亲。因为朦胧是少数几种不需要命名而存活的东西，况且越窄的凿子在心灵上凿下的痕迹便越深。不过，3月18日这一天朦胧会死去——或者做作、枯萎、令人生厌，历书上就会记载这个日子："天医五合，交易。"

哦——蜻蜓已经飞过。

7

当玉尘醒来的时候，这座凹形山坳飞散了流萤。雁儿操已不知去向，只有夜来香浓重的体香浸泡他，挪不开步子。这是白头翁的早晨，发出了转经轮的声音，稍许转动一两圈就被急躁的画眉打断。斑鸠去了后山，口袋雀把精致的草编小窝撇下。还有一些小鸟在高天中做着拼图游戏，定向要去一个神秘的地方，题写排比句。

皂角树还是棵招鸟树，一不留神，树冠上就停了十几只八哥，或者一不留神就落下一千只十姐妹。但是，所有的问题都朝着一个方向——早餐在哪里？

玉尘揣测着雁儿操的去向，她会不会像蜡嘴那样躲在迎春花的土坎下，拣着迎春籽，这些花成四芽的黑色种子，几乎还没有被风卷走，懒在老朽的花座之下，随时都有可能怨恨地朝你砸下。

山乡的清晨，农家起得很晚，慢腾腾地扫着院子，熬着一锅红苕粥，捱过一大上午，粥和酸腌菜端上高桌，鸟儿们已踪影全失。

8

雁儿操回到她的画室，早晨还没有醒来，酒吧长谈，却是空白。白雾弥漫的时候，她拾起笔，却发现停电，往昔的斑点隐现在墙上。她决定要穿过隆重的晨雾，去拜会一位现实题材的外光派油彩大师。他近来很少去巴黎郊外的枫丹白露森林的巴林松村作画，但他为了画完《你早，库尔贝》

石 门　　　　　　　　　　　　114cm × 75cm 2002 层板油画

这张油画的外光效果，今天背起了画箱，沿着乡村的邮车道路，拐进了一条森林小道。这时，太阳的金丝带散落在云杉的四周，他意外地相遇了两位急于捕捉晨景的画家。"你好，库尔贝"——他们率先开口。而库尔贝竟想不起来，他们俩是谁？是"湖畔的抒情诗人"柯罗——还是农民画家米勒——是擅画朝霞中潺潺流水的卢复——还是迷恋倒影的杜比尼——是专门描绘动物的特罗客——还是擅于明暗对比的狄亚弦。

库尔贝笑了笑，苦艾地里吹来一阵风，树冠稍许额首，代为打了照面。在1854年的这个早晨，其实根本就不需要来巴比松写生，因为他已经从古典油画摆渡到了现代油画的彼岸，库尔贝的早晨是自然主义的第一缕晨光。一个从宗教、古典传说、圣经中寻找题材的人物画家已经转向了平民和崇高的自然。巴黎公社已经离他而去，他再也不是革命者，再不是美术委员会主席，库尔贝在早晨捕捉到了暮年的失意和表现技法的圆熟。

库尔贝加快脚步，决定去会一会与田原为伍的巴比松画派。准备在遇见的第三个人中，问哪些画家都还在村里写生——他们还像云雀那样呼吸

——那里的湖是不是有水妖——部落的早餐是否已经凉了。柯罗没有写过一行小诗，但他像顽童一样摆弄的那些松枝，没有疑问，只有笔。

还有米勒，备受官方冷落的米勒，离开了巴黎，举家来到巴比松村，一边种地，一边画画，一个农民不用模特儿而画下了印象中的农民的温情以及人道主义的光芒。他和他的被巴黎秋季沙龙放逐出来的朋友，在枫丹白露自愿结社，他们鱼贯而入，却用了 14 年的时间来相互道别。

雁儿操从枫丹白露回来的时候，为了与一位大师邂逅，只找到散落的画架和漏雨的天窗，以及在乡村小酒馆内赊酒的几张小画。她不知道郁闷的玉尘已经守成了一口枯堰。

9

而大坳田，平淡得让人揪心。一张拦河大网甩在岸上，半开半合。守鱼人的草篷子坐南朝北，地铺一层杨槐的木板，不难看出，在苦熬的夜色中，是孤寂的背把它磨得油亮、反光。玉尘问过的守鱼人哪里去了？一条干枯的水渠隐匿在屋后的荒芜之中，悄无声息。

堰口刚刚被人拿利器松动了一下，再用新泥依坎糊上，左右两块青石一夹，盖着一条年月不详的残碑。隐隐透出几行尚能辩识的章草，神秘又虔诚。有一条近尺长的白鳞误卡在石缝中央，眼底昏黄，半条鱼尾搭拉进水，一股浓腥扑来，鱼鳞泛青，仿佛是经过了一场持久的抗争，一点点地，鱼死了，鳞片四散，不时在水中一闪一晃地，消失在深水里。只是鱼体尚且柔软，池中的余波带着某种类似的复杂心情，深切而无奈；而这条不知死于何时的鱼的同类，三五成群，逍遥在扭动腰肢的水草间。

不幸的可怜的鱼，你们——在玉尘看来，所有的结局会是两样？正像河流的疑问，有一种追索不舍昼夜。他一点点地想起，让人记住那张日渐平淡的脸。只是，能够停留在心间的，却与女人无关。在闰月的一个阴凉的日子里，雁儿操那修长的镶花绸裙在午后的山路上风干成一张纸，从一个土丘到另一个土丘，摆动的小腿暗自褪色。如果雁儿操不归，我会成为一些流通的货币，在玉尘的手中传递。那碾制纸币的灯草，掿进漫游人的裙兜，再把回甜的草根塞进嘴里，又一节一节吐出。玉尘说，记住吧！我是一支小令，生在淮河，水注的词人，种植的灯草和愁离，并在瑟曲《归雁操》的滑行中，认定了古人的归宿为洞庭。弄词的仙人，以词当歌，作吟成曲，不时倚着一叠仄韵恬然入睡。晨间，又在一个女子的梳妆台前幡然醒悔。许多年来，濮水和赣水传来消息，宋金正以淮河为界，南宋凭藉江南及闽广一带的富庶，竟然超过了北宋的国力。词的女儿们就此安适地抵达洞庭，他们像蛇一样缠绕，对着口型，从阴湿的台地上滑走，用眼窝

空瓶子　　　　　　　　　　　　　60cm × 45cm 2006 年 布面油画

传递一种清平。等到七里香将整个湖区吞没，他们又各自窒息而死，像香樟那样飘移在睡眼的水面，与云气逆行。

　　当远水无波的时候——与宋词操桨，与清商三调作别，与钱塘南五里的碧瓦红檐为邻，与泪眼和乐府配器，与《白石道人的歌曲》唱和。落单的雁儿操沉浸在当代绘画的机理效果之中，迷途难返；把玉尘遗失在姜夔的《长亭怨慢》之中——攀缘着词径和花脉，或者说是因步其韵——有一天，玉尘自行吟颂这阕小令时，人词俱失。这首词是这样写的：

　　"渐吹尽，枝头香絮。是处人家，缘深门户。

远浦萦回，暮帆零乱向何许？

阅人多矣，谁得似，长亭树。

树若有情时，不会得，青青如此！

日暮，望高城不见，只见乱山无数。

韦郎去也，怎忘得，玉环吩咐？

第一是，早早归来，怕红萼、无人为主。

算空有并刀，难剪离愁千缕。"

2007 年 6 月

油画目录
Contents of Oil Paintings